三臺蕭龍友先生 著

【卷一 丙戌集】

不息翁詩存

語文出版社 ·北京·

圖書在版編目（CIP）數據

不息翁詩存 / 蕭龍友著 ; 張紹重編. -- 北京 : 語文出版社, 2017.5
ISBN 978-7-5187-0228-2

Ⅰ. ①不… Ⅱ. ①蕭… ②張… Ⅲ. ①詩集－中國－當代 Ⅳ. ①I227

中國版本圖書館CIP數據核字(2015)第249665號

BU XI WENG SHI CUN
不息翁詩存

責任編輯 康 寧
裝幀設計 梁 明
出　　版 語文出版社
地　　址 北京市東城區朝陽門内南小街51號 100010
電子信箱 ywcbsywp@163.com
排　　版 北京乘風破浪文化傳播有限公司
印刷裝訂 山東臨沂新華印刷物流集團有限責任公司
發　　行 語文出版社 新華書店經銷
規　　格 890mm × 1240mm
開　　本 A4
印　　張 38.5
字　　數 12千字
版　　次 2017年5月第1版
印　　次 2017年5月第1次印刷
定　　價 460.00元／套

010-65253954(咨詢) 010-65251033(購書) 010-65250075(印裝質量)

蕭龍友先生在息園（一九三零年）

蕭龍友先生八十五歲肖像

蕭龍友先生指畫蒼松圖

舊序

三台蕭龍友夫子，精岐黄，工書畫，尤喜吟詠，詩詞存稿，多隨手放置。丁酉秋紹重爲先生整理藏書，得零箋寸楮甚多，乃爲之按編年整理，並浼江夏彭演蒼兄抄錄成冊，按其年代約在丙寅至己丑之間，亦即先生五十歲以後八十歲以前之作。抄成共得三十餘冊。人事倥傯，未暇裝訂。十年浩劫盡付劫灰，本意無復存在矣。庚戌春，余遷古涼州之會寧，行裝甫卸，檢點燼餘，忽見殘稿一束，視之則演兄所抄之詩稿也，僅存丙戌至己丑四年之作，不禁大喜過望，遂援北牆宗丈例，以干支命名，釐爲四集。此僅存之師門詩稿也。癸丑上元裝成，奉題二十八字於後。

息翁詩律號精成，老去還憐醫掩名。
世論悠悠遺鉢在，白頭慚愧老門生。

受業張紹重敬識　時客枝陽之桃花山下

序

《詩存》編成，藏於篋中二十六年矣。乙丑春，余調金城，即思壽之棗梨。然總以種種原因，因循未果。庚申、辛酉間紹重于役于中醫古籍出版社時，曾與耿鑑庭兄言及出版之事。惟該社初衷，以影印中醫古籍爲主，兼及時賢著作。先生雖爲一代宗師，然詩集終非醫學著作。鑑兄亦爲之扼腕久之，最終未能實現。

前年在京，偶與承運賢侄談及，承運力促其成，並慨然任出版之役。蓋先生爲承運之伯祖也。

出版之事，既已落實，遂將前編之《詩存》及近年在零篇寸箋中蒐集之先生遺詩，輯成《拾遺》一集。至此共得詩五集，約一千五百餘首，然此僅先生詩作十之一也。就聞見所及，不揣固陋，酌加注釋。先生喜用《廣韻》，其中僻字頗多，爲便於讀者計，亦加注直音。非敢云博，聊以備參云爾。

公元二零零九年歲次己丑仲夏門人張紹重謹再識於古金城之洴澼絖齋

目録

卷二　丁亥集（上）

卷三　丁亥集(下)

不息翁詩存

目録

卷四　戊子集

卷五　己丑集

卷六　拾遺集

丙戌集

三台蕭龍友先生　著

受業張紹重增葊注
小門生郭華斠字

丙戌集

丙戌正月十四日爲余七十又七生日，謝客感賦

其一

過一生朝減一年，最難守分自安禪。
家人團聚成歡會，我佛多情結善緣。
下筯金錢空十萬，登臺珠履謝三千。
老來要惜兒孫福，如此鋪張損福田。

其二

一年好日是今朝，兒也成名女也嬌。
我愧虛生如過客，人言歡聚即元宵。
縱無賓客張燈彩，亦少霓裳奏管簫。
但祝康強長不老，如斯福分已難消。

注：是年爲公元一九四六年，正值抗戰勝利第二年，民生凋敝，內戰頻仍。兒孫輩擬爲先生舉觴稱慶，先生目睹時艱，不忍慶，未之許也。是日僅舉行家宴，並賦此謝客。

品茗並序

兒時曾登蒙山頂，看郊天茶樹，竟爲雲霧所遮，不可得見，僅採取白毫芽茶而歸。至今思之，猶有遺憾。頃七兒寄來明前龍井茶，細品心目爲之一清，詩以系之。

其一

郊天茶樹不能見，貢品香芽亦可珍。
不禁小兒雙手摘，持回煎取共嘗新。

其二

六十年前蒙頂路，茶畦千點露皆香。
新芽採取毫皆白，雀舌旗槍細細量。

其三

茶商禁取清明茶，市上搜尋無此才。
縱到西湖非季候，那能買得雨前來。

其四

兒住獅峰龍井上，明前寄我最新茶。
玉泉泡取清香出，卻勝蒙山雨後芽。

注：山以『蒙山』名者有數處，一在山東蒙陰縣，名東蒙。一在山西太原西北，名西山。一在湖北荊門縣，又名象山。一在四川雅安縣。寰宇記：『蒙山，北連羅繩山，南接嚴道縣，

山頂全受陽氣，其茶芳香。茶譜云：山有五嶺，有茶園，中頂曰上青峰。隴蜀余聞云：蒙山有五峰，最高者名上青峰，其巔一石大如數間屋，有茶七株，生石上，無縫隙，相傳爲甘露大師所手植，茶生甚少，明時貢京師……』先生詩中之蒙山，即此處也。

序中之『七兒』爲先生之三子藎璋（字仲圭），蓋從老輩弟兄中排行則行七，時在杭州國立浙江大學中文系任教授。

雀舌、旗槍、雨前，皆茶之佳品。

詠山茶 並序

正月十五日，七兒婦自川返京，攜來小中山茶花数枝，鮮豔可愛，余已五十年不見此矣，喜而紀之以詩。

其一

不見鄉花五十春，山茶花種幾更新。
最憐兒媳歸來日，持取多枝獻老人。

其二

靜觀明月麗中天，景象承平又一年。
兒媳歸來添喜事，大家今夜慶團圓。

注：小中山在四川三台縣境，先生之故鄉也，茶花頗盛。七兒婦，即仲圭師兄之妻，名趙玉龍。

元宵觀月，口占一絕

團團春月吐層霄，四面流雲湧似潮。
爆竹沖天聲響密，方知今夜是元宵。

注：內戰不已，民生凋敝，街市中仍爆竹沖天，粉飾太平。先生此詩，有諷刺之意也。

七十七歲生日自題小照

平生願鑄黃金像，紙上翻呈白玉姿。
鬚髮蒼蒼渾不老，襟懷浩浩了無私。
世情歷盡方知我，家事長擔更倚誰。
七十七年一彈指，安心學道衹憑醫。

注：先生誕辰之日，有人爲先生攝影留念，先生見而喜之，題此詩于照片上。

毒已戒盡，喜而賦此

鏡裏容顔日日新，靈膏不服轉精神。
安舒恍似投林鳥，解脱渾如透網鱗。
肢體健康期老壽，肺腸清潔葆天真。
還同學佛同消劫，成就菩薩自在身。

注：先生嗜阿芙蓉近三十年，去冬徹底戒除後，身輕體健，因而賦此。

自懺

已將肺腑毒消完，因病如何又飽餐。
道力不堅終是累，解除還仗練靈丹。

注：近日因病，友人勸少用阿芙蓉以療疾，先生卻之，並示以詩。阿芙蓉，鴉片之别名。

謝彭主𢚾親家和詩

詞清律細格猶新，啟發蓬衷最有神。
不使塵埃成野馬，要令涸轍起潛鱗。

醫心願學孫思邈，洗髓還超李守真。
謝絕橫陳煙火氣，降魔法杵換吾身。

注：彭主鬯先生，名一卣，出生時有『欒大司徒卣』出土，故名。曾任中國大學、北京師範大學中文系教授。一九五一年被聘爲中央文史館館員。爲先生長子蕭世琛（字元獻）之岳丈。孫思邈，唐華原（今陝西耀縣）人，著名醫學家。著有千金要方等。李守欽，明汜水（今河南汜水縣）人，曾從一蜀中醫生習醫，後在峨眉山遇異人，授以岐伯要旨。精於太素脉，著有方書一得、太素精要等書。

郭華謹按：詩中腹聯之『李守真』之『真』字，恐系『欽』字之誤，然『欽』字又非本韻，姑存之以待高明。

誚法幣

交會由來不是錢，萬元票抵一仙仙。
薪金百萬雖云厚，買物差堪比十元。

注：抗戰勝利，日寇投降，國民黨接收大員返京，法幣與淪陷區之僞幣（『華北準備銀行』發行之鈔票），兌換比例爲一比十，市民苦之。

圍爐

柏葉味濃酣凍螘，梅花香遠觸寒蜂。
新年早起霜威重，飲酒圍爐獨向東。

注：古人在冬季，有圍爐飲酒之習俗。唐白居易問劉十九『綠螘新醅酒，紅泥小火爐。晚來天欲雪，能飲一杯無。』先生此詩，即用此典。

飲酒

老來靜坐數春秋，數過稀年未白頭。
萬卷書曾經眼看，一方硯久與身遊。
蜂糕經冷堅難嚼，螘酒禁寒凍不浮。
排日養顏宜飲酒，一家安泰更無尤。

注：先生年逾古稀，鬚髮猶青。首聯第二句蓋寫實也。

示順孫

解除離合與悲歡，好去山東度歲寒。

侍奉翁姑當盡禮，諧和夫婿要從寬。
身能勤儉家興旺，心若清閒體自安。
第一羹湯須努力，持門健婦總艱難。

注：順孫，爲先生長孫女承順，元獻師兄之女也，是年初冬遠嫁山東濟南蔡氏，其郎君蔡英寰來京親迎，禮成偕歸濟南。先生作此示之。

自嘲

其一

朝夕饔飧八簋陳，枕長被大卧安身。
如斯福分從何得，不愧於天不怍人。

其二

晨興靜念阿彌陀，眼中如見阿逸多。
頑空欲破真難破，宿業深纏可奈何。

其三

儒佛同居一世中，如何地要判西東。
祇有死生無出入，漸知色相是真空。

其四

佛家本有大醫王，以法醫人具萬方。
我僅鞭驅閑草木，虚名浪得愧岐黄。

注：第一首述日常生活，雖曰『八簋』，其實每餐僅三四品蔬菜而已。『八簋』，用周代典故。第四句用『仰不愧於天，俯不怍於人』典，語出孟子·盡心章。第二首二句『阿逸多』，略稱阿逸，譯作無能勝，爲彌勒菩薩之姓也。第四首首句『大醫王』佛家譬佛菩薩也。『鞭驅閑草木』者，指處方用藥。岐黄，岐伯與黄帝之謂也。

慰六弟喪偶

其一

老來失伴便成鰥，生死仙凡判兩關。
人過六旬有哀樂，勸君俗慮一齊删。

其二

四十四年一彈指，白首齊眉亦大難。
善教兒孫了吾事，莫因喪偶便心寒。

注：先生六弟名方騋（字苑伯），久居濟南，六旬後喪偶，先生詩以慰之。『四十四年』

者，謂苑伯先生夫婦共同生活僅四十四年也。

題醫隱圖

其一

針膏起廢奏奇功，妙手回春自不同。
國久疲癃群望治，知君特健藥能工。

其二

賣藥韓康婦孺知，市中小隱便成私。
何如變作金門火，方知醫心出救時。

注：日寇侵華，神州淪陷，先生以醫爲隱，曾倩齊白石、張大千諸畫師，爲作醫隱圖數幅，皆已亡佚，唯白石老人所繪醫隱圖直幅，於先生逝世後，由其子女捐贈衛生部中醫研究院（今中國中醫科學院）醫史館。

韓康，字伯休，後漢霸陵（今陝西長安縣）人，隱於長安，以賣藥爲生，口不二價。一日，有女子從康買藥，康守價不移，女子怒曰：『公是韓伯休耶，乃不二價乎！』康嘆曰：『我本欲避名，今小女子皆知焉，何用藥爲！』乃避入霸陵山中。

丙戌三月三日，叢碧簃主人簡招修禊，分韻得照字

家園修禊集長少，從古所無詩絕調。
叢碧主人風雅方，別開生面真入妙。
折簡招要盡故人，我與石工先應召。
陸續來賓多老蒼，登堂相見同一笑。
竟無年少比黃裳，尚有奇才詩李嶠。
涉園先看一株梅，得地戛戛稱獨造。
雜花生樹亦多情，桃杏枝垂春意鬧。
雖無曲水可流觴，盡有高亭借覽眺。
點綴樓臺最可人，園中到處皆詩料。
主人名過趙明誠，贤姬才似李清照。
可能閑畫修禊圖，著我圖中增光耀。
過午題名便言歸，行促身歛成僬僬。
節逢寒食氣清明，出戶臨風發長嘯。

注：修禊，東晉王羲之在永和九年有曲水流觴蘭亭修禊之舉，此用其故事。叢碧簃爲張伯駒先生齋名，張氏爲著名收藏家。其夫人潘素女士爲著名畫家。石工，指壽石工先生

（一八八五——一九九零），名壐，浙江紹興人。早年加入南社。刻印、詩詞、書法皆佳。

黄裳，指年少有才者。李嶠，唐贊煌（今属河北省）人，富才思，與王勃、崔融、蘇道味齊名。趙明誠，宋人，著有金石錄三十卷。其妻李清照，爲宋代著名詞人。

時兒自柳州來詩，有念家之意，依韻述懷答之

骨肉生離縱少歡，霜侵未覺影形寒。
居鄰虎穴家無恙，網到鴿原法不寬。
時入苦吟師杜老，閑能高臥傲袁安。
柳州在望勞雙眼，爲爾長歌行路難。

注：時兒，爲先生次子蕭瑾（字伯瑜），乳名時彦。鐵路工程總工程師，時在廣西柳州鐵路局任職。一九五五年經周恩來總理指示，爲照顧先生，調任鐵道部第三設計院總工程師。

腹聯中杜老指唐杜甫。袁安，後漢汝陽（今屬河南省）人，爲人剛正不阿。

郭華謹按：詩中頸聯太夫子自注云：『往年比鄰住有日人，現已遣返矣。』『四弟因罣誤被逮。』

昨與友人談次，始知韻笙、春園二君系師弟，作此爲贈

其一

師道師人兩有情，忘年收得老門生。
冰青妙喻休相比，救世傳家各擅名。

其二

人生聚散等浮鷗，記得相逢二十秋。
今日一堂重話舊，可能醫國再同舟。

注：韻笙，指潘韻笙。春園，指王春園。二公皆上世紀京城名醫。潘氏著有壽世醫談（一九三五年鉛印本）。王氏著有針灸學編二卷（一九三四年鉛印本）。

郭華謹按：第二首第二句後，太夫子原注云：『二十年前識春園於醫學堂，識韻笙於友人座上。』第四句原注云：『彼此皆老，豈尚有意出山耶，一笑。』

南海迎春堂感事

丙戌十月中央考試院聘余爲中醫考試口試委員，同聘者四人，王春園、潘韻笙皆舊友也。住堂三晝夜，相得甚歡，作此紀念。

其一

掄才大典仿前清，畫地爲圍僅有名。
事事認真差可喜，主持公道自生明。

其二

五權考試居其一，千古人才出此中。
莫以行醫爲末藝，乾坤位育仗其功。

其三

中醫何故亦稱師，義取周官或有之。
國學昌明期我輩，當先拜禱是黄岐。

其四

季陶宣示見文明，頓使前賢畏後生。
六字教條尤警策，官規頗覺勝亡清。

其五

元元蕉萃不聊生，卻喜中山革命成。
兩黨至今猶未協，願同醫國息兵爭。

其六

春園光氣照迎春，耄老如嬰見性真。

手錄醫方三百卷，前生應是叔和身。

其七

我亦蕭蕭是耄年，自慚修道不如前。
坐中尚有三同業，邠老獨能養性天。

其八

當前小步感興亡，此是慈禧養壽堂。
一水盈盈澄浩劫，不堪回首變滄桑。

郭華謹按：太夫子此詩，除第八首外，均有自注，茲分列於下，第一首自注云：『考試場僅迎春堂一隅，亦名曰圍，關防嚴密，內外不通，我輩故稱入圍。』第二首注云：『國家用人，欲得真才，除考試無二法，故三代以來皆重此。』第三首第二句後注云：『醫師名見周禮。』第四句後注云：『中國政教，始于黃帝，而醫政獨早者，以生人爲大也。』第四首注云：『戴院長系蜀人，故云，非狂也。〔華按：戴院長即戴季陶（一八九零——一九四九），原籍浙江紹興，生於四川廣漢，曾追隨孫中山先生，屢任要職，時任考試院院長。〕』第五首注云：『事國家大計，故敢冒昧言之，願言者無罪，聞者知省。』第六首注云：『指王春園。』第七首注云：『指潘韻笙。』第八首無原注，據詩之內容當是敘述迎春堂之歷史。

詠白塔 有引

此塔修建於漢明帝時，其時佛教初入中國，故稱第一塔王，內有釋尊舍利子二十顆，爲梵僧摩藤、德蘭二人所攜來。

其一

南州有塔世稱王，拜禱歷朝帝與皇。
內養釋尊舍利子，上通霄漢顯靈光。

其二

地爲李廣舊侯封，射虎高原尚有蹤。
塔建以還名更顯，儒家佛氏兩朝宗。

其三

妙應寺中供養長，章嘉活佛贊爲王。
如來身像都圍塔，我願隨緣日上香。

注：指北京阜成門內之妙應寺（俗稱白塔寺）塔。第三首之『章嘉活佛』指羅桑班殿丹畢蓉梅（一八九零——一九五七），藏族，青海大通人。清光緒二十五年（一八九九）被選送入京，受封繼位爲章嘉呼圖克圖，即章嘉呼圖克圖第十九世。一九四七年國民政府加授『護國正覺輔教大師』稱號。同年當選爲中國佛教會理事長。建國後去臺灣。

郭華謹按：第一首後太夫子自注云：『塔頂不時出光，有緣者輒見之，真多寶塔也。』第三首後注云：『據章嘉活佛云：遼時見塔上有頂髻及白傘蓋等舍利子五種。元世祖啟塔見有至元通寶錢等，遂更加修繕焉。』

自慨

頭破腦傷無記憶，觀書過眼輒相忘。
少年抄錄猶能補，到老靈機化木強。

郭華謹按：第一句後太夫子自注云：『幼時淘氣，先祖父用銅爐失手打傷頭部，出血過多，記憶力因之鋭減。』第四句後注云：『余記憶力太差，老來尤甚，往往問人姓名，頃刻即忘，又不便再問，真難爲情也。』

崇效寺丁香重開感賦

天遣丁香兩度開，梵音初放看花來。
比之重放香沙桂，獨少題詞陳簡齋。

注：崇教寺在北京宣武門外白紙坊，寺內丁香花頗盛，每逢花季，遊人如織。先生此詩，作于深秋，丁香重開，亦異事也。

郭華謹按：太夫子于詩後自注云：『宋陳簡齋有長沙寺桂花重開詩。』陳簡齋名與義，長於詩詞，著有簡齋集、無住詞。

雜詠立冬日作

其一

無霜無露已秋殘，陰雨通宵送懶寒。
今日立冬渾不覺，八方氣亂作天難。

其二

宿霧濛濛日上遲，晨興聽漏過三時。
腹枵漸覺饑蟲動，空突無煙人睡癡。

其三

自來生女盼高門，不爲靈芝定有根。
今見孫枝真可笑，禮疏儀薄婦成村。

其四

疏方捥脱爲醫金，清早延賓苦費心。
只就一家衣食計，老身不怕懶寒侵。

郭華謹按：太夫子于第四首後自注云：『每晨在前院東屋應診，頗覺有寒氣，然亦能耐。』前三首皆日常生活寫實之作。

壽唐寶森八十生日

與子論交證夙緣，結爲兄弟更同年。
三生石上微前定，五老圖中寫後賢。
現宰官身消浩劫，食神仙字纂陳編。
而今耄矣猶強健，眼看兒孫著祖鞭。

注：唐寶森，名玉書，四川三台縣人。書法家，尤精篆書。與先生爲光緒丁酉科拔貢同年。

郭華謹按：太夫子于頸聯後自注云：『高城栩、張伯翔、傅中甫、唐寶森及余在同鄉中有五老之稱。』高、傅二君，生平事跡不詳。張伯翔，名朝墉，書法家，公元一九四二年逝世。

陈幼孳年兄南歸，以詩贈別

毣毣陳居士，七十軒龐眉。面貌同佛子，莊嚴復和嬉。
其生有自來，渾然成天倪。入世幾經劫，滄桑數不知。
少年習儒術，文字誇入時。名登倂科榜，桂樹折一枝。
春官滯通籍，爲吏權其宜。往仕獨秀峯，循聲達四夷。
愛民善敷教，爲政不矜奇。國變乃還鄉，相如堪爲師。
大文傳渝蜀，鄉人爭誦之。至今感其惠，民勞幸不疲。
挺身出救國，囊筆來京畿。飛書兼草檄，遊幕泛蓮漪。
並管同鄉會，艱難獨力揝。晚歲喜念佛，一串珠牟尼。
禪功與淨土，朝夕課如斯。朅來二十載，百端相互持。
小山賦招隱，幡然示歸期。留君不能住，相對益淒其。
機聲鳴軋軋，如聞征馬嘶。片時即歸止，安處渝江湄。
此別不可再，令我成呆癡。胸中千萬語，書之不成詞。
去去復去去，傾吐呈小詩。餞筵拚一醉，從此寄相思。

注：陳幼孳，生平事蹟不詳。據詩中所述，陳君爲佛教徒，曾爲官吏、教師、幕賓等。

『毣毣陳居士』句中，毣音木，『艱難獨力揝』句中，揝音支，『朅來二十載』句中，朅音怯。

和夔庵先生出獄留别詩原韻

朝市長睽入眼親，攜笻重踏軟紅塵。
裝添西陸南冠詠，坐復竹屏紙帳春。
莊子是非存彼此，彌陀誓願度天人。
蓬萊清淺庸須待，劫滿先還自在身。

注：夔庵先生，生平事蹟不詳。

病中寄介如

養病兼旬百事難，偶然一枕即能寬。
閑中詩史惟遮眼，淨處吟詩亦嘔肝。
虎口幸存仍骨立，鳶肩未遇豈神寒。
生平傲兀同吾子，俛仰寧隨世俗看。

注：介如，姓名、生平事蹟不詳。

詠當時事

軍政交歡一事權，民間居處得安全。
縱然貧富難均等，但祝銷兵感上天。

注：當時社會，內戰頻繁，而當道者笙歌不輟。先生此詩，雖未明言，亦寓有諷刺之意焉。

夜坐同內子談心

煎茶活火紅生焰，食晚腸肥飯不消。
夜永如何舒瞌睡，與君相對話春宵。

注：先生與饒瓊蕊夫人，伉儷之情，老而彌篤，每晚飯後，必與夫人娓娓清談。

春華

雙雙蛺蝶雙雙燕，燕啄香泥蝶戀花。
誰爲阿嬌築金屋，營巢繡被趁春華。

春陰

春陰漠漠過山桃，紅上棠花才有苞。
天氣困人書畫懶，一樽偏喜醉香膠。

春情

萬字欄杆丁字牆，一枝嬌豔拂回廊。
了無人跡貓酣夢，風盪重簾漏篆香。

春感

柳枝嫋嫋草萋萋，春色平分尚未齊。
爲問王孫歸也未，樓頭怕見夕陽西。

春寒

仲春氣候似濃冬，病裏深潛學蟄龍。

寒襲重衾眠不穩，聲聲細數隔隣鐘。

注：以上五首七言絕句，爲一組詩，皆寫景之作。第一首第三句，用漢武帝『金屋藏嬌』故事。

花朝

春半天寒香不露，無花相賞過花朝。
海棠往歲垂垂發，芳信今年太寂寥。

注：舊俗，以農歷二月十五日（一說爲十二日），爲百花生日，稱此日爲『花朝節』。文人則於是日在花下舉行雅集賞花。

花月

花月春宵值萬金，莫教辜負海棠陰。
淡紅淺碧團團繞，畫裏題詩費苦吟。

注：花月，指花朝月夕，即良辰美景之意。舊唐書・羅威傳：『每花朝月夕，與賓佐賦咏，甚有情致。』一說，二月半爲花朝，八月半爲月夕也。

花事

其一

宣南花事失繁華，只爲豐台少作家。
深巷斜街春氣少，不聞曉擔賣聲譁。

其二

花棚林立養唐花，窨裏催開慘不華。
數朵牡丹嬌欲滴，只因葉少豔難遮。

其三

碧桃不茂棠花瘦，紅杏飛殘李樹衰。
園裏韶光殊減色，時聞風遞遠香來。

其四

花苞圓大似櫻桃，萬朵垂垂喜雨膏。
半吐半含紅意足，儼如閨秀醉芳醪。

注：此四首亦爲組詩。舊俗，文人聚會多在宣武門外，如窨台及達智橋之松筠庵，統稱爲『宣南』。蓋以前內城無公園，今之北海公園、中山公園，當時皆爲『禁苑』。北京市內花卉，皆由豐台花農培育，由小販挑進城，沿街叫賣。用溫室培育之花，名『唐花』。清王漁洋詩『試燈風裏見唐花』即指此。是年，豐台爲兵所侵，花

田荒蕪，花農無地種花，城中挑擔售花者幾乎絕迹，故先生詩中及之。第一首第二句，『作家』指花農。

自遣

卻病閑吟杜老句，送窮且誦韓公文。
病魔窮鬼都相恤，別我分飛散似雲。

注：唐杜甫有卻病吟，韓愈有送窮文。先生詩中，即用此典。

花光

花光對照花無影，知在牆陰背太陽。
不惜韶華來煦育，居然嫋嫋自生香。

注：此詠玉簪花詩。玉簪喜陰，只能育於南牆根下。

極樂寺懷舊

其一

極樂寺中芳信微，文官花落錦成圍。
海棠開過香猶在，燕子不來春已歸。

其二

閒步回廊認舊題，十年塵僕字淒迷。
藏園多病匏廬死，感舊傷春只自淒。

注：極樂寺位于北京海淀區五塔寺東約一華里，在高梁河畔，建於元代（一說建於明初）。原分三路，中路爲山門、前殿、正殿及東西配殿，東路爲花園、蓮花池等，西路爲僧舍。寺內原有明嚴嵩撰書的創建極樂禪林記碑。現僅存正殿及耳房。先生在上世紀三四十年代，常與傅增湘（藏園）、郭則澐（匏廬）等在寺中詩酒雅集，并有詩題壁，今均蕩然無存。

落花

其一

落花滿地葬花難，化作春泥不解殘。

葉落歸根花一樣，明年春色耐人看。

其二

廿番風信費評題，開到藤蕪花事齊。
分付落紅休掃卻，讓他自釀作香泥。

注：第一首用紅樓夢故事，第二首用宋王淇『開到荼靡花事了』詩意。

春夜對月

其一

春月光沉看起遲，纖痕到眼總迷離。
昏黃深淺須牢記，好畫添妝別樣眉。

其二

纖月光寒昏不清，宵中一刻尚分明。
嫦娥有意增眉樣，不作山横作嶺横。

郭華謹按：太夫子于題後自注云：『連夜月色昏黄，如有雲煙重護。』

嫁花

梅聘海棠春有期，莫教辜負好花時。
嫁人天氣香奩備，寒勒無端開較遲。

注：舊俗，春初有『嫁花』之說，花開之前有催花之意。

我生

開天闢地稽盤古，摶土爲人我有生。
喝雉喝鹿同博細，呼牛呼馬任人輕。
市朝以外宏經濟，夷惠之間見性情。
成佛成仙非我願，願空五蘊化無明。

注：摶土爲人，典見太平御覽卷七八引風俗通：『俗說，天地開闢，未有人民。女媧摶黃土作人，劇務，力不暇供，乃引繩絙於泥中，舉以爲人。故富貴者，黃土人；貧賤凡庸者，絙人也。』

寫景

養花天是葬花天，滿地芳菲盡化煙。
樹上殘紅留不得，因風飛上翠微巔。

觀跳舞

片片飛紅落舞筵，人花交舞自相憐。
廣場時聽琴聲作，雜亂高歌不夜天。

春日晨起口占

早雨濛濛一刹那，交辰日麗更風和。
忽晴忽暗天難做，兼病兼貧人易磨。
春意乍看回赤地，災情早見渡黃河。
今年花事殊蕭瑟，寒勒芳心放幾何。

贈李公田博士

儒佛喜雙修，天成第一流。少年精幹事，壯歲廣交遊。
六法新編纂，群經細講求。孝思更純篤，遺趣邁同儔。

注：李公田，生平事蹟不詳。

小雨

其一

春雨如油復似膏，千花萬卉潤含苞。
田疇上下都霑足，麥已青青秀上苗。

其二

種花當趁清明節，無奈春寒凍不開。
聞說蘇杭猶降雪，北方及早怎培栽。

郭華謹按：詩後，太夫子自注云：『每年清明，循例種樹，今歲因天寒延期。』

春遊

其一

柳葉黃娟有露零，後凋松柏亦添青。
水翻碧浪山橫翠，願學浮雲到處停。

其二

桃李爭開白間紅，鬧春都與杏花同。
光陰容易清明過，數到幾番花信風。

注：春暖花開，兒孫輩陪先生遊中山公園，歸來作此，亦寫實也。

享受

一茶十萬但聞香，一飯千金只飽粱。
如此高華談享受，不知四野有翳桑。

對鏡

風停高樹綠，雨過遠山青。時運因人轉，天懷感物靈。

鳥聲和管碎，泉韻當琴聽。對鏡觀吾相，居然老復丁。

內觀

其一

味道深醇儒釋老，化身久暫去來今。
祇須參透無生息，三教同源視此心。

其二

山有根兮水有源，鍾靈毓秀出元元。
道從無始開天地，世界三千定一尊。

其三

道可道兮非常道，誰知衆妙在玄門。
朝聞夕死談何易，古聖先賢事漫論。

注：先生中年之后，除奉佛外，於老莊之學，亦頗有研究。此三詩即引用有老子道德經中語。

游萬生園有感，因成四律

其一

遊春人幾輩，雜遝萬生園。墜水兒無恙，探花女更繁。
風和禽碎語，土潤獸留蹯。王母雖仙去，天題認舊痕。

其二

五色鸚哥小，雙飛燕子新。百花都欲語，卅載共存真。
不見三公子，猶思兩碩人。芻蕘許來往，同樂久相因。

其三

暢觀樓上望，招我有西山。大覺花繞杏，平陽草滿菅。
近看金馬路，遙想玉門關。魚鳥來相狎，依然啟我顏。

其四

病懶捐遊興，來聽遊客談。昨朝過百五，明日報春三。
夢入青雲鶚，心懸紫陌驂。友朋零落甚，契集想城南。

郭華謹按：第一首頸聯後，太夫子自注云：『有小學生失足落水，幸告無恙。』尾聯自注云：『暢觀樓三字，傳系慈禧所書。』第二首腹聯後自注云：『此地原爲某貝子之園，俗呼爲三貝子花園。改萬生園後，門前收票者二人，身高均在八尺左右。』

槐蟲

其一

門外槐株大可扛，綠蔭深處暑氣降。
黑蟲千萬飛粘壁，頗似蒼蠅點雨窗。

其二

雨過蟲飛趁夕陽，蒸蒸蟄蟄有餘香。
槐精和化兼因濕，點點如花罨粉牆。

其三

濕化生成黑殼蟲，飛如柳絮每因風。
黃花未發蟲先出，多在疑雲疑雨中。

其四

千萬枝柯隱此蟲，綠蔭不密不相容。
雅人來此橫琴好，消受清涼一陣風。

注：先生寓所門前，有槐樹十株，除綠色蟲外，時有能飛之黑蟲。先生此詩，蓋寫實也。

門前槐樹忽枯一枝，因樹及人，

感而成詩一首

樹有偏枯疾，與人肢體同。正當全盛日，邪中一枝風。黄似秋深色，焦如病後容。老衰如寫照，不仗筆花工。

壽金籛孫八十生日詩

農曹珥筆識先生，氣宇軒昂品最清。顯赫事功資力果，表彰文獻服心精。治家治國基於厚，爲學爲人貫以誠。自養壽根躋耄耋，南天遥覩角亢明。

注：金籛孫（一八六九——一九五一），名兆蕃，浙江嘉興人。清光緒己丑科舉人。曾任清史館編纂，協助徐世昌編清儒學案等書。民國初年，與先生在農商部同事。著有安樂鄉人詩、樂夢词。

評王漁洋詩

其一

阮亭愛好少浮華，徵引豐繁每出奇。
率性道情休漫擬，風騷不類近人詩。

其二

有清詩學自公開，錄取菁華費剪裁。
只有純皇是知己，詩題多採集中來。

其三

得名秋柳四章詩，溫李風神盡取之。
入蜀紀遊更超絕，峨眉灩澦助雄奇。

其四

只將鰥眼報娥眉，此是良宵最苦時。
比似漫郎能道出，堪爲千古悼亡師。

其五

正宗斷代比朱純，中晚唐音信逼真。
趙氏談龍殊過分，蜉蝣撼樹轉傷神。

注：王士禛，字貽上，號阮亭，別號漁洋山人。清初詩人，著有帶經堂集、漁洋

詩文集等數十種。

郭華謹按：第二首後，太夫子自注云：『清高宗出試帖詩題，在翰苑中多採其詩句，儼如前代詩人，一例重視，亦異數也。』

鳳子

其一

鳳子鵷雛脫殼生，呼群啄食行間行。
飽餐竹實成仙侶，不與尋常雞鶩爭。

其二

家有猗猗修竹林，聊同欒堺養仙禽。
一群又見雞兒出，覓食林間喔喔吟。

注：鳳子，指雞雛。息園後院，育有雞雛。先生此詩，蓋寫實也。第二首第二句，欒堺音節。

題畫

南風忽作凱風吹，四月蠶桑未過時。
村婦劬勞兒女小，夜思早作耐操持。

調張金波

少年職掌在欽天，休咎能知有特權。
生性不同多嗜好，錢財酒色與茶煙。

注：張金波，天津人。清末曾在欽天監任職，精于風鑒卜筮之學。

大寒日即事，是日頗暖

大寒剛節屆，到處起和風。槐樹忽生綠，桃枝竟吐紅。
西山晴雪化，北海薄冰融。不作消寒會，無人賦小東。

贈夏蓮居居士

其一

蓮居應是蓮池轉，成就菩提自在身。
稽首西方無量壽，苦心說法度斯民。

其二

會集大經成定本，並分章次見文思。
窮探要旨明宗淨，第一功夫總在茲。

其三

我生心折是斯人，儒佛兼通見宿因。
善誘後生成正覺，不修密教葆天真。

其四

能於掌中持世界，乃作群生大導師。
不受輪回諸苦惱，功夫真可作辟支。

注：夏蓮居先生（一八八三——一九五六），本名繼泉，字溥齋，山東鄆城人。近代淨土宗大德居士，佛說大乘無量壽莊嚴清淨平等覺經會集者。第二首即指此經。

題畫

其一（老人抱畫聽泉）

扶疏樹繞屋，楓丹松葉緑。聽泉收畫卷，欲展漢書讀。

其二（老松遠山）

此是蟠龍松，生長在蟠谷。遠蔭王屋山，山山下清瀑。

其三（遠山孤帆）

古寺隱松山，帆影空中落。疑自遠浦歸，目送安且樂。

其四（幽谷松聲）

人家住谿澗，野景供吟詩。琴臥草亭裏，無弦松響之。

其五（山居讀書）

雜樹生青緑，都含雨後姿。閉門讀周易，忘卻看山時。

注：先生收藏古今名人書畫甚多，此五詩皆爲題其藏品者。

落葉

昨日庭槐葉尚垂，一宵風起盡辭枝。

節交大雪天催冷，只有冬心抱自知。

學佛

其一

我佛度人覺世法，不求名利忍無生。
如何千佛名經在，壽亦阿僧祇劫成。

其二

我非謗佛成斯劫，欲求究竟教天人。
聖凡下手不同處，祇在惟心化有情。

注：千佛名經，佛經名，包括過去莊嚴劫千佛名經、現在賢劫千佛名經、未來星宿劫千佛名經三部分。

調白石老人

白石耄年猶有子，神完氣足善存精。
畫家花草能供養，調粉和脂自壽生。

注：齊白石老人（一八六四——一九五七），著名畫家。與先生爲多年老友。

懲忿

氣能奪命非輕事，抑鬱何如發洩宜。
暴怒慎防傷肺腑，和平養得是天倪。

注：瓊蕊夫人偶因小事悶悶不樂，先生作此勸之。

書內人病因

其一

寒凝氣滯內傷陰，病自何來感不禁。
石米養仇真不錯，臥床難聽是呻吟。

其二

老身勞乏已經秋，只可歡娛不可愁。
戕口何人殊太惡，明知故犯是何由。

注：詩題雖云『書病因』，實際仍是勸夫人不可生氣之意。

彭八百贈我無量壽佛一幀，詩以謝之

其一

贈我阿彌陀一尊，香花供養數晨昏。
且將五體來投地，發願皈依淨土門。

其二

畫佛卅年便是佛，壽門此語見天真。
君家畫佛知無量，成就如來自在身。

注：彭八百先生（一八八二——一九七一），河北曲周人。著名國畫家，尤工蘭石。齊白石先生評曰：『自古畫蘭者有之，精者只有八百老人，神乎技矣。』張大千評曰：『八百老人篤于蘭蕙，求之古人尚無敵，況今世耶。』所作無量壽佛，線條流暢，形神兼備，墨彩飛動，堪稱佳作。一九五二年八月，被聘爲中央文史館館員。先生第二首第二句，用金冬心典。金冬心，名農，字壽門，清乾隆間人，工畫梅及佛像。

題楊昭儁漢書新箋後

其一

八載辛勤讀漢書，諸家有注不堪疏。
自將古義來商榷，訓故修文得自如。

其二

馬班等是一家言，斷代文章已覺繁。
除卻此書無史例，洽聞殫見數元元。

其三

後生摘取是精華，一字一珠信可嘉。
賴有周秦諸子在，疑文疑義好梳爬。

其四

漢書儁語採來新，在晉唐間不幾人。
最是乾嘉諸老輩，駢林摘豔極清真。

注：楊昭儁，字潛盦，湖南湘潭人，生卒年不詳。精鑒賞，富收藏，并精於治印，曾輯自刻印成淨樂宧印存四冊。著有呂氏春秋補注及漢書箋遺（此稿現藏於北京大學圖書館）。先生此詩，題稱漢書新箋，不知與漢書箋遺是否同爲一書，待攷。

與四女談家常並懷子厚親家

雲陽涂子是英雄，毅力精心大且雄。
馴就後堂獅子吼，光前裕後振家風。

注：涂鳳書（一八七四——一九四零），字子厚，四川雲陽（今屬重慶）人。著有石城山人文集。先生四女農華，爲子厚先生子媳。

紀夢

昨夜華胥有夢徵，不堪後毖與前懲。
寒風穿牖聚嗷雁，旭日暖窗飛凍蠅。
一朵梅花香送早，十株槐樹氣還蒸。
人生起止渾難定，夜寐無多又夙興。

酬楊濳盦

咫尺天涯隔，良朋不易逢。說文通訓詁，讀史證儒宗。
筆陣高秦李，詩裁品晉鍾。治平有經術，世亂慎藏鋒。

注：楊濳盦，即楊昭儁。秦李，指李斯。晉鍾指鍾嶸。

近得醫界兩聘書，寫此自警

到處聘爲名譽職，虛聲純盜我何知。
同人新照須由考，療養開張要藥施。

注：是年，中醫新照同人福利促進會聘先生爲名譽幹事長；萬善殿佛教療養院聘先生爲名譽院長。

感物

池魚活潑籠雞鬬，隔夜來看少數頭。
不是飛潛養天趣，定遭鼎鑊助人饈。

注：此詩爲先生在同和居飯莊就餐後所作。

藝家

藝家博得當時譽，身後之名付酒巵。
歷數古來高雅士，生前暗淡死光輝。

冬夜吟

國亡天下在，黃帝到而今。夷種欣同化，華風感不禁。
學行遵孔墨，政教統陽陰。一道能形上，諸邪不敢侵。
有時魔運擾，轉瞬至人臨。名自高中夏，群皆守正襟。
九州歸甲帳，四海頌壬林。柔弱誠難食，文明是夙欽。
安愚收眾巧，育物見孤心。所以邀天保，因之未陸沈。
縱然多亂象，來可卜佳音。遠顧高瞻久，無聊付短吟。

贈張大千畫師

其一

大千世界大千生，成就華嚴畫史名。
筆仿晉唐千萬佛，此身日在佛中行。

其二

敦煌壁畫多名筆，六朝五季並三唐。
大千一手奪真去，演盡天魔善舞方。

注：張大千先生（一八九九—一九八三），名爰。四川内江人，著名畫家。曾在甘肅

敦煌莫高窟臨摹壁畫，故先生詩中及之。三唐，指初唐、盛唐、晚唐。

微雨

微雨輕若煙，無聲亦無點。濛濛不濕衣，飛飛難上簟。
眾卉青如揩，萬花紅暗染。琴潤囊未滋，香浮簾半掩。
庭樹渥到枝，池波平止瀲。容借霧縠膏，紛交風片颭。
入地恍沈塵，飄空怯沾臉。詩意自清新，春陰忽荏苒。
但聞禽語聲，相關樂且慊。

偶成

其一

北平舊是帝王都，絲管紛紛無處無。
入耳商聲聽不得，未能遠隱愧潛夫。

其二

電臺日夜播聲音，四海交通一線沉。

世界大千人盡苦，不聞歌嘯但呻吟。

注：日寇投降第二年，內戰頻繁，街市蕭條，民不聊生，而靡靡之音充滿京城。先生此詩蓋有所指，非無病呻吟也。『商聲』，用唐人『商女不知亡國恨，隔江猶唱後庭花』典。

自述

古稀年已過，精力尚康強。問學都荒落，平生有主張。
佛心供養好，仙指應酬忙。肺腑真清白，容顏未老蒼。
救人兼救己，醫國即醫王。利喻專歸義，名垂釣不綱。
聲華長在世，著作盡留方。慚愧通靈素，針時永不忘。

注：先生年逾古稀，仍每日上午應門診，下午如無出診，則潛心著作，積稿甚多，十年浩劫，皆成灰燼矣。

壽彭主𢄂親家八十生日詩

孔聖猶思比老彭，學能述古有遺經。
蟬聯百世君傳統，龍紀八旬老復丁。
品重女師雙鬢白，身爲人範兩瞳青。
持茲壽世真堪羡，齊魯循聲仔細聽。

注：彭主𢄂，見前注。

又祝主𢄂親家八十壽古體詩

天生壽命固有定，凡人百歲皆可期。
稟賦厚薄非一例，靈秀愚魯道爲基。
傳聞彭祖八百歲，遙遙華胄壽可稽。
君今八十才初步，已覺不老成希夷。
百年三萬六千日，五分四已白駒馳。
尚餘一分當系住，志士惜日應如斯。
惟君學行冠當世，艱苦卓絕身能揩。
如嫌老態醜可厭，不妨競畫入時眉。

要知君當時耄歲，一般人物皆童嬉。
君家道咸同光世，內有詞翰外監司。
君生有自符祥瑞，樂大司徒卣出希。
前身況是昭通老，金經一卷證無疑。
少年名已動卿相，容貌出衆岐而嶷。
那知文場躓不起，香分貢樹人少知。
壯年興學遍江夏，主教不敢議其私。
強仕走遼客山左，齊魯尊爲聖人師。
試執牛刀把雞割，弦歌之化至今垂。
栽花已遍洛陽地，翻然改計路非岐。
從軍喜與士爲伍，靴刀帕首生雄姿。
居然戰勝徐淮匪，手仗百川使東之。
年登六十作歸計，來執教鞭教女兒。
舊京一住二十載，盈門桃李生孫枝。
滑稽戲效東方朔，正直儼如宮之其。
君今耄耋精力健，兒孫繞膝成天倪。
我作山歌爲君壽，君之實錄全在茲。

詩成博得梅花笑，請君掀髯進一卮。

注：此爲一首七言古詩。詩中開始用彭祖（上古人，陸終第三子，顓頊之孫。自堯時舉用，歷經夏至殷末。壽八百餘歲，故稱彭祖。論語：『竊比於我老彭。』劉寶楠論語正義注：『老彭即彭祖。』）及陳摶（宋人，隱於武當山，服氣辟穀，宋太宗賜號希夷先生）故事。以後則敘述主甽先生生平，詳見前注。

和彭親家主甽原韻

世間人物皆有死，或言彭祖即李耳。
祇因孔稱我老彭，姓李姓彭無定矣。
二人道德皆齊天，惟孔不敢竊比擬。
天下彭姓由祖傳，顓頊玄孫陸終子。
八百高壽一老夫，虞夏商周事相符。
一身撑持四朝際，不愧有道真通儒。
頗聞變化成龍相，豈屑卑污同狗居。
大彭侯國世爲侯，隴西得地清萑符。
君家自是祖一脈，何必自謙爲小巫。

當日祖如不作史，子孫未必免爲奴。
凡稱上壽必引祖，無一不是祖之徒。
采女乘軿往問道，久視之法留不除。
服食水晶與雲母，存其精者遺其麤。
吐故納新歸一貫，身輕如燕纔六銖。
知白未必工守黑，惡紫焉能不奪朱。
時來三公爭禮聘，運去市儈敢狂呼。
祖之精華爲導引，祖之流派入華胥。
服藥不如獨臥好，骨成瑣子輕珊瑚。
恬靜養神治生事，如蚌映月生明珠。
倘謂殤壽彭爲天，此語畢竟遭揶揄。
我亦講究長生者，只同濫數之吹竽。
無論壽長與壽短，到死萬齡等須臾。
我欲爲祖進一觴，存神過化亦捐軀。

注：『存其精者遺其麤』句中，麤音粗。

書感

其一

同官和爲貴，中東意不誠。一綑難組線，雜伯已縱橫。
玉帛干戈假，河山血灑盟。如何才轉瞬，依舊復稱兵。

其二

天聽從民聽，聞聲有弦歌。星辰才就位，河漢已稱戈。
環海雌雄鬥，中原戰事多。何時人死足，世界反娑婆。

題范女士遺事

唯大范老子，羅雄有甲兵。藉醫爲嚮導，到處設專營。
百計摧倭寇，暗算期實行。虎穴竟出入，不問死與生。
更有掌中珠，矯然女中英。投身在學校，邊檄早蜚聲。
漢池通志士，諜報親送迎。一日大街上，偶爲日探攖。
盤詰久不屈，暗中已知情。萬一到刑訊，反使老人驚。
不如仰藥死，身殺仁自成。傷哉弱女子，報國見真情。
殉節愧奸宄，長歌表忠誠。作此慰老子，休請終軍纓。

俎豆祀忠烈，千古留芳名。

注：先生老友范君之女，曾爲中共地下交通員。一九四五年遭日寇刑訊，堅貞不屈，服藥自盡。

藏園年丈重宴鹿鳴，成詩致意

年交世誼當時重，妙手驚爭造五鳳。
君家兄弟入詞林，親見金蓮炬相送。
入朝第一要爭名，中興幸得覩太平。
翰苑積資自編檢，開坊指日躋公卿。
歲當戊子尚流寓，論文不放韶光駐。
天使嫦娥贈桂枝，直到五雲最深處。
聯步天街路不斜，幾人蹤跡敢追蹤。
歟曆中外宏教育，世變藏身且種花。
生平愛書癖成病，孤本流傳真有幸。
坐擁百城筆不停，多少校刊補先正。
我與藏園夙有緣，廿載承教意歡然。

遊山四出留題記，車唇船腹皆丹鉛。
賜我新編皆有用，版本堪輿一手控。
有清斷代說人才，此是吾川大樑棟。
指數年華背已台，鹿鳴文宴喜重開。
回首椿庭同輩少，爲君賀喜獻詩來。

注：傅增湘先生（一八七二——一九五零），字沅叔，號藏園，四川江安人。清光緒二十四年（一八九八）戊戌科進士，著名藏書家。曾任國立故宮博物院管理委員會委員，兼任故宮博物院圖書館館長。七七事變後，閉門校書，從事版本目錄學研究。『幾人蹤跡敢追躔』句中，躔音佳。

郭華謹按：太夫子此篇七古，每四句一換韻，然第八聯『育』『花』二字，似不入韻。原稿如此，姑存之，以俟高明。

賀黃瓊輝親家嫁女

喜溢門楣氣象隆，此生兒女債都空。
從茲心靜無牽罣，念佛長齋到命終。

注：黃瓊輝老人，爲先生三女穠華之婆母，虔誠之佛教徒。先生三女婿黃念祖之母，念祖任北京郵電學院教授，退休後擔任北京佛教居士林林長。

雪後觀月

雪月交輝日奪光，雪無真白月無黄。
殘鉤掛在重簾外，遠接銅鉦照太常。

說墨

其一

海内存明墨，應先數伯羲。恐高寒繼起，最上品皆奇。
譜系分家數，新陳斷代知。方圓同大小，書畫擅一時。

其二

一丸十萬杵，希李技無傳。縱有方程法，難同邵白堅。
芳香近萬啟，仿造自康乾。二合尤堪寶，誰能仔細研。

其三

墨尤尊御制，國寶厚而長。永樂同天啟，康熙至道光。
外觀皆古雅，輕磨即芳香。尚有園圖好，精研出上方。

其四

墨譜真無盡，御園新有圖。五星名不似，四閣制全殊。

價貴連城璧，精如合浦珠。當時邀帝錫，一鋌抵璠璵。

注：第一首中之伯羲，指盛昱（清宗室，字伯羲，光緒間進士，精鑒賞、富收藏）。第二首中『縱有方程法』之方、程，指明季制墨大家方于魯、程君房。第三首中『國寶厚而長』之『國寶』，指明永樂御制『國寶墨』（呈橢圓形，長達三寸許）。第四首指清乾隆御制御園圖與耕織圖墨。

贈中舟

但知守墨安緘默，嗜好酸鹹與世殊。
生死惟交子墨子，見人掩口一胡盧。

注：中舟，指袁勵準先生（一八七五——一九三五），字玨生，號中州（亦作中舟），別署恐高寒齋主，河北宛平（今北京市）人，工書畫，爲藏墨大家。

嘉平月十六夜玩月一首

凍月一丸出露遲，撲人冷氣澈鬢眉。

廣寒宮闕原如此，不到冬來了不知。

注：嘉平月爲農曆十一月的一種別稱。

詠稽留山民

絕世冬心畫，傳奇有兩峯。筆花同墨雨，暮鼓間晨鐘。
愛化仙心出，空明佛性鍾。游山訪詩友，到處一開胸。

注：稽留山民，清代畫家金農（字冬心）之別號。兩峯，指清代畫家羅聘（字遯夫，號兩峯）。

臘月十五夜夢醒口占

膠膠催五夜，驚夢感雞鳴。一枕寒威重，重衾煖氣輕。
黃風吹屋動，白月照窗明。欲起復貪睡，難禁臘鼓聲。

注：是夜大風，先生爲風驚醒，作此。

寄成都劉豫波

風塵嗟澒洞，別換一地天。別來彈指數，光陰五十年。
三萬六千日，一半銷風煙。堯民君與我，親見舜揮絃。
揖讓那可恃，干戈相繼焉。南氣不北來，我渝作都躔。
一隅保中華，河山缺復全。靜中觀起伏，長安亦不偏。
如何又輕移，兩雄相周旋。生民歸塗炭，早死卻安然。
聞子有記載，微意早成編。正告九十翁，逃世莫如禪。
我已爲佛子，日侍大金仙。乞君一枝蘭，寄君此詩篇。

注：劉豫波（一八五八——一九四九），名咸榮，成都雙流人。與先生爲光緒丁酉科拔貢同年。精詩文，工書法，與其兩箇弟弟並稱『雙流三劉』。曾任華西協和大學中文系教授，是四川省當時的『五老七賢』之一。其祖父劉止唐，有『川西孔子』之稱。

不平之憤

醴泉芝草溯根源，絮果蘭因幾覆翻。
覆水難收情可惡，不堪回首是山門。

紀近日宋孔事

時事如棋正向殘，政輶失軌那能端。
不問蟣虱藏衣活，但見蜉蝣撼樹難。
舉世昏昏無儒立，一人察察怎心寬。
蔣山樹樹消青色，只恐金陵早已寒。

注：宋，指宋子文。孔，指孔祥熙。第二句中，輶音由。

憶文公達，因寫當日同在農部情事

文昌下降有光輝，考入中書對紫薇。
能使才名驚帝座，故教學行重宮闈。
家承世德應多技，我感君情得所依。
同作河南行秘監，朝朝禿筆不停揮。

注：文公達，生於一八八一年，卒年不詳。名永譽，字寶書，號公達。爲光緒間珍妃之師文廷式長子。曾任農商部秘書，有獎實業債券局籌備處主任。與先生爲農商部同事。

晨起天際猶餘殘月口占

殘月窺窗尚在天，反張神似角弓彎。
光分旭日三分白，魄隱雲中形自圓。

四弟在獄患頭瘡，詩以哀之

頭顱雖破碎，神觀眼尚青。餘生猶有舌，薄罪已忘形。
間損參心史，愁來活腦經。爲民非爲敵，反以罪遭刑。

注：先生四弟方驊（字捷程），抗戰勝利後，因罣誤被捕入獄。

讀詩偶成

其一

詩宗六義古今同，唐宋都承漢魏風。
蘇李五言成絕響，陵蓮坡谷比難工。

其二

錡隱詩從白甫胎，正而葩是不凡才。

後人妄學香奩體，疑雨荒唐王次回。

其三

道元一集撐元代，七子才高殿有明。
各體不分都入妙，乾嘉諸老盛前清。

其四

一篇唧唧木蘭詞，代女吟詩即女詩。
後世別開閨閣體，班姬道蘊是名師。

其五

孰是名家孰大家，一言以蔽思無邪。
道盡人情風與俗，兼論雪月與風花。

其六

海外夷歌開別派，有聲無韻自成詞。
取名白話真堪笑，窮到山歌反本時。

注：此先生平日讀詩之隨筆。第一首述詩之源流。蘇李，指漢蘇武與李陵，因二人均長於五言詩。陵蓮坡谷，指唐杜甫（少陵）、李白（青蓮），宋蘇軾（東坡）、黃庭堅（山谷）。第二首中，筠隱指唐溫庭筠與李商隱。白甫，指唐李白與杜甫。香奩體，唐末詩人韓偓之作品，多寫艷情，詞藻華麗，被稱爲香奩體。王次回，

即明人王彥鴻，喜作艷體詩，多而工，著有疑雨集。第三首中，道元一集撑元代，攷元末有道人王道淵，著有道玄集，然其内容爲道家之言，與詩無關，先生所指，是否此書，待攷。七子，指明七子。據明史·文苑傳，李夢陽、何景明、徐禎卿、邊貢、康海、王九思、王廷相爲『前七子』，李攀龍、宗臣、謝榛、梁有譽、王世貞、徐中行、吳國倫爲『後七子』。各體者，指詩之體裁，如古風、絕句、律詩等。第四首指古樂府中的鼓角橫吹曲即木蘭詞。班姬指西漢班倢伃。道蘊指東晉謝道蘊（韞）。第五首用『一言以蔽之，曰思無邪』典，語出論語·爲政。第六首指當時流行的白話詩。

丙戌十二月二十九日爲蘇文忠公九百一十歲生日，鄉人公祭于全蜀會館，禮成感賦

蜀中古老多，何獨重東坡。歲歲逢生日，祀事禮無訛。
此外皆寂然，無乃太偏頗。往歲祀文昌，專爲登甲科。
桂杏花久歇，神亦感悲歌。鄉望歸坡老，食德而飲和。
或言文昌星，坡代允無他。祇因生有自，秀氣鍾岷峨。
本是星辰降，年少慶鳴珂。才學不世出，忠義互相磨。

在朝與在野，政事兩無苛。命中坐磨蠍，無奈遭坎軻。
橫事飆然起，陰受菩薩魔。最枉是詩案，暗被奸舒唆。
惟有所至處，歡迎人不呵。競把謫居處，視作安樂窩。
四海一子由，同天喚奈何。差喜能逃禪，相與臥盤陀。
碑版照寰宇，不惜散煙蘿。身入元祐黨，知有春夢婆。
借名動成社，英豪聚一窠。豈特警頑懦，兼可息風波。
燕南公未至，蹤跡無可摩。鄉人軌範之，元明有先河。
九百一十載，光陰如轉梭。是日設公祭，鄉黨同來過。
見像高懸堂，敬薰茶矩麽。靈旗隱舒卷，仿佛在雲羅。
瞻仰起敬心，神貌何巍峩。祭公四十次，我亦老婆娑。

注：蘇文忠公，即宋蘇東坡。先生詩中『元明有先河』句，用元虞集與明楊慎故事，蓋二公集中皆有祭東坡生日詩也。先生于詩後注云：『自光緒戊戌第一次祭公始，屈指至今已四十次矣，世事滄桑，能無增感。』

李君響泉來訪，有詩見贈，依韻答之

其一

雪後風清君子至，黃紗著體古之廉。
大言論世蓮心苦，笑我疏方薦味甘。

其二

肝膽照人鬢眉古，能令懦立與頑廉。
燼餘搜得書千卷，日醉芸香夢亦甘。

注：李響泉（一八六八——一九五三），名浚之。爲張之洞的外甥，頗受舅父喜愛，曾派其赴日攷察，歸來後，又到國内攷察，寫成東隅瑣記一書。一生酷愛金石文物，收藏甚富。建國後，受聘爲故宫博物院顧問。著有清書家詩史等。

丙戌嘉平月二十八日大雪不止，成此

紛紛大雪夜深作，平地盈尺頗不薄。
似聞街巷起謳歌，群欣米麵空中落。
從來瑞雪兆豐年，今歲三白殊不惡。

莫問長安酒價高，但求曠野麥苗活。
先生踡跼鐵衾中，甘受寒威侵兩腳。
雪光照眼翻然起，開門來聽雀聲樂。

注：『嘉平』為農曆十一月，是年降雪頗多，連續數日。有豐年之兆，先生喜而作此。

二十九日雪勢愈大，又成一首

雪花大如掌，自昔兆豐年。今冬四次雪，此次厚而堅。
瓦溝積數寸，一色同地天。樹冰若垂淞，簷淩化炊煙。
堂中誰玉戲，悉是散花仙。倏高倏低勢，隊隊手相牽。
幻化不可測，衣袂競香鮮。素娥在天窺，相與鬥嬋娟。
瓊樓玉宇中，高處廣且延。飛屑盡瑤珥，珠璣堆無邊。
下視人間世，翱翔有飛鳶。瞥見立雪者，尚在程門前。
志士我嘆服，守道能卓然。相彼高臥者，夢定入山巔。
況有饑寒人，衣食兩不全。當此大寒天，誰甘跼而跧。
縱使谷米賤，囊中無一錢。如何度殘歲，溝壑轉可憐。
安得佈施人，與之結善緣。佛剎滿寰宇，處處可方圓。

三千開世界，極盛成大千。萬物皆得所，賦雪鄒枚先。
最怕天津橋，轉瞬又唬鵑。息園非兔園，作此成短篇。

注：連日大雪不止，門診減少，先生遂寄情吟詠，喜兆豐年。詩中『素娥』即嫦娥。『暫見立雪者』一聯，用宋代楊時見程頤故事。天津橋，爲隋代大業元年（六零五）所建之浮橋，故址在今河南洛陽西南。兔園，漢梁孝王劉武所築，後稱『梁苑』。梁江淹（字文通）有兔園賦。

三十日雪勢不減，有瓦雀一雙藏簷底望雪，口占一絕

雙雙瓦雀藏簷底，大雪漫天不畏寒。
有意相憐時對立，潛窺書幌下欄杆。

大雪過北海

雪中塔勢獨高聳，一白虛宮壯大觀。
璠樹瑤林呈異景，瓊樓玉宇自高寒。

海中積素添圖畫，冰上堆花縷肺肝。
我過橋頭遊目望，下車欣賞倚欄杆。

夜雪

其一

星娥月姊晚妝殘，剩粉飄香下廣寒。
飛到人間成玉屑，瑤山瓊海壯奇觀。

其二

大千世界皓如銀，萬頃琉璃不染塵。
佇看花飛光燦爛，水晶環照淨明身。

榆園有詩見贈，步韻酬之

字費沈吟幾斷鬚，羡君咳唾盡珠璣。
處優越境宏詩教，作太平觀喜杖扶。
師爲轉移憐爾汝，人安淡泊有書圖。

玉攻難得他山石，宏獎逾恒愧老蘇。

注：榆園，姓许氏，事蹟不詳。

懷人

密約幽期惱曲欄，心情到此已闌干。
桃花落處猶生浪，梅子酸時早破寒。
錦瑟華年留殘夢，銀屏春夜戀餘歡。
相思相憶知何極，一紙回紋冷眼看。

注：詩題雖曰『懷人』，其實仍是懷念伯瑜與仲圭。

前室安夫人歿五十年矣，偶憶往事，成此二絕

其一

六年恩愛爲時短，一子留遺奉祀長。
作客天涯歸不得，松楸未種只心傷。

歿後爲神或意中，不然轉世化爲雄。
陰陽暌隔空相憶，五十年來夢未通。

注：先生原配安夫人，元獻師兄之生母也，早逝。五十年後，先生作此，並於詩後注云：『余每想於夢中相見，但五十年來，未曾入夢一次，或早已轉生世間矣。』

出天行有懷兩兒

思到杭州又柳州，今年好似去年不。
椒漿對飲應同樣，得意言歸聽自由。

注：此先生歲末懷念伯瑜、仲圭二師兄之作也。時伯瑜在柳州，仲圭在杭州。出天行，湖南民俗，即春節前後親友互訪之禮節。

除日書懷

一年將盡思無窮，六出花繁怒攪風。
松竹梅蘭親左右，弟兄子侄旅西東。
世情兇險雙頭蟒，時局紛紜百足蟲。
艱苦未完身竟老，不能醫國負包蒙。

過舊年

張掛門神與喜錢，舊時風俗尚依然。
不聞臘鼓催除夕，但見雪花飛過年。
盡有梅開同竹爆，豈無綵結與燈懸。
一家喜氣如春釀，敬爲焚香祀祖先。

注：先生此二詩，作於丙戌除夕。

三臺蕭龍友先生 著

不息翁詩存

【卷二 丁亥集（上）】

語文出版社 ·北京·

蕭龍友先生七十七歲肖像

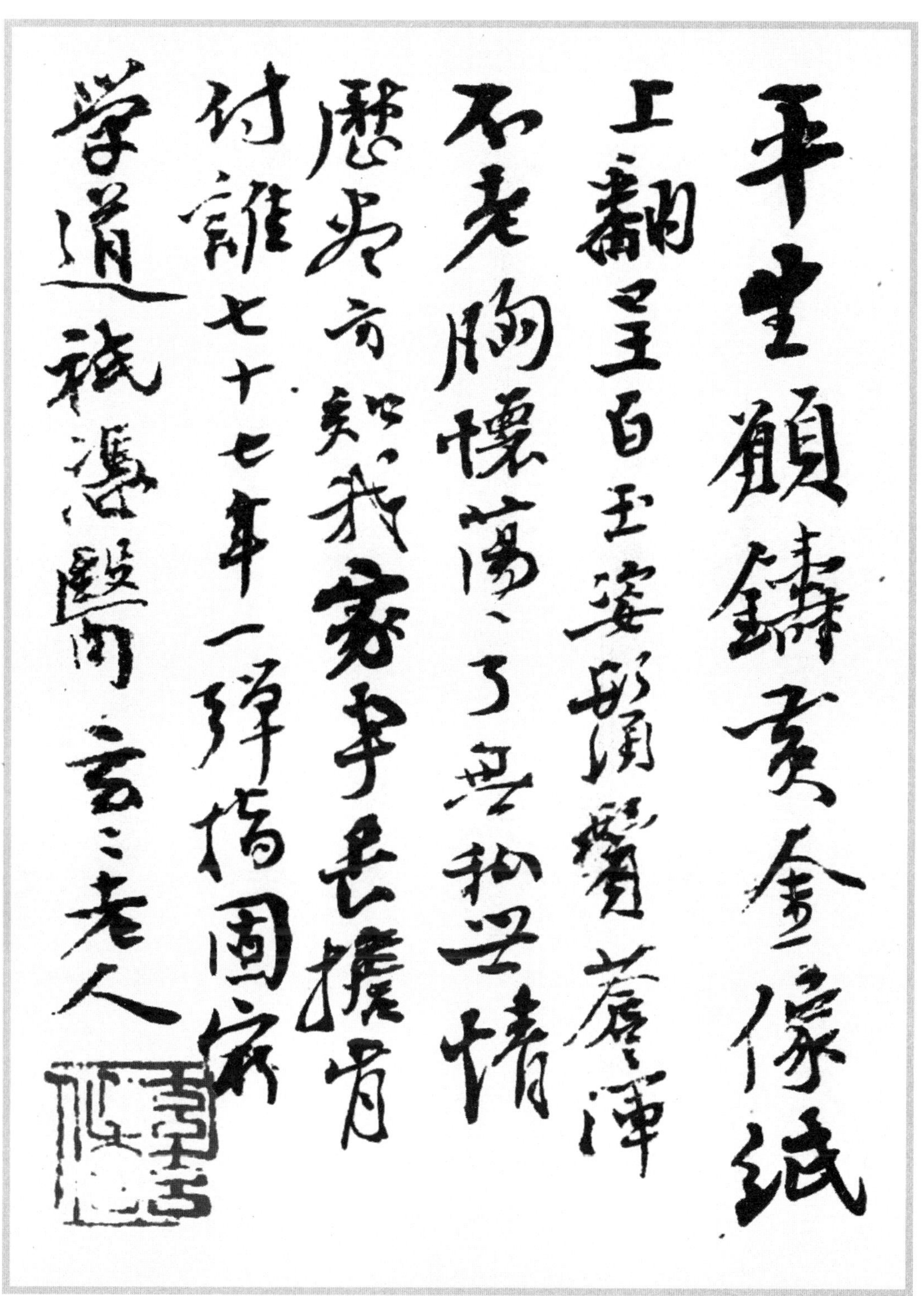

先生自題於七十七歲肖像之後

丁亥集

三台蕭龍友先生　著

受業張紹重增葊注
小門生郭華斠字

丁亥集（上）

丁亥元旦試筆

瑞雪雨晨昏，家家深掩門。年豐占大有，兵戢慶中原。
樂事風皆轉，良辰月正元。太平回盛世，願把佛經繙。

注：第四句，戢音及。

元日晨起口占

夢入杭州又柳州，兩兒蒙福喜無憂。
須知堂上增歡樂，歲歲平安得自由。

注：此詩題爲『元旦晨起口占』，實是懷念伯瑜、仲圭兩師兄之作。是時伯瑜在柳州鐵路局工作，仲圭在杭州浙江大學任教。

元旦雪停，風物清美，喜而成吟

詩人情境邀天幸，雪後風光萃一家。
瓊樹瑤林圖畫好，且將冰柱和劉叉。

注：劉叉，唐代詩人，有冰柱、雪車二詩，反映當時統治者對農民的殘酷剝削行爲，頗爲深切。先生用此典，亦有深意存焉。

聞兩兒今年皆擬作歸計，喜而作此

風停雪定啟新年，銀樹瓊花盡放妍。
祥瑞盈門應有兆，一家歡喜慶團圓。

柬許榆園

詩筒示我當除夕，六出飛花正玉瑳。
料得榆園松竹裏，元辰吟興定增多。

注：『許榆園』即丙戌集中之『榆園』。

自製蜜丸備防春疫

秘制代天宣化丸，更儲雪水作甘瀾。
今年深恐春溫起，縈在醫人敢畏難。

注：先生每年春夏之際，皆自製藥品，免費贈人。代天宣化丸，即所製多種藥品之一，原方出自明代王肯堂證治準繩一書。

雪止後作，一望無涯，賦此見意

雪花六出飛亘天，薄于柳絮輕於綿。
那知積厚到三尺，茫茫一白混雲煙。
直教天地同一色，不知世界有三千。
聚星高詠主自戰，馬耳平視失山顛。
不辨來牛與去馬，悄無鳴雁同飛鳶。
眼底直覺九州隘，空中好結千佛緣。
模糊焉能判天壤，迷茫那得分山淵。
道韞吟詩見殊小，子山作賦哀則偏。
光遮日月迷宙合，象掩星辰混坤乾。

金銀鋪地卜國富，花木含秀爭春妍。
不是天公作玉戲，人間亦自有神仙，
稽首拜謝大醫王，但願長留白打錢。

注：詩中道韞指晉代女詩人謝道韞，以詠雪詩得名。子山指北周庾信（字子山），有哀江南賦之作。

元夜夢境迷離，晨起作此紀之

覆身似鐵一布衾，鼻觀寒凝酸不禁。
淩晨夢醒天陰陰，雪花如掌鋪地深。
掀枕欲言口尚噤，似聞凍雀聲喑喑。
風吹簷溜如撫琴，強起開門雪滿襟。
家人高臥尚沉沉，炊煙初起沖瑤林。
先生枯座如倦禽，即景成詩費苦吟。

壽張庶詢同年

其一

早歲才華重白眉，老來容貌似嬰兒。
千秋業在文章富，一世名高宇宙垂。
作吏廉明超允濟，善書神妙比羲之。
白山黑水鍾靈氣，發洩非公更有誰。

其二

不將勳績擲虚空，萬事權衡善執中。
國事難銷蟲鶴劫，世情都付馬牛風。
老恒進德窮何害，熱不因人道自崇。
信是人間仙與佛，同看利濟慶成功。

注：張庶詢，即先君瞻廬老人，爲先生光緒丁酉科拔貢同年。生於同治七年戊辰，長先生兩歲。

雪降五日不住，有傷麥之虞，詩以紀之

去歲逾三白，今年灑更酣。瞞人深夜降，流澤四郊涵。

瞥見梅添喜，深妨麥不甘。雪山長在望，豐歉問瞿曇。

東榆園叟

論年都是白髭鬚，換取聲名十斛珠。對鏡那知顏已改，行程只倩影相扶。潛居有室安書畫，歸隱無山負版圖。左右逢源詩境似，唐家李杜宋黃蘇。

嘲榆園

削瓜神似皋陶面，種蕙人知屈子心。不知東坡居磨蠍，夢婆以外少知音。

注：以上二首，皆贈許榆園者，詳見丙戌集。

和饒彤武讀冬心先生集一絕

好詩清遠出祥心，筆有金剛是吉金。
競把華嚴成錦瑟，篇篇都變海潮音。

注：饒彤武，生平事蹟不詳。似爲詩人、佛教徒。

彭八百送來拜年片，畫一衣冠者向上跪拜，別有風趣，詩以答之

拜跪如儀說賀年，紅袍紗帽尚依然。
老彭坐在商周世，見此衣冠憶古賢。

注：彭八百，見前注。

詠鄭蘇龕

蘇龕才調本縱橫，力欲扶清反誤清。
謀到蝦夷終自殺，爲貪功業反傷生。

注：鄭蘇龕，即鄭孝胥（一八六零——一九三八）。福建閩侯人，清光緒八年福建省鄉

試解元，曾爲李鴻章幕賓。光緒十五年考取內閣中書，曾任鑲紅旗官學堂教習，駐日本國公使館書記官、領事，大阪、神戶總領事等職。一九三二年，僞滿洲國成立于長春，任僞滿洲國國務總理。

贈饒彤武弟

其一

敢將錦瑟證蓮華，妙法詩情所不差。
此境玉溪先覺悟，前身應共會無遮。

其二

天使冬心作辯才，吟哦聲裏梵音來。
樊川面貌樊南骨，似偈如謠信口開。

其三

論詩有眼取才難，溫李新聲入肺肝。
近代詩人陳鄭外，餘家充數鄙酸寒。

其四

貪奇好怪少同心，誰與先生利斷金。
行遍天涯芳草歇，板橋差許作知音。

簷瓦積雪，經風吹揚，大有天女散花之概，以詩紀之

好風吹去又吹來，空際花飛似玉裁。
厚薄高低天位置，日銷夜聚皓無埃。

雪晴

晴窗凍化墨冰開，波動微凹潤筆來。
敬寫無常經一卷，死生悟徹感輪回。

注：先生爲虔誠之佛教徒，得暇即以舊牋紙寫經，留存墨蹟甚多，惜均燬於『文革』。

詠雪

潑雪幾晨昏，家家深閉門。池水方覺厚，爐火不知溫。
日照如湯沃，風吹等絮紛。詩家添雅詠，鹽撒漫相論。

注：先生此詩，用晉代謝安家中故事。一日值大雪，安曰：『白雪紛紛何所似？』姪謝朗曰：『撒鹽空中差可擬。』姪女道韞曰：『未若「柳絮因風起」。』安悅之。道韞因此句而得名。

詠清初五布衣

我愛清初五布衣，性情古僻入闡微。
文章篆刻詩書畫，能使人天稱古稀。

注：清初五布衣，分別爲：丁敬，字敬身，號龍泓山人，工分隸，精篆刻。金農，字壽門，號冬心，隸書獨絕一時，工畫梅。奚岡，字純章，號鐵生，詩、書、畫俱佳。魏之琇，字玉璜，精於填詞，兼擅醫學。吳西林，生平事蹟不詳。五人均爲浙江錢塘人。生當康乾盛世，而終生不仕，故稱五布衣。清同治間，錢塘人丁丙曾輯五人著作，成西泠五布衣集一書。

清代以書取士，只爲南書房抄寫，一入翰林，聲價百倍，其實同一抄胥，何足自矜，揭之以詩

習字精能妙似珠，成名只合作抄胥。
翰林只是抄胥類，碑版何曾照四隅。

示瑾兒

人日裁詩寄柳州，鵝山柳色已青否。
燕幽早得春消息，昨夜梅花開到頭。

注：人日，指農曆正月初七日。晉代董勛答問禮俗説：『正月一日爲雞，二日爲狗，三日爲豬，四日爲羊，五日爲牛，六日爲馬，七日爲人。』

示璋兒

人日裁詩寄浙杭，西湖春色憶山陽。
兩堤柳色青青否，葛嶺梅花應有香。

注：葛嶺，在杭州西北，相傳晉代葛洪煉丹於此，有煉丹爐，不知今尚存否？

紀夢

才過揚州又杭州，兩處題詩認舊遊。
襟上酒痕香未斷，那知夢醒在吳頭。

風箏元月八日見空際有風箏飄蕩

未春天氣已成春，溫暖清和景象新。
雲影天光相映處，紙鳶飄蕩儼如人。

病嗽經旬，幾不自支，寄託於吟詠，欲以忘病也

清晨攬鏡訝髭鬚，路路津凝白似珠。
知病淺深隨去住，倩誰調護勉持扶。
鍛成杜老安心句，畫出維摩丈室圖。
此是消災無上法，底須藥餌用雞蘇。

注：杜老，指唐杜甫。維摩，即維摩詰，菩薩名。此處又指唐代畫家王維，因其字爲摩詰也。雞蘇，即中藥紫蘇，葉、子皆入藥，有散寒、下氣、消食、化痰之功效。

閉戶養痾

霰後朝陽光曄曄，風中夜雪影茫茫。
閉門不識晨昏候，但覺梅花暗送香。

病中枕上成二律

其一

擁被微吟手擢鬚，無心來探睡龍珠。
寒增雪意愁霄過，清到梅花有夢扶。
謝眺倦遊同我瘦，袁安高臥倩誰圖。
明朝快解虛痰嗽，一碗薑茶帶紫蘇。

其二

留香簾不卷蝦鬚，繡幕長垂半似珠。
幕外花飛生繾綣，幕中人老待匡扶。
酒酣恰似神仙眷，詩就難分主客圖。
世事茫茫難自解，不如高隱作樵蘇。

注：謝眺，南齊人，善書，工詩，有謝宣城集。袁安，後漢汝陽（今屬河南）人，客居洛陽。值大雪，安僵臥室中，爲洛陽令所見。令以爲賢，舉爲孝廉，官至太僕，守正不移。蝦鬚，簾子的别名。唐陸暢簾詩有『勞將素手捲蝦鬚，瓊室流光更綴珠』句。

題張大千畫息園醫隱圖後

其一

大千妙筆善傳神，此畫爲何獨寫真。
不識醫人雙醫意，故留跡象在風塵。

其二

休將經濟問醫王，醫國醫人兩擅長。
大隱金門無此貴，鞭驅草木變陰陽。

注：張大千曾爲先生作醫隱圖長卷，先生題詩於上，惜燬於『文革』中。

寒夜吟寄榆園

吟短吟長喜夜吟，病呻蹝伏怯寒侵。
春前柏葉青非色，雪後梅花綠長陰。
境入華胥生蝶夢，室如空谷覓知音。
何時再到榆園去，相與高談意味深。

春雪

春雪過三白，深防腐麥苗。西山成玉壘，北海架銀橋。
樹樹成青隱，人人似白描。九衢花亂舞，一陣起花飄。

憶山中茶花

如何二月覺春來，大覺山中放此梅。
未識藏園亭景外，吟詩誰與共敲推。

注：先生此詩，不僅憶茶花，兼憶傅增湘（藏園）先生。

讀清初五布衣詩

其一

半參禪悅半仙心，盛世山林有吉金。
奪席吴望才調絕，樊南差可結知音。

其二

□□□□富篇章，兩集流傳姓字香。

不以勞工撤吟詠，大家吾欲愧錢王。

其三

世稱三絕詩書畫，神似南田惲草衣。
深得蒙泉清淑氣，地靈詩境兩光輝。

其四

平生偏喜作奇文，風雅才高自策勳。
吟到梅花開落後，詩魂卻有暗香薰。

注：丁丙所輯西泠五布衣集，收有硯林詩集四卷，臨江鄉人詩集四卷，冬心先生集四卷及續集等四種，柳州遺稿二卷，冬花庵燼餘集三卷等。先生詩題所指，即上述之詩集也。

郭華謹按：第二首首句，原稿缺四字。

病起

苦痛連朝可奈何，醫來檢定胃酸多。
問誰肺腑無渣滓，顧我胸懷盡坎坷。
特效難求靈妙藥，暫安且唱太平歌。

年登耄耋皈依佛，慧劍從教斬病魔。

注：先生於學術，從無門戶之見，自身患病時，常請鍾惠瀾博士來診。詩中第二句，即指此。

感時

魔王用世賢人隱，天地翻成否卦文。
虛度光陰無好日，故將富貴等浮雲。
龍蛇應讖安爲福，蠻觸相爭策有勳。
南北東西塵莽莽，分疆畫界怎平均。

注：先生此詩，有諷刺時政之意。

羨自了漢，感賦一律

年方十九即供家，中有七年靠老□。
以後又歸夫己氏，到今回憶起長嗟。
弟兄自給時難繼，子侄無依生有涯。

我近八旬尚勞瘁，只因命苦不如他。

注：此先生敘述青年、中年時照顧家庭，直至晚年仍須資助弟兄、子侄之實況。『自了漢』，典見晉書・山濤傳：『帝謂濤曰：「兩偏吾自了之，後事深以委卿。」』第三句中『夫己氏』，典見左傳・文公十四年：『齊公子元不順懿公之爲政也，終不曰公，曰夫己氏。』先生此處，指自身。

郭華謹按：首聯最後，原稿缺一字。

有所感

其一

元首真成叢勝哉，爲何國事盡疑猜。
盈廷瑣瑣皆姻婭，枉殺人間有用才。

其二

八放擾攘盡飛灰，無數星辰化鶴來。
天矮地高人反復，不聞斯世有風雷。

鄭獨步結婚頌詞

鄭生和入黃鐘聲，聲聲俱是琴瑟鳴。
姻緣註定是前生，天下眷屬歸有情。
今日桃花灼灼明，明年蕡實圓且晶。
王母含笑登蓬瀛，大開喜筵飛兕觥。
佳賓濟濟頌聲清，婚禮補箋鄭康成。

注：鄭獨步（一八九九——一九五九），湖北人。著有各國統治經濟政策一書（一九三七年商務印書館出版）。

有贈

中年脫卻惠文冠，老至方知行路難。
早覺功名成幻夢，猶餘嗜好有鹹酸。
置身已在三千界，顧影曾經十八灘。
塊壘滿懷消不得，遣春惟仗酒杯寬。

夢醒有懷，拉雜成吟

其一

雞聲亂叫我醒清，無夢能圓續不成。
坐起枕衣調喘咳，納新吐故養元精。

其二

離根離幹復離枝，墜絮飄茵又一時。
生到而今忙救國，不知父母是阿誰。

其三

元首今真叢勝哉，堂堂政府盡庸材。
只因瑣瑣居高爵，一手遮天孰肯來。

其四

戶戶兒童自養成，都教爲國作干城。
深防強敵侵中夏，遊學歸來即典兵。

注：此亦諷刺時政之作也。

和瞻園老同年

其一

與君懶畫入時眉，楊孔隨呼大小兒。
入市猶逢青眼刮，問年已愧白髭垂。
蒼茫浩劫難爲度，辛苦浮生悔識之。
彈指百年容易過，幾人知道我爲誰。

其二

才羨東方善鑿空，親仁愛眾總虛中。
人情莫笑商周世，國體難消鄭衛風。
虎豹爭雄方勝利，觸蠻自鬥失尊崇。
滄桑閱盡詩人老，譎諫呻吟枉費功。

注：瞻園，即瞻廬老人。第一首第一句用唐朱慶餘近試上張水部詩意。第二句用後漢書·禰衡傳典，禰衡在名士如林的詩都，只看得起孔融、楊修，常說：『大兒孔文舉，小兒楊德祖，餘子碌碌，莫是數也。』所謂大兒、小兒，乃孺子、男子之意，是對杰出人物的尊稱。

病起對黃梅口占

一病經旬瘦似猴，梅花枝上月如鉤。
老來照影都相若，君有黃須我白頭。

和捷弟獄中晚眺一律

生日生機暢，圜扉好景開。放懷知事解，有夢覺春回。
行跡憐衰草，吟情付老梅。時來消萬劫，花倩鼓聲催。

又和捷弟生日二律

其一

破屋喬居免播遷，韶光不駐感流年。
活人濟世成公僕，樂道安貧作散仙。
市上已無靈藥售，囊中那有秘方傳。
修齡幸得同君享，生日傾杯醉酒賢。

其二

處境何須賦式微，聊當圖圖作黃扉。
年齡都已過耆老，兄弟真難説瘦肥。
爲國含冤安暫屈，懷才乘運待時飛。
明年天錫無疆福，會看迎祥衣錦歸。

注：以上五律一首、七律二首，皆爲和捷程先生者。

丁亥閏二月五日爲七兒生日，兒生於閏年，故以詩紀之

生誕欣逢閏，從來號壽民。百年添卌月，一日占三春。
靈氣鍾書史，仙心脱俗塵。允宜清淑地，著作自安身。

又七律一首

人生四十當強仕，獨爾經猷迴不同。
爲國宣勞成懋績，與人無侮奏膚功。

文章深造須勤學，儒雅安居要持躬。
深盼添丁逢亥歲，長膺福壽喜相逢。

注：以上五律、七律各一首，皆爲寫寄杭州之三子肅璋（字仲圭）者。仲圭師兄，在族中大排行行七，生於清宣統元年（一九零九），是年正值四十歲，先生喜而以詩勉之。

驚蟄日作

蟲驚啟蟄地開凍，陽氣潛高已仲春。
時到清和翻冷冽，運當反正失天真。

雞聲

雞聲亂叫似哄堂，西窗微見朝日光。
市聲寂然未登場，獨起入庭步中央。
呼吸朝鮮入肺腸，生精填髓功力彰。
此是仙佛所秘藏，我嚴守之不敢忘。

不關壽短與壽長，云是長生不老方。

注：晨起聞雞聲，以柏梁体成此詩。亦有諷刺時事之意。

春日閑吟

其一

今年春晚氣偏寒，起看西山雪未乾。
耳底似聞泥滑滑，慎防街巷有車翻。

其二

一病經旬未涉園，那知百卉已開繁。
紅紅花朵青青葉，來坐芳叢倒酒尊。

其三

驚寒雁陣起汀飛，不到春和自北歸。
喜入雲羅閑寫影，排成一字有光輝。

其四

門前槐樹漸含青，夢入槐廳睡未醒。
蟻鬥何如蠻觸鬥，人間幻相幾曾經。

注：此四絕句，所寫皆爲物候及息園中之景物，然亦有諷刺時事之意，如第四首。

春曉

陰陽偏勝便相爭，暖少寒多天甫明。
萬籟無聲光發白，假眠枕上聽雞鳴。

即景

雪片因風作絮團，如花如朵向空翻。
片時化水仍爲雨，乍暖才知春尚寒。

北塔

其一

北塔高撐妙應多，中間舍利子光和。
虔心瞻拜消塵慮，勝念千聲阿彌陀。

其二

此是亞洲第一塔，西來建者阿逸多。
外觀都是後功德，巍渺空明有佛呵。

注：北塔即北京阜城門内妙應寺（俗稱白塔寺）塔。參見『詠白塔三首』注。

戰亂

我聞一十九世紀，天災人禍紛無已。
不論大康小康家，家産盡絕同一死。
匪來篦篦兵梳梳，都變蟲沙與螻蟻。
大劫當前天無私，佛仙一例同生死。
何況區區一小人，欲逃災難焉能許。
海枯石爛救不得，川竭山崩無底止。

注：内戰頻頻，民生凋敝，先生此詩，有悲天憫人之意焉。

贈鄭獨步君東方補壁詩

何處神仙小洞房，畫樓西畔莫愁堂。
幾時雲雨凝成夢，昨夜星辰燦有光。
繡枕狂飛雙蛺蝶，錦衾嬉臥對鴛鴦。
前生註定姻緣好，日日雙成試曉妝。

同衾之夢

隔床同夢最關情，老境迷離認不清。
醒後寒氣滿鴦枕，方知春冷暖難生。

畏寒

淩毒横欺霜幔薄，寒威不减枕難溫。
擁衾假寐渾身冷，直似僵蠶僅息存。

兒童戲雪

兒童捉雪當飛花，手弄成珠白似沙。
六出祥霙多變態，經春化雨細如紗。

注：第三句中，霙音英。

晚晴

自古人間重，春秋天放多。夏當凍注後，冬值雪飛過。
片片霞成彩，漪漪水欲波。當年詩社裏，樂趣究如何。

郭華謹按：詩後太夫子自注云：『昔年徐東海（按：即徐世昌）立晚晴簃詩社，選清代人詩。』

題星誓記

一縷情思化作煙，雙雙離恨總難捐。
黯然誰鑄錯中錯，休矣難逢緣上緣。
撒手無端成碧血，許深翻悔誤青年。

如將燕子箋重譜，字字含愁泣杜鵑。

注：星晢記，不知何人所作。

題齊白石畫蝦蟹大小魚條幅

老筆縱横墨味香，森森鱗甲自青黄。
可憐畫餅難充腹，使我涎流不得嘗。

嗽起是日驚蟄

不眠因老嗽，依枕待雞鳴。積雪夜生白，尖風晨轉清。
鵲聲微帶喜，蟲蟄漸知驚。爐火無溫氣，消寒借酒傾。

答濟垣友人

其一

書自何方發，郵箋注濟南。紙同金葉貴，札似玉瑺緘。

詞寫聯珠體，筒殊七寶函。春來欣得意，瀟灑似阿咸。

其二

七二泉中客，相忘不計年。惟餘太沖叟，慣寫薛濤箋。
詩夢春無跡，人情藥有緣。韓康兼市隱，書畫樂陶然。

注：濟垣，即山東濟南市。先生於清末曾在山東爲官，辛亥革命後，在濟南居住甚久，故山東親友頗多。太沖叟，估計即來書之人。薛濤，唐代名妓，工詩，好製松花小箋，時人名之曰『薛濤箋』。

紀夢

落落星辰細細風，莫愁堂北桂堂東。
春深夜永無消息，憑藉鴛鴦一夢通。

自嘲

舉世皆權變，嗟予尚守經。心虛紅映日，髮種黑添星。
春閏寒無跡，財荒亂有形。醫心方一紙，不必備參苓。

腹疾

老境催人不在多，但經小病便婆娑。
況難安睡難安食，更患河魚可奈何。

注：河魚，指腹疾。典出左傳・宣公十二年：『河魚腹疾，奈何？』

病中不能安眠，清晨起坐，見窗外景物，因成一律

槐芽已含綠，草色漸敷青。二月雨初水，三春序半經。
病中驚節過，門外少車停。良友難相見，禽來聲可聽。

贈王維庭實甫

同門勵志最稱賢，小別流光又五年。
著作驚人當刮目，經猷邁眾敢齊肩。
文壇宿將偏居少，經國前鋒早占先。
我本陶廬高弟子，老衰不學愧王前。

注：王維庭（一九零四——一九五五），字寶甫，山東烟台人。當時任北京師範大學教授，晚年著有墨經會詮一書。陶廬，即王晉卿先生（一八五一——一九三六），名樹枏，著名文學家，曾任清史館總纂。先生師事之。

題畫詠駱駝

兩株野樹強成陰，也似瓊林與翰林。
誰把駱駝比編檢，傳形繪影到如今。

郭華謹按：詩後太夫子自注云：『前清翰林，舉止從容，人以駱駝比之，又因其貂褂多脫毛故也。』

瑜兒屬猴，畫師蔣兆和戲畫一猴贈之，爲系以詩

本命屬猴善畫猴，船山遊戲竟無儔。
兆和仿畫猴孫子，瑞應生兒寄柳州。

郭華謹按：第一句後太夫子自注云：『清張問陶（船山）生於乾隆甲申年，本命屬猴，

平生以善畫猴得名。』瑜兒，即先生次子伯瑜師兄，時在廣西柳州工作。蔣兆和，著名畫家，爲先生三女蕭瓊之婿。

紀事

多情反被多情累，大受方知大受難。
今此論人幾君子，莫矜喉舌變心肝。

挽郭嘯麓

其一

君居北學我南學，彼此知名戊戌秋。
喜有文章驚海內，細侯聲譽滿皇州。

其二

庚子知君走太原，特科保薦謝無言。
聰明不入終南徑，畢竟詞林得占元。

其三

壬寅癸卯策天衢，辣手能揮得意書。
完結一朝求士法，宴開婪尾杏花疏。

其四

蓬萊新進客東倭，白首詩成當浩歌。
聞政異邦歸獻策，同文同種兩婆娑。

其五

生有自來不自矜，九能之外更多能。
詩書畫好皆餘事，文獻先朝盡足徵。

其六

屢世簪纓公早達，曆斅中外望如仙。
壯年早厭風塵味，林下著書姓字傳。

其七

蟄園開社集群英，中外詩家罄北平。
點將有人評甲乙，稱王只合讓先生。

其八

忠孝爲人有始終，儼然今代郭林宗。
早離塵海歸天闕，同仰先生得古風。

注：郭嘯麓（一八八二——一九四六），名則澐，福建閩侯人。光緒癸卯科進士，任翰林院庶吉士。入民國後，一九一九年曾任國務院秘書長。詩人，著有清詞玉屑等。

春夜苦寒

一丸凍月尚留光，夢醒更深夜未央。
咳喘攪眠寒襲肺，真成老境笑頹唐。

二月初天氣回暖，枕上口占

窗糊紙密不通風，斗室今朝迴不同。
床幛冰痕潛合化，枕函冷氣暗消融。
假眠長續梅花夢，靜悟圓成鼎火功。
裹被渾如蠶作繭，不僵喜聽五更鐘。

二月二日例食春餅，胃病已減，內子爲我作軟餅，因而加餐，成詩一首

爐火添溫感婦賢，五更夢醒病都捐。
胃平氣順歡無極，春餅能餐好自煎。

紀近事

丁年人事歎無生，八面干戈擾不平。
那有朝廷還北極，只愁王氣黯南京。
西康烽火三邊接，東道河山四國爭。
浩劫茫茫消不得，仰瞻星斗欠分明。

又書近事二絕

其一

五權憲法被人輕，監察何如考試清。

行政不公司法亂，只因立法失分明。

其二

元首不明股肱墮，況將兩職一身兼。
敷敷衍衍成何體，大法不公累小廉。

注：以上七律一首、七絕二首，皆諷刺時事之作。

紀夢

春宵寒重復寒輕，擾我梅花夢不成。
一陣香風來撲鼻，模糊舊枕憶前生。

失眠

十分明透紙窗陽，不是燈光與燭光。
風露五更眠不得，素娥分影伴横床。

調飲

乳粉糖精和可可，西方調味勝中州。
爲言養料含生質，都是人間最上饈。

注：抗戰勝利後，市售一種顆粒狀飲料，名『麥乳精』，内含奶粉、可可粉等，用開水沖飲。現已無此品種。

懷遠人

芭蕉分綠上窗時，睡起添妝倚竹枝。
即景沉吟新得句，將詩寄遠有餘思。

和饒彤武感懷詩原韻二首

其一

袖手觀時立在傍，哀天不接感青黄。
四郊多壘無生氣，百國搴旗廣戰場。
亂世英雄空自霸，丁年天氣轉春陽。

但求災難消三八，更望西軍盡撤防。

其二

春來又見長梅胎，鵲雜訊聲報喜來。
時有盛衰隨世變，身安老病感心灰。
富歸私室民財盡，政出多門國事猜。
無典可稽從直筆，夜來觀象怕登臺。

注：和饒君感懷詩，亦有感而發也。

贈饒彤武弟

盧劉相鬥各成家，妙句驚人取次誇。
誰似張衡工作賦，能教百卉盡含葩。

病中苦吟

病久難醫寄苦吟，自罹胃疾非災侵。
懶分冷熱貪充腹，靜少歡娛足慰心。

誰慰病人研藥物，我思遊子進華簪。
獨眠獨坐經昏曉，抱甕差能學漢陰。

郭華謹按：尾聯末句，太夫子自注云：『強自提壺燒水煮茶，故云。』

仲春二月末日，負疾看門診二十人，得十三萬五千元，爲行醫四十年進款最多之一次，故以詩紀之

其一

十三萬票兩鐘收，三指禪參上乘頭。
不信岐黄·不解厄，利人利己兩無憂。

其二

黄岐身世漫相論，醫略而今算一尊。
日進斗金何敢望，十番得手傲三元。

注：按當時幣制，約合今之十餘元。

煎茶

蟹眼相隨魚眼來，東坡久試不須猜。
茶非破睡難言好，水到無聲始報開。
洗盡肺腸塵俗氣，結成心臂佛仙胎。
從茲味道添爐火，悟到盧仝有別裁。

注：蟹眼、魚眼，皆水開時之形，典見宋蘇東坡與王安石故事。盧仝，唐人，好飲茶，有茶歌之作。

自遣

世人難得飯胡麻，一飯山中味頗嘉。
過午不餐師佛子，長年豪飲學仙家。
閑來跨鶴游天宇，時至驂龍泛海涯。
夢死醉生安自在，六如境界比無差。

注：佛家弟子（和尚）過午不食，道家弟子（道士）則善飲酒。

春日晨起口占二絕

其一

家人酣睡我偏醒，秉燭題詩兩眼青。
只爲衾寒眠不得，非貪早起看晨星。

其二

日暖陽回二月初，曉窗冰釋好抄書。
筆尖勻墨知春煦，早起神遊樂羡魚。

郭華謹按：第二首末句後，太夫子自注云：『案頭有金魚一缸，故云。』

贈詩家

其一

此身生長在詩家，家學淵源舉世誇。
成就唐音無俗韻，義山宗派證而葩。

其二

文人難得作詩家，弦外無音休自誇。
學到盛唐同北宋，長吟短詠許成葩。

注：第一首中，『義山』指唐李商隱。葩，詩經又稱葩經。

春雪

窗外虛生白，明明是月光。如何鴛瓦上，照影似銀潢。
夜永風聲空，晨興雪色張。方知花六出，積厚滿庭堂。

注：雪花六角，故『六出』爲雪的別名。典見宋書・符瑞志下：『草木花多五出，雪花独六出。』又見資治通鑒・宋孝武帝太明五年：『春正月戊午朔，朝賀。雪落太宰義恭衣，有六出。』

涂親家母四月四日生辰，作此爲祝

四四聲音諧事事，平生如意自長生。
地靈人傑波難動，日朗風和天正清。
仙骨老年當更健，佛心應世定多情。
子孫膝下森森長，歲歲今朝進菜羹。

注：涂子厚先生之夫人，佛教徒，爲先生幼女農華之婆母。

綺夢

其一

夢入蓬山東復東，鴛鴦卅六變飛熊。
紅牆隔水英風起，縱有靈犀不敢通。

其二

落落星辰㜷㜷風，良宵不寐意牆東。
錦衾繡被何零亂，底事浮生誤落鴻。

其三

夢境迷離伴麗人，願同鴛枕竟生春。
獨眠兀自成雙影，幻相何妨認作真。

其四

粉香脂味滿酥胸，抱得衾綢一夢通。
卅六鴛鴦眠最穩，莫教驚醒玉芙蓉。

寫意

其一

西山皚皚明晴雪，南郭飄飄送暖風。
花事今年應鬧熱，遊春早備一枝筇。

其二

多病多災催老境，無憂無慮作閒人。
此身早蜕參仙訣，換骨丹成自返真。

其三

花開花落日初長，病後身疲喜睡鄉。
主靜養心何處好，焚香假寐坐禪堂。

題歡喜念佛齋詩集

其一

自從念佛生歡喜，此是蓮居居士心。
晝夜六時勤課誦，詩成都是海潮音。

其二

由儒入佛佛還儒，儒佛不分萬念無。
吟到天人相感處，手持一串牟尼珠。

其三

此詩不類九僧詩，海闊天空任索之。
字字靈明如偈語，三生同證吼如獅。

其四

十載埋頭校大經，晨香紅篆夜燈青。
莊嚴清淨平等覺，念與十方諸佛聽。

注：歡喜念佛齋，爲夏蓮居老居士之齋名。

讀書一首

醫事餘閒溫舊書，勝逢故友喜相於。
六經易學誠難學，百子何如歎莫如。
貌不因年變衰老，心常守道自清虛。
再過廿載猶黔首，百歲仙翁好自居。

注：黔首，原指黎民，此處作髮不白解。

漫吟

前身應是一頑僧，學道未成空自矜。
今世已成文字吏，雖崇佛學信難徵。

預作自壽八十詩二首

其一

遊戲人間八十年，此生雖老尚頑堅。
習醫王事行天道，現宰官身了世緣。
自笑不夷還不惠，本來非佛亦非仙。
滄桑幾度詩人老，掌握之中有大千。

其二

世上人皆度百年，先庚天合後庚天。
白鷗黃菊懷潛叟，青鳥赤松憶散仙。
眼底風雲都幻化，掌中日月尚流連。
修成淨土歡無極，自在安居一朵蓮。

注：第一首爲寫實之作。第二首頸聯用『忽逢青鳥使，邀入赤松家』詩意。

郭華謹按：第二首太夫子自注云：『顧子遠八十自壽詩有「清霜影裏伴黃菊，流水聲中住白鷗」之句。』

詠梅花

其一

窗前忽見鶴鷲影，屋裏時聞龍麝香。
林下美人乘月到，天寒爲我送瓊漿。

其二

倚松傍竹矮枝斜，昨夜風開第一花。
夢裏幽香來撲鼻，詩魂和月到林家。

注：林家，指宋林逋（和靖）。

養蠶

山郭人家半養蠶，重重翠箔正三眠。
無多桑葉供朝食，作繭成絲儼似綿。

左次修寄我新刻圖章三方，精妙絕倫，詩以謝之

握瑜懷瑾久，似已善刀藏。爲我新硎發，承君美意長。
復丁思不老，息影感何方。持贈他山石，殷勤攻錯良。

注：左君自濟南寄先生石章三方，其中一方文云『息翁八十老復丁』，故先生詩中及之。

釋『家』字

家字藏深義，惟關豕一群。但貪眠與食，誰識苦同勤。
教養真多累，辛勞未解紛。四重恩所在，事畜豈能分。

釋『室』字

室小安家內，如房亦似閨。女司欣有托，男至便如歸。
天設何嫌累，人多不解圍。底須分正側，休管是同非。

悼張金波有引

天津張金波，術士也，天文、地理、命相、奇門無不通曉。識之已十年，去歲來京，居余家甚久，性情相得，結爲老年弟兄。今正尚來省余，見其頗有病容，還津不二日，竟歸道山，爲之悵然，詩以悼之。

其一

欽天監攝軍諮府，出與軍師儀注同。
當日兩宮曾重視，頭銜一品頂珠紅。

其二

辛壬年屆運難過，得罪權奸可奈何。
數載雲遊等乞匄，半生奇遇此時多。

其三

與我相逢已十年，結爲兄弟了前緣。
病中談笑均覺老，彼此相連到蛇蚿。

其四

聞弟還津過華誕，門生送禮往登門。
驚心相別才三日，不見形神哭斷魂。

其五

色貪酒過身難健，況是衰頽近耄年。
子小妾多家事亂，津橋難聽是啼鵑。

其六

前身應是道中身，今作窺天測地人。
滿腹機能傳不出，爲君太息一傷神。

其七

惜君通道太偏心，只解和陽不辨陰。
倘使皈依僧法佛，哪能有病誤相侵。

其八

一生一死見交情，別我匆匆說未明。
深夜細思惟痛哭，頻揮老淚不成聲。

其九

富貴原爲倘來物，工商更是不經財。
喜君一世能行善，多少窮人哭更哀。

其十

氣化清虛返道山，再來未必樂人間。
願君長住蓬萊頂，雲護樓臺月滿關。

其十一

壓勝共知君有術，能教滄海變桑田。
祥龍威鳳真靈物，手把雙雙入地泉。

其十二

揣骨便知人貴賤，且能詳說咎同休。
毫釐不爽天機泄，折損功名卻有由。

注：第二首第三句中，匄同丐。第三首第四句中，蚿音弦。

聞津友報告張金波家事感賦

其一

年少當官日，朝朝聽玉珂。因憐十姊妹，誤讀幾星娥。
運去身無主，時危鬢已皤。古稀身尚健，老子自婆娑。

其二

近來家事乖，萬事意難諧。羈棲來主我，衰病久傷懷。
歸去魂先失，災深力費排。聞君返天闕，痛哭淚如淮。

爲張金波作十四絕句

其一

精研律襲輔前清，心地雖光只半明。
差幸幼時師教好，十年享受立修名。

其二

北方張氏本高華，豐潤南皮兩大家。
君自欽天官發跡，名揚中外並非誇。

其三

封疆督撫皆趨謁，台閣樞臣盡納交。
自處謙恭名愈大，儼然治世一英豪。

其四

揣骨便知人貴賤，百年心事並能言。
不知此術從何得，大半薪傳李與袁。

其五

憐君有術太無學，舉止粗狂駭世人。
倘得讀書兼養氣，十年造就定成真。

其六

茶山山上地仙精，算就悠遊了一生。
不敢強留爲子弟，塵緣未斷怎修行。

其七

舉世疑君同騙子，我知君是不凡才。
皇風丕暢方能用，亂世間遊亦苦哉。

其八

制虎無權休養虎，欲心逐逐視耽耽。
雖然坐困猶能鬥，出柙無羈射更難。

其九

財權一入女人手，只講存私不爲公。
千古家庭多誤此，人亡家敗不成風。

其十

君雖身世有來由，不信禪宗信九流。
外強正是中乾候，小病難勝萬事休。

其十一

每因妻妾困英雄，奪命均由怒氣沖。
時運不來惟有死，況當衰老又逢窮。

其十二

丹斧來書言往唁，驚看身後太蕭條。
衾棺未備資良友，入土爲安且避囂。

其十三

貪財好色原生性，樂善行仁見本心。
功過半參身自在，道山有路尚能尋。

其十四

會葬無人可奈何，新交勢力不相過。
我慚抱病行難得，只有含愁作挽歌。

郭華謹按：第四首後太夫子自注云：『金波所學大率與袁天罡、李淳風相類。』

寄左四次修有引

春夜夢次修夫婦來，修髯更長，而均無老態，胡盧一笑而已，成詩三十韻寄之。

燕北啟花朝，濟南接芳夕。兩地好踏青，歡洽遊春客。
君我不相見，世亂皆遁跡。書劄雖少通，時時動魂魄。
昨夜曾夢君，喜君鬚未白。君面近加龐，精神一如昔。

見君伉儷歡，並坐賞方冊。不貪自食力，欣然有所得。
畫師兼印人，品高見風格。取資不傷廉，月可受千百。
名士與名媛，恒集孺子宅。滿室皆琳琅，圖書雜刀尺。
售品不厭多，雕鐵珍若璧。竹刻聚頭扇，刀切玲瓏石。
臚列任人購，自坐設重席。回首五年前，賣藥苦求益。
醫國兼醫人，歡然意亦適。後經人事乖，抑由天心易。
改計乃如此，勞等草萊辟。心血費無形，虛牝千金擲。
而君能安之，不恥計然冊。夢中與君談，君手兩三拍。
問我意爲何，我躍亦三百。願作貨殖人，不居文章伯。
此後春秋短，大家珍駒隙。何時能出遊，同蠟阮孚屐。
不然學仙術，高飛王喬舄。但令能長見，勿使歲期隔。
書此代面談，覆我墨無惜。

注：左次修（一八八九——一九六二），安徽桐城人。行四，爲先生之侄女婿。精書法、繪畫、篆刻。上世紀四十年代，在先生的支持下，在濟南開設同康藥房，施藥救人。一九四五年後，在齊魯大學任教。建國後，被聘爲山東省文史研究館館員。『高飛王喬舄』句中，舄音戲。

早起紀事

日常耽靜坐，宵短自安眠。詩夢迷蝴蝶，春心托杜鵑。
疏星晨未隱，殘月影猶圓。望遠披衣坐，朝霞燦滿天。

注：頸聯用唐李商隱『莊生曉夢迷蝴蝶，望帝春心托杜鵑』詩意。

花香

花香那比衣香久，衣可隨人香在心。
花縱香多有開落，開時雖好落難禁。

贈饒彤武弟

詩腸酒膽兩雄奇，世變沉觀早覺知。
有感呻吟雙鬢短，無妻操作一身揹。
論交不擇皆英俊，守分隨緣學皓熙。
好事相人神妙出，耳聾心敏作天倪。

又贈饒彤武弟五律一首

出世家多難，胸懷別有天。術多知道重，形損卻神全。
交擇王駘叟，書藏晏子編。風塵如有識，定作臥龍傳。

題李梅龕畫蘭條幅

朋簪昔日今姻眷，三世因緣佛說來。
我喜親家壽無量，蘭孫又進祖慈懷。

注：李梅龕，生平事蹟不詳。

論詩

詞華斷代氣應降，聲調難同若異邦。
讀破唐人詩萬首，漫吟自少宋元腔。

遊十刹海

花香十畝盡荷田，萬葉翻風綠滿天。
我乘晚涼來眺望，沖煙一鷺白於蓮。

又五絕一首

一刹一如來，十刹盡蓮台。清香亦供佛，但祝花滿開。

注：以上二首，皆詠什刹海者。什刹海，原名後三海，位於北京鼓樓的西南面。元代稱『大泊子』，清代始稱什刹海。清震鈞天咫偶聞：『都中人士遊踪，多集於什刹海。』蓋當時今之北海及中山公園、頤和園等，皆屬禁苑也。

人生

人身三寶氣神精，老至尤宜善自營。
百歲須臾非壽考，要同仙佛學無生。

釋『計』

治家治國計雖精，家國長存在治生。
生計都從心計出，計能博得好名聲。

挽喬大壯

其一

交道經三世，光陰紀百年。羊裘寒見贈，雞尾笑成筵。
歷下曾懸榻，京中屢著鞭。聞君思捉月，定作水中仙。

其二

紀歲方周甲，揚名有壯丁。向平才了願，李白已通靈。
事業難追錄，詩詞待殺青。西遊歸火化，憑調哭江亭。

注：喬大壯（一八九二——一九四八），本名曾劬，字大壯，號波外居士，四川華陽人。曾任南京中央大學藝術系教授，一九四八年七月赴蘇州，自沉于平門村橋河中，即在該處火化。歷下，爲濟南之別名。

詠臺席

其一

草細編精大且寬，極平極滑睡眠安。
招涼卻暑鋪床上。薄似新篁性更寒。

其二

臺灣熱帶多奇品，此席安眠最可人。
比似鮫綃尤軟滑，當從冰簟證前因。

再詠臺席七律一首

臺草如莎又似芸，編成涼席細成紋。
平同蘄簟宜攤板，細若桃笙可論文。
六尺床鋪宵穩睡，一枰棋設午消熅。
蘧蘧夢入麴塵水，簾卷鴨爐香正薰。

注：第二次世界大戰後，寶島臺灣回歸祖國，有人贈先生臺草所織之席，性柔軟，可折成方形，頗便攜帶，先生喜而寵之以詩。

觀化

地豈無邊際，天原有弛張。海山分兩界，日月自同光。
萬象難爲狀，三才不改常。如何人可貴，妙化理陰陽。

詠口蘑

蘑菇生北口，細嫩比茨菰。簇簇攢沙漠，丁丁雜錦匳。
入庖成美菜，和味稱香酥。更有銀盤種，秋來滿地鋪。

注：第四句中，匳音奩。

詠槐一首

庭院午風生，槐陰夏最清。蟬吟高處穩，蟻鬥夢中驚。
枝密漫天綠，根深匝地榮。差同王氏貴，子姓列公卿。

注：尾聯用北宋王旦故事，王氏堂號爲『三槐堂』。宋蘇東坡有『三槐堂銘』之作。

交道

末世交人有作風，輸心總在片時中。
顔歡客悦應無異，言聽眸觀迥不同。
唾面自乾真俊傑，鉤心不動乃英雄。
幸災樂禍稱知己，今日偏西明日東。

注：腹聯用唐婁師德故事。

贈陳伯玉

欣聞陳伯玉，握瑾自遠鄉。動我别離感，祝君歲月長。
居家宏著作，福世有輝光。好助方舟尹，安民保梓桑。

注：陳伯玉，生平事蹟不詳。

讀陶淵明集有引

有讀淵明責子詩者，謂其諸子皆不肖。不知正其善教也。此意惟黄山谷知之，因廣之以詩。

淵明高達士，閲世眼無青。自然對兒子，處處須丁寧。

況大者十六，小者方九齡。都在童稚年，那知守常經。
望其親筆墨，教之豈不聽。責備在細餘，不取趨過庭。
一生寡交遊，唯知影隨形。有子如可教，奉之爲典型。
不似轡兒者，對客誇寧馨。我願學其達，買醉不求醒。

治牙

老來齒豁付牙科，憑仗醫師奈爾何。
不用藥麻偏解痛，只將水嗽極調和。
一枚取下無知覺，兩處稍高費切磋。
納食雖然留缺憾，口中因此少偏頗。

又絶句一首

無齒諧音類無恥，不同等韻卻同旨。
搖搖豁後妨嚼咀，拔去連根真快矣。

郭華謹按：此二首後太夫子自注云：『二首皆有心得，詩雖不用典，俚而有理，少韻何妨？老來詩境大多類此，所謂成如容易卻艱辛，非個中人不能解此。』

憶榮縣趙堯生

其一

高年猶著進賢冠，只有榮陽一老酸。
與我作書鈔舊句，乘時修禊勉加餐。
江游濯錦連今雨，寺想伏魔結古歡。
四十五年一彈指，思量往事淚汍瀾。

其二

臨皋漸覺山千仞，回溯增湘水百尋。
盡有人才留翰苑，豈無老輩在詞林。
誰爲小相端章甫，慨想中書誥敕金。
楓陛卿雲雖煥彩，趙前未敢自披襟。

注：趙堯生（一八六七——一九四八），名熙，四川省榮縣人。光緒庚寅科翰林。光緒辛卯壬辰間，與先生在成都曾同游望江亭。戊戌至庚子，又在伏魔寺與先生作竟夜清談。先生在此詩後注云：『去年尚與堯生通問，不知今日尚在人間否？』第一首第八句中，汍音丸。

雞雛

初從窠裏賦形來，不辨雌雄毛未開。
引類呼群餐竹實，無人知是鳳凰胎。

夜起口占

殘月一彎掛屋角，開門誤認是簾鉤。
雞聲喔喔才三唱，寶鴨香溫氣尚浮。

注：寶鴨，香爐之別名，古香爐多作鴨形，故名。唐孫魴有『久坐煙消寶鴨香』句。

早醒

早醒疲邪攪肺腸，強倚頹枕待天光。
漏聲剛斷雞聲續，殘月熒熒掛此堂。

憶往事有引

昨有林白水家人，持所藏墨硯等物出賣，見物思人，因成此作。

潘張時代食常經，幕府無權制將星。
一個王琦敢專殺，可憐白水太零丁。

注：林白水（一八四七——一九二六），名獬，字少泉，福建閩侯人。曾留學日本早稻田大學，著名報人。一九二六年曾撰官僚之運氣一文，諷刺潘復（時任財政部總長）爲張宗昌（時任直魯聯軍總司令）的『腎囊』而被殺害。

春晴風動，寒威逼人，恐滋疾病，姑以詩驗之

春晴風動寒威重，日射晨光氣不溫。
早起圍爐身瑟縮，頗疑怪病下天門。

偶成

日朗雪消氣不溫，晨興煬火到黃昏。
夜來祈得華胥夢，衾枕香甜養醉魂。

聞雞口占二絶

其一

報曉鳴聲何處雞，聲高不似塒中棲。
晦明風雨聲相若，總爲詩人著意啼。

其二

雞聲才過又機聲，都在空中陣陣鳴。
揩眼看窗剛發白，時危告警暗行兵。

枕上口占

其一

老衰睡少溺加多，臥起頻繁擾似魔。
戒酒已經過百日，再停茶飲看如何。

其二

寒雞高唱報天明，起視窗間月影清。
靜聽鐘鳴才四點，欲成好夢總心驚。

其三

殘魄煇煇一線光，上窗不動覺宵長。
春來寒氣多侵枕，鼻冷頭昏氣少揚。

其四

翻腸倒腹終宵咳，涎水膠痰阻氣多。
□□聲聲相接續，味腥乾嘔肺難和。

注：此寫實之作也。第三首第一句中，煇音灰。

郭華謹按：第四首第三句，原稿缺二字。

宵咳

其一

肺癢喉乾氣不開，渾如葭管動飛灰。
忽高忽下難調息，斷續聲聲出不回。

其二

舌辣唇焦口欠和，肺虛肝熱胃酸多。
宵深夢冷喉中嗆，顛倒吹噓可奈何。

其三

萬竅怒號不可當，靈方來乞大醫方。
清心和胃平肝熱，降氣開痰理肺腸。

其四

斷夢零星西復東，失眠神困惱春風。
裁詩排悶嫌宵永，坐聽雞聲待日紅。

注：此亦寫實之作。第三首第二句，謂請鍾惠瀾博士來診也。

與飛行員閒話，戲贈一首

機聲高朗曉曾經，警醒春閨夢易醒。
妾在小樓郎在艇，電流傳語妙能聽。

二月二十四日懷四弟

楚囚相對倒南冠，去歲今天正急難。
事定時過人久病，望君強作一枝安。

注：去年今日，捷程先生以罣誤入獄。

題新攝小照

坐對斜陽照此形，眼光左右欠分明。
容顔雖瘦精神足，寄與兒曹仔細評。

注：友人爲先生拍照，先生題此詩於後，寄伯瑜、仲圭兩師兄。

客至

簾捲香沉寶鴨溫，春風和煦萬花繁。
客來不述評茶好，不用香醪倒玉尊。

雜言詩

其一

半醉半醒酒態多，夢長夢短世情頗。
衣裳顛倒難終夕，默念幾聲阿彌陀。

其二

問夜何其夜未央，耳邊猶聽打更忙。

忽闻前院兒童哭，攪我宵眠夢易忘。

其三

我辭親故已多年，連夜翻爲夢裏緣。
生死不明皆笑語，此身疑在大西天。

其四

今夜咳聲漸漸稀，心清肺靜胃知饑。
只緣淡食能醫病，明日仍餐細細餥。

其五

詩成三上古今師，我爲無眠偶學之。
回憶昔年春策馬，馳驅綺陌撚吟髭。

其六

老姊八旬妹古稀，卌年不見素心違。
昨宵夢裏歡相聚，笑語依依體貌肥。

注：第四首第四句中，餥音非，作『食』解。

黎明口占

其一

平旦休將中夜比，睡眠起坐勢難同。
兩般吐納分清濁，主動何如守靜功。

其二

沖寒一鳥自飛鳴，獨向東南報雪晴。
睡起書窗無個事，詩成酌酒學淵明。

其三

月落雞停漏漸遲，窗前發白見槐枝。
起來復睡寒威重，未到清明尚冷時。

其四

自覺床前別有天，山妻偕老卻孤眠。
道腴咀嚼生真味，養得丹元水滿田。

其五

鼻通耳順眼光青，漸覺年來老復丁。
一事差能堪自信，得閒偏愛寫金經。

其六

所欲從心守素心，六根清淨絕塵侵。
養身酒肉仍餐飲，戒殺禽魚免俎砧。

其七

賣醫日進皆交會，不是人間造孽錢。
斟酌一方收數紙，此中容有再生緣。

注：以上絕句七首，皆寫實之作。

同族子弟往往來書求接濟，作此曉之

吾家子弟恒依賴，屢次函來索寄錢。
我僅行醫供日度，從無積蓄在腰纏。
昏喪世事多求助，富貴人家少結緣。
那有餘資留待用，爾曹有用自擔肩。

注：蕭氏族中，人丁頗多，時有來函請求接濟者，而先生亦以門診收入爲生，從無積蓄，故示以此詩。

春分日晨起偶吟

虛室窗生白，平林樹發青。分呈春景象，便覺氣芳馨。
天早炊無火，家貧事有經。傒僮猶未起，誰忍教渠醒。

朝起

其一

朝朝起坐待黎明，平旦真知氣最清。
偶借茶香來養胃，防他吐故不停聲。

其二

眼青耳順齒加長，鬢未星星髮未蒼。
只是鬍鬚似葭菼，根根垂白早經霜。

自題小照

安貧敦品豈鳴高，命坐天醫欲自豪。

調息隱居師許邁，長歌賣藥學陳陶。
且珍敝帚如雞肋，偶寫狂書惜兔毫。
七八行年身不老，入時無解亦無操。

注：天醫，星辰名。許邁，東晉人，永和初入西山，辟穀服氣，著書十二篇，論神仙之事，後不知所終。陳陶，南唐人，隱居洪州西山，工詩，兼通釋老，以修煉藥物爲事，久之，變姓名徙去。敝帚，敝帚自珍之謂，言人各自以其所有爲善。典見魏文帝典論。雞肋，喻乏味也。典見三國志裴注。兔毫，用兔毛所製之筆。五代羅隱寄虔州薛大夫詩有『幽窗染兔毫』句。

春分日大風即景

節序正分春，風狂似虎真。雲霄翻隼翮，冰海疊魚鱗。
紅剪桃花豔，青裁柳葉新。詩心同怒發，口號趁芳辰。

病咳

妄思咳唾有珠璣，炎氣沖喉似火機。

學道未能防疢疾，捨身無計向天飛。

四月十六日夜臥望明月

嫦娥亦作想夫憐，分得清光伴我眠。
今夜鴛衾雙宿定，底須天上羨神仙。

晨興一首

靜候窗前光發白，披衣便起坐抄詩。
假眠心事層層上，此境家人那得知。

春朝即景

其一

寒勒槐枝不放青，剪刀風力幾回經。

今朝才見新芽茁，便覺春芳滿徑庭。

其二

耳聾不聽市聲喧，但聽春禽爲我言。
報導閏年花事晚，玉人早起莫開軒。

今日爲七兒生日，遠憶杭州，晨起成詩二律，用瞻園同年韻

其一

起睜老眼展龐眉，便憶杭州最小兒。
料得山桃紅灼灼，定知堤柳綠垂垂。
人生逢閏壽長矣，地望宜春天保之。
倘使百年彈指過，成仙成佛屬伊誰。

其二

富貴如雲本是空，起看紅日正當中。
心身要使涵春氣，文字當能得古風。
觀水有情同活潑，登丘獨步上高崇。

造成不朽鴻儒業，便是人生第一功。

注：龐眉，指老年人。典見文選・思玄賦李善注引汉武故事。

閏二月初五日，爲七兒誕生三八周年，是日天空明麗，氣象溫和，喜成詩三首

其一

令旦真逢好景光，庭園有耀喜開觴。
我歌天保詩人頌，祝爾升恒日月長。

其二

生當春閏好，況是豔陽天。兩度花朝節，重開翰墨筵。
丁添長命縷，甲算洗兒錢。正祝慈親壽，回頭卅八年。

其三

我老兒強仕，相將有弟兄。歡娛安素志，辛苦養長生。
京國才過雁，杭州已聽鶯。遙知夫與婦，湖上正飛觥。

注：第一首用詩經・小雅・天保詩意。七兒，即先生三子蕭璋。初生之日適逢先生之母

六十壽辰，故先生第二首詩中有『正祝慈親壽，回頭卅八年』之句。時蕭璋師兄在杭州浙江大學任教，故先生第三首詩中有『杭州已聽鶯』之句。

紀異

晦夜如何有白光，真陽披霞不潛藏。
兵災天已先垂象，殺氣騰騰照萬方。

聞瞻廬同年將移居，詩以詢之

張華瞻望想吾廬，畫棟雕櫟間綺疏。
燕壘經營成鼠竄，鵲巢安穩換鳩居。
不堪賃廡藏如豹，幸得悠遊樂似魚。
爲問何時能拔宅，過從緩步當輕車。

瞻廬老同年以自壽詩屬和，勉成二章應之

其一

連卷著意餙修肩，好似空空妙手兒。
絕技竟堪追李杜，神工應可擬般垂。
前身當是盧行者，後學同尊韓退之。
子更聰明能繼美，只知有道不知誰。

其二

春來淑氣滿長空，萬象森羅在眼中。
碧落高懸金鑑日，紅裁初試剪刀風。
救時人許來嬰仲，治國才難得璟崇。
我與先生均老矣，有心無力奏膚功。

注：第一首中，李杜，指唐李白與杜甫。般垂，指春秋時公輸般（即魯般）與工垂，皆巧匠。

蟲聲

蟲聲入耳奏笙簧，換徵移宮併入商。

不是昏昏同夢境，能堪唧唧在機房。
比之天籟分喧寂，何似人聲有短長。
平旦惱人聽不得，無聊令我攪詩腸。

庭前負暄口號

春風柳絮似蟲飛，點點輕狂映日輝。
春到清明花爛發，息園應有燕來歸。

枕上偶吟

其一

夢境迷離萬象侵，渾渾濁濁又沉沉。
衣裳顛倒眠難穩，平旦不交氣尚陰。

其二

詩成三上古之儔，我喜吟哦在枕頭。
盛暑嚴寒皆有味，夜涼天氣更宜秋。

思古寄瞻園老同年，仍用前韻

其一

好將故事數黄眉，楊孔同稱大小兒。
有道至今餘黨在，宗臣自古大名垂。
孰如栗里陶元亮，我學揚州杜牧之。
舉世不醒天早醉，茫茫人海我爲誰。

其二

和尚名碑號不空，筆談詳記沈存中。
書名同是唐家學，隸體猶流漢代風。
摘豔自宜師屈宋，論文仍要數天崇。
至今西學昌明甚，幾輩能深測古功。

注：第一首中，楊孔，見前注。陶元亮，即晉代陶淵明。杜牧之，即唐代詩人杜牧。
第二首第一句指唐代所建不空和尚碑，在陝西西安。沈存中，即宋代沈括，著有夢溪筆談等。

枕上聞鳥聲感賦，仍用瞻廬同年八十自壽詩韻

其一

何處聲聲學畫眉，相關對語白翎兒。
時閑戲弄一時樂，籠小難飛雙翅垂。
遍地稻粱難覓去，彌天矰繳且安之。
至今燕雀皆如意，鴻鵠摩天卻向誰。

其二

大鵬海運正摶空。忽聽雞鳴警夢中。
鸜鵒簾櫳前日事，鴛鴦衾枕昨宵風。
鶴鳴松下泉知湧，鳳戲相高山自崇。
博老山經知有說，細箋爾雅恐無功。

息園即事

其一

息園僅有海棠花，未到清明已綴芽。

今歲春遲寒氣勁，那知香國更繁華。

其二

屋中尚覺凝寒氣，門外居然照豔陽。
我是花間詩伴侶，高吟不怕虎風狂。

其三

兩樹丁香紫可憐，春寒無力鬥芳妍。
一朝風剪萌芽出，依舊新花向日鮮。

其四

香飄葦荻氣溫柔，春暖宜人作枕頭。
誤認蒲花成柳絮，滿園飛白惹蜂遊。

題畫

稍頭同豆蔻，石隙隱莓苔。早借煙鋤種，無煩羯鼓催。

息園小坐

不造樓臺也是園，魚池花圃間籬樊。
四時種卉思前度，卅載留芳到者番。
過客來游常眷戀，主人招隱避囂煩。
相期兒輩歸來日，再集群英倒酒尊。

賞梅

老梅如瘦蛟，臨風寒起舞。麟甲動森森，悉是花光吐。
月夜影成雙，宜與鶴爲伍。枝幹自蕭疏，遠照芝蘭圃。
願學米元章，寫生入畫譜。忽來石丈人，相看成賓主。

注：宋人米芾（字元章），好石，知無爲軍時，入州廨，見立石甚奇，即命袍笏拜之，呼爲石丈人。

春日

春日偏稱麗，光華照萬方。只因陽有豔，便覺氣生香。

花信連番過，芳心幾度狂。不關鶯燕惱，遣悶且飛觴。

又七絕一首

萬花趁暖一齊開，不覺西山雪尚堆。
昨夜風狂真似虎，又添寒氣入簾來。

自觀皮膚枯焦不潤，成詩一首

濁液浮精早已枯，皮如老樹異常麤。
燥能灼血真陰竭，如此生機有若無。

禪悟

開門成鬧市，閉戶即禪關。水止心相似，雲停意自閑。
仙機隨處有，俗慮一時删。悟得靜中趣，浮生還靄間。

民國

一自稱民國，中更幾海桑。人心猶汶汶，天意總茫茫。
烽火銷塵劫，鶯花助豔陽。今年春事好，逢閏召千祥。

頤和園即景

其一

山溫水暖似江南，天氣氤氳色蔚藍。
別館離宮助佳麗，遊人欣賞共春酣。

其二

慨想三因與四春，乾嘉往事跡成陳。
僅余湖水昆明在，曾照當年宮裏人。

其三

千門萬戶鎖塵埃，錦繡河山化作灰。
璿室而今成蔀屋，蜂房燕壘上莓苔。

其四

佛香閣上佛香清，供養十方佛有名。

一自蓬山王母去，金鐘玉磬寂無聲。

其五

萬國聞名竟往看，雕題鑿齒雜衣冠。
可憐過客頻來往，指點行宮説大觀。

其六

園官收貯賣魚錢，一尺河魴過五千。
前度春遊人寂寂，再來無主薦新鮮。

其七

排雲寶殿九霄中，聞説門開有路通。
展覽貢珍千百品，任人觀賞廣仁風。

其八

卅載而還五度遊，最初違禁過輕舟。
劫來添我滄桑感，對景蕭疏惜白頭。

注：頤和園，原名清漪園，清光緒間重修時，始改今名。位于北京西北郊。園內除亭、台、樓、閣等建築外，還有浩瀚的昆明湖。佛香閣、排雲殿等均爲園內建築之名稱。第二首中，三囡、四春均爲當年宮中嬪妃之名。

春日無聊，口占二絶

其一

千萬無聊且莫煩，以詩爲友代人言。
商量學句心相印，卻勝朋從倒酒尊。

其二

萬花爭放春陽豔，群鳥爭鳴風景佳。
室外桃園隨處有，息園小坐一開懷。

閏月上弦月

春月太嬋娟，今宵閏上弦。雲纖何繾綣，風細自纏綿。
曲奏霓裳譜，詩成錦繡篇。舉杯邀共飲，如在大羅天。

題畫

江南黃葉村何處，綠葉成陰辨不真。
一樣天然好圖畫，願爲秋景不青春。

飛機吟

飛機軋軋鳴天空，形狀欲與遊魚同。
遊魚出沒深水底，飛機來從重雲中。
此物鼓蕩氣機走，速力之速一比九。
火車輪船皆不如，直與風輪爭先後。
時載利器助行軍，或陸或海力不分。
平時乘人或輸貨，但避毒物穿煙雲。
公輸奇技西人了，推陳出新薄天表。
電力風聲入耳來，萬里鵬程數分秒。

春日口占

其一

寒添閏歲厄黃楊，花勒難開負豔陽。
又過清明寒食節，令人惱煞是春光。

其二

爭向西山去踏青，紅男綠女鬥香軿。

今年差比去年好，陌上歌聲仔細聽。

其三

昨夜風開釀雨雲，一天春色正欣欣。
清和首夏渾難似，如此光陰要惜分。

其四

昏昏擾夢感蟲飛，夢醒聲聞入耳微。
恍似秋蟬吟不斷，綠槐春景換朝暉。

注：第二首第二句中，軿音平。

其五

萬千紅紫覓芳菲，春閏花遲上翠微。
兩度清和寒不解，自來北地少春暉。

其六

閏年例厄到黃楊，恨見春陰上海棠。
又過清明寒食節，人間難鎖是春光。

有謂而作

其一

春分才過夜何長，三聽雞鳴夜未央。
正是新婚好時節，自然交頸學鴛鴦。

其二

穠李夭桃正及時，層冰已泮是佳期。
只因寒靳花難放，孤負韶光怨候遲。

其三

青年堪笑鄭當時，強學風流不合宜。
賺得黃姑來作伴，筆粗學畫不成眉。

其四

陰狠雄猜是鄭莊，而今竟作掃眉郎。
世間才子知多少，何事容他入婿鄉。

其五

大好婚姻證夙緣，劉樊夫婦擬神仙。
如何不作鴛鴦夢，快活翻成別恨天。

息園四詠

其一（南天竹）

南天生瑞竹，葉好曆冬青。客贈十餘本，根分四五經。
不凋擬松柏，長壽等辰星。結果如紅豆，折枝供膽瓶。

其二（夾竹桃）

花容桃比豔，葉好竹相通。最愛漪漪綠，平分灼灼紅。
雅宜君子德，色比美人濃。入畫南唐始，徐熙筆可風。

其三（玉簪花）

花光真可愛，式玉不需金。養葉常宜綠，盤根總在陰。
香留秋士詠，形似美人簪。木筆渾相若，娟娟愜素心。

其四（書帶草）

鄭家階下草，書帶錫嘉名。著作千秋重，書香萬世榮。
叢生能止蠹，長養竟同蘅。綠滿息園裏，從予擁百城。

注：第二首中，徐熙，南唐人。世爲江南士族，善畫花竹樹木草蟲之類。後主深愛重之。宋太宗嘗曰：『花果之妙，吾獨知有熙。』第四首中，書帶草，舊稱出山東淄川縣。鄭康成（名玄，漢代大儒）讀書處，本名康成書帶草，可作案頭清供。

和蔡公湛

入世嗟頭白，御車早失鞅。羨君負奇才，眉宇何清朗。
連舉不得志，鬱鬱氣蕭爽。客邸許論交，縱談恒抵掌。
爲言京華中，西郊地平敞。四山皆可遊，名園令人仰。
昨讀潛叟詩，寫出園中象。賡和我同君，詩成日已曩。
離宮幻民居，租賃價時長。但聞液池波，因風生細響。
僅容犀照通，不見龍舟蕩。五洲任來觀，萬姓許同賞。
拜佛久無人，銅殿誰安養。啟用縱有時，華夷紛擾攘。
登臨憶舊朝，觸景便淒惘。大難記庚辛，安能咎既往。
靜觀山頂松，拱把成尋丈。憑弔供吾徒，不禁非非想。
息壤如可封，隨他化塵坱。

贈蔡公湛

君謨今再見，早有大名傳。古趣滿琮寶，詩心托玉川。
百方藏有印，半夏食無田。憔悴京華慣，消愁借酒賢。

注：蔡公湛，名可權，別號權盦，生卒年不詳，江西新建人。民國初年其同鄉夏敬

觀等人，以其家塾爲基礎，創辦練群學堂（又名心遠英文大學堂），教習西文，是當時贛人最早開辦的一所專門修習外文的學堂。有蔡公湛詩集。

病中偶吟

病裏難爲我，無聊且啜糜。身尊因不仕，心靜爲無私。
桃李蹊如故，山河景漫移。春陰何荏苒，已過海棠時。

潛盦強以詩屬和，勉步韻以應

其一

舊德如君少，年來不易逢。家風楊演志，詩境謝超宗。
早歲辭軒冕，閒情寄釜鐘。緒餘人可了，誰敢與爭鋒。

其二

杜陵何處是，飯顆山頭逢。往事成疑雨，新詩辟大宗。
羨君若鳳翥，笑我太龍鍾。退避甘三舍，從茲好斂鋒。

注：潛盦，即楊潛盦。見前注。

不息翁詩存

三臺蕭龍友先生 著

【卷三 丁亥集（下）】

語文出版社 ·北京·

溧陽長潘君諱乾字元卓
陳國長平人蓋楚太傅潘
崇之末緒也君稟資南霍
之禔有天從德之絕操髫
髦克敏受學典謨祖講詩
易剖演奧藝外覽百家衆
僑挈聖抱不測之謀秉高
世之介

校官碑古拙樸茂不易學也

美人香草本離騷俎豆青蓮尚
未遥頗愛花間腸斷句夜船吹笛
雨瀟瀟張柳詞名枉並驅格高韻勝
屬西吳可人風絮墮無影低唱淺
斟能道無舊時月色最清妍香影
都從授簡傳贈與小紅應不惜賞音
只有石湖仙玉田秀筆遡清空淨洗花
香意匠中

姜張昔人學春水　源流頗自寄閒翁　息園居士

蕭龍友、蔣兆和合作書畫四屏（1-2）

丁亥集

三台蕭龍友先生 著

受業張紹重增莾注
小門生郭華斠字

丁亥集（下）

書當日時事

其一

休將三世擬春秋，幾度尊王似晚周。
秦楚爪牙成伯業，魯齊唇齒失權謀。
萬方擾亂紛槍馬，各黨爭衡怨李牛。
那有閒情管天則，民岩不畏亂封侯。

其二

上林多樹借無枝，叢薄來游任所之。
房少蜂多衙早散，巢平燕集幕垂危。
晉饑憑仗秦輸粟，首勝空勞足衛葵。
十八灘頭皆度過，又來平水泛青漪。

其三

和成不用左賢王，誰肯憑心論短長。

刀下無人救鼂錯，車中有客渡陳倉。
漢臣只借匈奴貴，周祚難禁弟子狂。
到處焚香供國父，幾人懷舊識滄桑。

其四

又見長安似弈棋，江頭哀賦杜陵詩。
政轜來去渾無定，圓法錙銖換更奇。
飽鳥都飛餘瘦燕，祥麟時出鬥狂獅。
倘無覆地翻天手，破爛河山勢不揩。

郭華謹按：太夫子此詩爲抗日勝利初期之作。原稿遺失，補錄於此。

病中苦吟

苦莫苦於鴉片煙，甘莫甘於牛奶乾。
煙能止痛治肺胃，甘亦和味調脾肝。
一能捐疾一果腹，適宜何關熱與寒。
病急往往亂投藥，家家勸我加沉檀。
仙藥有靈病自愈，無奈愁結心不安。

春風駘蕩花事晚，天人之際何相干。
年老病多當注意，宜空肺腑少加餐。

紀異服

興衰成敗一胡蘆，事說商周半有無。
漢代衣冠存皂吏，清家翎頂寄抬夫。
海通服制歸同類，亂世襟裾歎不觚。
我羨僧人和道士，寬袍大袖自相娛。

病起涉園，已是花事闌珊，
令人有京華憔悴之感

又是紅稀綠暗時，鳳城春盡惜花枝。
差池燕羽如交尾，睍睆鶯聲學畫眉。
楊柳樓臺風細細，棠梨院落日遲遲。
當前好景渾難寫，倚柱沉吟有所思。

瞻廬老同年返瀋陽，有詩見寄，依韻和之

其一

白山頻皺遠山眉，不信黃須尚有兒。
國老遠行風雪冷，鄉關歸去典型垂。
邊民惘惘難爲計，學子莘莘不識之。
三省至今分九省，主持要政究推誰。

注：抗戰勝利後，將遼寧、吉林、黑龍江三省划分爲九省，計：興安、安東、遼寧、遼北、吉林、松江、滄江、嫩江、黑龍江。因人分省，可多委任幾個省長也。

其二

憔悴京華萬事空，瞻廬相望息園中。
詩筒來往無虛日，花事闌珊杳信風。
舉世皆昏暗淡泊，一丘自辟守高崇。
隱居講學明吾志，不與時賢竟事功。

蔡公湛來詩，依韻和之

其一

詩筒來復密，憑藉好風傳。對景惜佳日，流光成逝川。
收來河北地，幸返汶陽田。國事殊紛擾，安危仗大賢。

其二

宗派西江盛，知君得正傳。高才擬山谷，雅調似臨川。
富有千秋業，貧無一頃田。黄王如可作，陶鑄仰鄉賢。

注：第二首中，山谷，指宋黄庭堅（字山谷）。臨川，指宋王安石。陶鑄，明人。

瓦雀

瓦雀雙雙簷底飛，雌雄相逐趁春暉。
重簾不捲頻相觸，似學房官要入闈。

天寒

歲閏天寒節序遲，至今爐火尚難離。

霜風料峭鶯聲冷，未許春花燦滿枝。

穀雨前三日，友人約游頤和園，值病未赴。因憶園花，成此五絕

其一

狂風似剪剪花開，開遍丁香榆葉梅。
不識玉蘭香放否，遊人都爲看花來。

其二

歲歲園中三月初，萬花齊放引香車。
紅男綠女紛來往，好景頻看對綺疏。

其三

三年前事已成塵，慨想園官是可人。
漉酒烹魚邀客至，賞花爛醉惜餘春。

其四

我與藏園病在家，夢魂飛越覓春花。
海棠最數京華盛，排日相看生有涯。

其五

自家園裏有群芳，家花那似野花香。
思量俗語余心往，那得如蜂任意狂。

有贈

能畫能書似仲姬，天然三絕又能詩。
含情嫁與張京兆，日對西山改畫眉。

注：此係贈張伯駒夫人潘素之詩。

又七律一首

韶光已渡海棠枝，又見楊花撲滿池。
廿四風番肥綠候，重三節屆踏青時。
晨鶯幾處爭啼序，梁燕雙棲學哺兒。
最是夜長春夢短，爲鴛爲蝶總迷離。

息園

息園先生臥病久，節序已過穀雨後。
園內紅紅發杜鵑，門外青青長新柳。
留春不住惜餘春，餞春惟酹一杯酒。
側聞四郊壘尚多，骨肉相殘民何咎。
救時人凋可奈何，破碎河山窮何有。
願人普誦祈禱文，醫國無才增內疚。

注：無才醫國，感慨系之矣。

重三令節出園修禊，疊潛叟韻

和公湛兼紀近事

令節逢重三，遊春人空鞅。寶馬與香車，照日增華朗。
中有苦心人，面枯而神爽。云是修禊徒，遠蹠能高掌。
邂逅熊與張，度量真宏敞。得暇恣遊觀，大地同俯仰。
此種命世才，人中稱龍象。翼道救危亡，有功在疇曩。
今日應嘉招，欣來集少長。酸風刮面寒，猶作剪刀響。
雲影照華池，天門開佚蕩。如此好景光，令人契心賞。

紅紫燦百花，萬物皆得養。可惜當路人，無計息紛攘。
致令社會中，無處不慌惘。慨想永和年，我心空嚮往。
純駁兩相衡，尺焉能比丈。老矣何能爲，祇作忘機想。
但不隨陸沉，一任塵莽坱。

注：潛叟即楊潛盦，公湛即蔡公湛。

丁亥暮春，重遊頤和園感賦

此生多煩擾，平居常鞅鞅。對鏡每自觀，眉目失清朗。
因病食不甘，中氣鬱難爽。趁時作春遊，西郊平如掌。
策馬向山行，西山高且敞。直到頤和園，殿宇容瞻仰。
佛香閣最崇，森羅出萬象。拜佛具誠心，不使懷挫曩。
入門繳票資，收有千夫長。曲水液池通，泠泠聽泉響。
春波滯不留，一半成葦蕩。朝市屢遷移，孰來此心賞。
只有數園丁，花栽魚並養。誰能長保茲，不使成廢壤。
即景感慨多，寸心生愴惘。雉兔與芻蕘，不見紛來往。
惟餘前度花，至今長尋丈。回首卅年前，盛事不堪想。

出園一放觀，滿目迷塵坱。

病胃

胃痾經兩月，脹痛不稍輕。蔬菜饒知味，笙簫怯聽聲。
雷公留治法，藥上失方名。不見嵇康久，憑誰論養生。

注：雷公，指上古黃帝之臣，有雷公炮炙藥性論。嵇康，三國魏人，爲竹林七賢之一，著有養生論。

靜坐

坐定心安萬籟沈，三焦氣脈似調琴。
百年成就如仙佛，五臟堅牢式玉金。
吐故納新人事盡，填南補北道功深。
潛修未得無生忍，屢曆輪回直到今。

遊西山

天清風日美，乘興好看山。來邀東郭老，同出西門關。
人柳眉初長，天花意自閑。似聞鶯燕語，聲在有無間。
廿番風信過，尚是豔陽天。堤柳綠如染，山花紅欲然。
衆禽追旅燕，百舌效啼鵑。嗷嗷哀鴻雁，聞聲太可憐。

注：西山餘脈翠微山平坡山與盧師山範圍内，有古寺八處，稱西山八大處。

早起祈禱畢門外散步口占

門前十槐樹，生意漸開張。嫩枝發葉青，老枝吐葉黄。
青者如新柳，老者成枯桑。年少無所學，衰朽多自傷。
感此高槐枝，保我令名揚。雖然非實至，藥上法能行。
文字徒覆瓿，嘔心苦難當。六經固不朽，百子亦徒狂。
惟有廿六史，示成敗與亡。熟讀知立國，不在弱與强。
有人善執政，便可保封疆。子產治鄭國，即是守弱長。
苟以小喻大，環球一戰場。器機遜心機，天理不能忘。
人心倘向善，祈禱亦何妨。災病與兵戈，都歸淨土藏。
人健樹不老，悠然生氣揚。地静天浮白，再拜謝醫王。

題東坡像

東坡天人姿，自是神仙侶。眉山秀氣鍾，公生眉山死。
遊戲人間世，六十六年耳。文字與功業，令人長仰止。
畫圖億萬張，形神皆類此。張生用新法，筆妙難與比。

注：此題張大千先生畫宋蘇軾（東坡）像者。

病中口占

今年孤負好花時，一病侵循百不宜。
痛苦難堪眠食廢，信天祇有學希夷。

詠所藏佳筆

九羊一鼠比毫須，黑白相參任卷舒。
書畫卅年鋒健在，真能百斛抵明珠。

注：此詠鼠鬚筆詩。

詠永樂墨

永樂九年真國寶，韜藏筐笥十春秋。
宋元墨好人誰見，此種名煙豈易求。

注：先生所藏明永樂『國寶』墨，爲清代詹成圭（一六七九——一七六五）所仿製。永樂年所製墨品，今已無存世者。即此仿品，亦不多見，現藏北京故宫博物院。

病中午睡

向來解悶品香煙，倒枕能教午夢圓。
今日忽然生內熱，心潮上下不安眠。

自問

一病纏身百感生，暮年視命應從輕。
如何貪戀人間世，日誦消災延壽經。

自答

微如螻蟻尚貪生，七尺堂堂命敢輕。
留在世間多勸善，自應發願寫金經。

閨情

鏡掩眉山黛幾經，昨宵春夢未曾醒。
心驚陌上桑芽綠，魂斷陽關柳色青。

春日漫吟

其一

春花鬥色嬌，春鳥呼群樂。獨有春人愁，倚闌思十索。

其二

顧我吟四愁，感君歌六憶。我是公冶長，聽鳥達君意。

其三

剿襲桐鳳集，居然揚我名。不下羅裙拜，詞章豈易成。

注：公冶長，字子長，孔子弟子。據傳能通鳥語。

題圖友人贈我高節耄耋圖，感而賦此

耄耋圖兼高節畫，慧能嘉貺意翻新。
頗饒塵市山林趣，不辨今人與古人。

注：高節，字公秉，號竹庭，別號大鶴，四川羅川縣人。明嘉靖十一年進士，授翰林院編修。其兄高簡，其弟高第，俱以文章馳名，人稱『三高』。

自憐

瘦削如猿氣尚和，神寒骨重耐消磨。
近來一病輕如許，知臥床心不起渦。

說茶

早采名茶晚號茗，唐賢本草說分明。
能清頭目兼消食，大渴不煩胃易平。

注：早採爲茶，晚採爲茗。詳見唐本草。

題張大千畫東坡笠履圖軸

髯張放筆寫髯蘇，一幅摹成笠履圖。
冒雨當年驚過客，臨風今日醉狂夫。
生辰歲歲容參拜，妙畫英英欲起呼。
留與鄉祠供養好，登堂只怕德鄰孤。

得耄兒所寄明前龍井，喜而賦此

其一

旗槍親到井邊收，珍重密緘付快郵。
使我飽嘗香色味，玉泉參取兩三甌。

其二

最喜明前龍井茶，曾師陸羽細評他。
記從活火初嘗日，遠在成都縣令衙。

其三

明前得比雨前難，嫩蕊青青味近寒。
五十年來初乞得，清詩和胃我真殫。

其四

記從蒙頂采明前，十畝茶畦雀舌鮮。
今品獅峰龍井味，淡濃相較遜清妍。

其五

湖山嘉品自今古，越蜀稱名各擅奇。
鄉味卌年嘗未得，偏從浙水采新枝。

其六

只有明前雀舌真，旗槍形似色香新。
焙成片片方知味，七碗評量胸有春。

其七

欲飲明前五十年，新芽寄我意歡然。
況從龍井兒親采，怎不留香試玉泉。

其八

龍井茶畦千點露，獅峰雀舌盡銜珠。
色香味聚清明節，遠寄京華飲一壺。

注：耄兒，即先生之三子蕭璋，乳名耄彥。旗槍、明前、雨前、獅峰，皆龍井茶之品種。
陸羽，唐人，有茶經之作。

郭華謹按：第二首後太夫子自注云：『光緒乙未，在鄰鶴似大令成都幕中，曾飲明前龍井。』第四首後注云：『幼時登蒙山，看茶畦，正是清明前三日。』

喜雨有引

丁亥八月八日，貢噶活佛息災會紀念，有雨占天喜，許災息之徵。

甘雨從朝降，天公爲息災。上師真有德，法會不虛開。
花兆太平象，佛因歡喜來。善緣吾輩結，都是不凡才。

注：貢噶活佛，噶亦作嘎。名震康，藏傳佛教大德。藏學家、詩人。上世紀三十年代，在漢族地區弘揚密法時聲譽達到巔峰。蔣介石曾親筆爲之題寫『輔教廣覺禪師貢嘎呼圖克圖』。

烈士

暮年烈士壯心存，要執干戈返國魂。
一聽國殤成楚些，登高勒馬望中原。

詠石榴

其一

北地石榴盆作景，無多綠葉百枝攢。
花開豔奪珊瑚色，祇是含酸結果難。

其二

石榴結果見奇觀，三五相連作一攢。
大似木瓜紅欲墮，家家盆景傍雕欄。

詠鰣魚

其一

漁家網得鰣一尾，例送鹽商先薦新。
官府行廚求不得，來充口福作嘉賓。

其二

來是鰣魚去作鯗，也同春鱖變秋鱸。
老饕佐膳求難得，同向漁家問有無。

注：前清慣例，清江漁家網得鰣魚，第一尾須先送鹽商，由鹽商再請官府嘗新，故先生

詩中及之。鮮魚初入江時味極肥美，人以之製成乾魚，名曰鯗（音想）。明李時珍本草綱目：『鯗，乾魚之總稱也。』

題畫梅

其一

翠羽啁啾月色皎，林下人來天欲曉。
羅浮夢醒花半開，牆外一枝香最好。

其二

雪裏著花風送香，清幽獨伴水仙王。
何緣深契華光老，畫意詩情兩擅長。

野遊歸途口占

其一

來從杏塢過，山頭掛斜日。晡時覓歸程，衹順牛羊跡。

其二

山深路易迷，向夕不見日。牛羊已下來，言歸循蹄跡。

短吟一律

照眼朝曦色似金，光明一陣上窗心。
鶯啼恰恰當初夏，鳩喚聲聲隱茂林。
青草池塘連夜夢，綠槐門巷幾重陰。
病能緩步街頭去，悵觸詩懷試短吟。

記珍妃

一個賢妃氣不群，挺身急難欲依君。
景陽宮井休相似，姑惡聲聲不忍聞。

注：珍妃（一八七六——一九零零），他他拉氏，禮部侍郎長敘之女。光緒十四年入宮，支持光緒變法，戊戌政變後被囚禁。庚子年慈禧逃離京城時，命太監崔玉貴投珍妃於井中。

無題

鶯鶯燕燕莫相猜，嫋嫋婷婷得得來。

朗朗明明乘月影，叨叨絮絮趁風懷。
尋尋覓覓回欄曲，戀戀依依小徑隈。
冷冷清清禁不得，憑誰夜夜倒金杯。

橋上望南海水亭口占

橋南獨峙水心亭，亭外泉流洗耳聽。
記得泛舟來小憩，月明如畫一天青。

注：北海正門前，原有石橋一架，牌坊兩側分別題『金鰲』『玉蝀』四字。建國後拆去。南海水中有亭一座，名萬善殿。

和潛叟喜得棗香書屋印詩原韻

冰作肌膚玉作骨，質高不敵壽山滑。
田黄晶潤凍不開，刻就圖書堅如碣。
潛盦嗜古喜幽居，門前棗樹香有餘。
欲取棗香名書屋，天錫成印入精廬。

雅人雅事真合轍，願君珍藏保無失。
倘是朱家印可稽，不惜抽毫紀名物。

注：潛叟，即楊潛庵先生。楊翁欲取『秉香書屋』爲齋名，偶於廠肆得『秉香書屋』舊印一枚，有詩索和。

郭華謹按：詩後太夫子自注云：『考秉香書屋爲清初寶應朱之璣所居，然則此印當爲朱氏遺物耶。』

園中老藤蘿如畫，詩以紀之

藤牽萬緒復千絲，密葉如雲四面垂。
紫放花光才幾日，碧分莢色入三奇。
架平徐引流風透，園小偏宜好露滋。
老幹挺生堅似鐵，蟠根夭矯擬蛟螭。

注：此詠息園東院紫藤之詩。

夜景

高高下下瑤台跡，疊疊重重玉砌花。
假假真真成影戲，深深淺淺在窗紗。
來來去去人尋樂，朗朗明明月吐華。
普照瀛環光皎皎，不分處處與家家。

息園

息園入夏好風光，藤莢垂垂發異香。
青繞琅軒籠竹簞，綠縈薜荔煥花牆。
槐陰門巷涼如水，榴火庭階靜向陽。
閒坐品茶消世慮，飲餘七碗滌詩腸。

注：仍是詠息園東院紫藤之詩。

憶蜀中老梅有引

蜀中舊將軍府三堂外，有梅龍一株，數百年物也。月下觀之，恍如鱗甲森森，作回風舞象。今不知尚在人間否？以詩寫影，聊寄相思云爾。

老梅得日倍精神，香吐繁花夜夜春。
影似龍形增畫意，且從眼底寫天真。

遊戲一章

遊戲人間八十年，半生事業等浮煙。
曾經滄海平而靜，屢上高山穩不顛。
飲酒賦詩消福祿，探幽索隱謝神仙。
不求富貴常溫飽，天使爲醫結善緣。

復捷弟詩

其一

昨宵通夢寐，今日見詩篇。律細人俱老，心安道不偏。

呻吟忘病苦，生死得天全。吐屬非凡品，名山定久傳。

其二

與君經歲別，屈指又端陽。天赦知何日，相思各一方。
朋歡宜體適，語重見心長。槐棘森森處，凝眸對夕陽。

挽任望南夫人杜氏兼慰望南

其一

賢母兼才女，前身或麗娘。仙緣歸道聖，夙世有圭璋。
藝學通中外，聲名比謝王。一篇爲寫照，百代定流芳。

其二

悲懷宜善遣，處境似微之。有子皆元愷，爲人極孝慈。
死生緣有定，伉儷性同癡。蜀國絃重斷，營齋定有知。

注：任望南（一八八九——一九五二），名師尚，四川鹽亭縣人，著名愛國民主人士。麗娘，指牡丹亭劇中女主角杜麗娘。微之，指唐代詩人元稹。

丁亥端午家宴飲鄉醪即事

年年端午觴蒲酒，今飲鄉醪倍覺酣。
角黍凝珠香至美，方糕截玉味殊甘。
鹽茶煮卵鴨雞混，艾蒜加肴羊豕參。
團坐盡歡人少長，飽餐和樂女同男。

遊三海

其一

每上橋頭看畫圖，樓臺掩映樹扶疏。
千秋文囿同民樂，開創功歸莽大夫。

其二

五月人才種藕花，如錢荷葉冒新芽。
五銖半兩雖能似，銅綠何如水綠華。

注：三海指南海、中海、北海。

故宮

兩代興亡七百年，六宮粉黛散如煙。
飛龍劫運千秋幻，刺虎英名萬古傳。
井底埋幽傷國破，殿中擊賊保家全。
垂簾卌載關天意，斷送江山是女權。

注：故宮建于明永樂年間，距今已近七百年。刺虎，指明末南陽參將費景禕之女費貞娥，曾在宮中任職。崇禎自縊後，貞娥被李自成部將羅魁抓住，擄以爲妻。貞娥俟其酒醉，將其殺死，隨即自殺。尾聯指清慈禧垂簾事。

遣懷一律

夏始春余氣尚寒，緣陰獨嫩落紅殘。
作人不取閒居樂，入世應知吃飯難。
百物銷金虧日用，一篇遮眼借書看。
柳州夢想杭州續，夢與兒曹結古歡。

注：時先生次子伯瑜服務於柳州鐵路局，三子仲圭執教于杭州浙江大學。

題自書屏條

虛擲光陰八十年，人書俱老亦堪憐。
持茲問世難入格，非古非今不值錢。

說夢有引

夢已成佛，爲人說法，醒後再說，便不成法。可見幻境渺茫，皆當作如是觀，不得以假爲真也。拈廿八字記之。

休將夢境說癡人，在六如中那有真。
自己身心非我有，輪回遇化可存神。

有贈

身經患難談何易，天賦奇才自挺生。
磨礪幾回因作吏，少年一舉便揚名。
馬遷守法有公論，杜甫論詩重老成。
天赦星明期已近，順時安養看雲行。

郭華謹按：詩後太夫子自注云：『不知屬誰，無法措辭，仍步韻以和。』

有感而作

其一

漢奸個個是財雄，惜福阿連瘦不豐。
廉吏可爲時不許，當年失計只呵風。

其二

妻子關心強北來，宦囊搜盡計殊乖。
枉知勤儉興家業，別有心懷不易猜。

其三

不學手工生活計，終朝飄蕩等遊魂。
愁來痛哭終何用，免去驕矜自可存。

其四

窮通得失莫尤人，命婦天生自有真。
幾見黃毛鄉女子，少年冠帶到終身。

其五

委曲求全見苦心，吞聲飲恨到如今。
勸君痛改乖張習，惜福教兒善積金。

注：此一組詩，題爲『有感而作』，蓋詠時事也。

捷弟來詩，依韻和之

蟬聲搖碧樹，詩意動賓王。今古同斯轍，艱難萃一方。
細書抄應手，佳句鍛回腸。廿首心花發，高吟字字香。

注：唐駱賓王有在獄詠蟬詩，此詩即用此典。

花朝感賦

一年律台淮陽調，不覺今朝勝昨朝。
撤火鑪寒心最苦，喝風縮食氣難消。
罪人自古情無訴，獄吏從來勢易驕。
急難鴒原慚乏計，深期倖福自天徼。

注：以上兩首均爲先生贈其四弟捷程先生詩。

黃超子印贈其師夏蓮居先生所著無
量壽經五種，原譯會集，佩慰紀句

廿年學佛悟空門，不信釋迦我獨尊。

舉世皈依無量壽，一經能授幾金昆。
死生歷劫歸天演，男女唯心種善根。
深喜黄香能盡孝，印行千卷報親恩。

注：黄超子（一九一九——一九九二），名念祖，曾任北京郵電學院教授，同時也是一位顯密皆通的居士。爲先生二女穠華之婿。

仲韓如弟六七初度，賦此爲贈

長此翩翩不作翁，還丹真見老成童。
朱顔皓齒金樓子，綠發青瞳綺裏公。
詫業市廛欣跨鶴，藏身人海宛猶龍。
康強逢吉宜孫子，肥遯相期待大同。

注：仲韓，不詳其姓名事蹟。

蔣兆和爲余寫照，頗得神似，作此爲謝

蔣君善寫生，筆具金剛杵。中外與古今，人物皆能譜。

描摹社會情，尤能表甘苦。名已播寰區，畫不分門戶。
昨爲我寫照，急就成規矩。骨像宛然肖，傳神在阿堵。
我我自周旋，呼呼可對語。君每逢佳士，寫真樂贈與。
北來作品多，知音類能舉。南李與北徐，未必同一組。
願君挾此藝，風塵莫輕許。或以交豪英，或以識明主。
且學顧虎頭，及鋒試佳楮。更與閻吳儔，榮名傳萬古。

注：蔣兆和（一九零四——一九八六），四川瀘州人。先生三女蕭瓊（重華）之婿。中央美術學院教授，著名畫家。代表作有流民圖長卷。

上弦月夜

上弦猶未滿，小樣已成梳。照遍三千界，清光萬里舒。
有人閑誦酒，許我坐觀書。夜靜階如水，荷池正躍魚。

對門

對門內外兩專科，懸掛招牌大且多。

何以吾廬清靜好，雷聲淵默似山阿。

注：先生寓所對門，住有外科馬君與内科吳君，門前牌匾甚多。而先生門前，僅一尺許長小牌而已。

歇暑

夜眠不久東方白，午睡無多西曬紅。
短至已過身困乏，例當歇暑與人同。

注：短至，指夏至。

戒旦

妻睡東床我睡西，老來最喜兩眉齊。
持家那得貪安逸，戒旦如今有警雞。

月光

其一

月光清似水，雲彩薄與緋。發大光明處，偏容螢火飛。

其二

屋角網蛛絲，牽來又牽去。幾回缺復圓，腹有經綸聚。

加餐

賢妻深喜我加餐，病後饔飧慎暖寒。
細膾子雞烹小菜，不同世味只鹹酸。

食指

兩兒先後寄多金，囑我安閒莫費心。
食指太多收入絀，韓康賣藥日沉沉。

雜言詩六首

其一

槍聲正隆隆，人死不交鋒。一例百千萬，屍如草偃風。

其二

明月照大營，深夜記笳聲。普下思鄉淚，人人請罷兵。

其三

軍有海陸空，列陣無西東。器戰如人戰，人亡在夢中。

其四

天空頻擲彈，一彈毀千家。聞說冀東北，國殤積如麻。

其五

戰陣非五勇，同種何相殘。黨錮禍難已，思之淚流瀾。

其六

蔣山青已斷，乞禱是違天。不作愛民事，元首當棄捐。

注：內戰不已，民不聊生，先生此一組詩，蓋寫實也。

佛前

佛前早晚要清供，我只焚香一線通。
花果未陳茶未獻，南無念在一心中。

注：南無，此處應讀為那（平聲）摩。

勸內子

閫內操持五十年，焦心小意廢餐眠。
不須憐我長辛苦，惜福由君莫惜錢。

注：此先生書贈瓊蕊夫人者。

夢中偶成

明月照桐樹，秋風吹桂枝。風自浩無邊，桐桂生有時。
同生天地中，何人來賦詩。賦詩縱有人，詩成有誰知。
此月與此風，與人長相離。此桐與此桂，喜我常在茲。
即景當取樂，痛飲莫教遲。無事且盡醉，酣睡學希夷。

注：陳搏，字希夷，宋代道士。據傳能酣睡百餘日。

大地

大地一夢境，浮生一夢人。既入夢中夢，焉有身外身。
有身夢皆誕，無身夢乃真。所以六道內，無果不成因。
嗟哉人入夢，勞勞隨轉輪。誰解無生忍，還須問大均。
大均亦夢夢，萬物一微塵。塵夢了無息，生死皆沉淪。
我佛善言夢，以夢爲星辰。謂死有歸宿，謂生如飄萍。
不知星辰光，是生或死神。生則光熀熀，死則光陳陳。
人間夢如此，有冬而無春。不如長無用，一夢成大椿。

鑲牙成，喜賦一絕

五味難分已有時，磨牙咀嚼漸難措。
鑲成好像重生齒，老死無慚相鼠詩。

夏日即景

暑氣不侵薄有風，霞光萬疊布天空。
夕陽返照庭槐葉，恰似秋深楓樹紅。

學佛

其一

學佛最難起信心，念經要有海潮音。
佛儒倘得雙修訣，微妙法當悟更深。

其二

生居東土死歸西，去去來來物論齊。
儒佛雙修天命正，遊魂差免入泥犁。

注：第一首中，海潮音，以海潮譬喻音之大者；又海潮無念，且不失時，故念佛應聲大而不失時。第二首中，泥犁，梵語謂地獄也。

前詩意有未盡，再成五律一章

佛要從心學，心清自少魔。寫經師敬客，守戒學東坡。時誦大神咒，來歸阿逸多。功夫須作鈍，早晚念彌陀。

注：東坡，即宋蘇軾。阿逸多，見前注。

贈黃念祖

家有飛來舍利子，佛門早結好因緣。彌陀口念經三世，不是尋常種福田。

贈夏蓮居老居士

其一

母身本是優婆夷，八懺田中種善知。得法生兒成上聖，嘗通三藏著文詞。

其二

智慧生從般若海，雙修儒佛自圓通。從茲穩坐蒲團上，居士林中爵位崇。

老來

其一

老來不學歲光賒，慚愧門門不到家。
當日朋儕皆猛進，功夫愧我獨相差。

其二

藥王藥上兩菩薩，同是醫心法不差。
四百四方袪病苦，人間得益是生涯。

寫經

其一

長日焚香細寫經，涼生暑退覺心靈。
寫成求道非求福，但乞年高兩眼青。

其二

不知淨土那知禪，由靜入禪到佛天。
磨盡機鋒方是法，眼空幾見月光圓。

有悟

欲學天魔尚少因，那能修到菩薩身。
世間塵劫難爲解，且住東方作善人。

聞雷

大雨時行溽暑天，雷聲不合默而淵。
還防陽退陰潛進，難得祥占大有年。

饡貧

歷盡艱辛剩此身，恥隨流俗尚存真。
簪纓笠履消無影，金石圖書種有因。
不惠不夷難著我，非仙非佛敢驕人。
平生苦學岐黃術，糊口資糧此饡貧。

伏日與鄉人約往頤和園避暑，因病未果，感賦二律

其一

萬壽山依舊，頤和廠御園。東西諸勝地，居住幾王孫。
波靜昆明水，香縈佛閣幡。排雲巍煥處，老佛像猶存。

其二

三年前社集，痛飲盡鄉人。勝會關生死，初筵定主賓。
郤窩客照影，寃海競揚塵。小病滯遊興，何時了宿因。

得時兒信，口占二絕

其一

才去衡陽又貴陽，因勤王事曝驕陽。
十年造就工程學，願爾宏規利萬方。

其二

夢到杭州又柳州，與兒絮絮說來由。
年來家事多紛擾，累爾娘親白了頭。

注：時兒，即先生次子蕭瑾，乳名時彥。

六月六夜內子病初起，庭階納涼，對月即事

其一

形未成弦已似弓，兩尖光耀對西東。
明星數點燦河漢，織女牽牛相向中。

其二

庭階如水晚生涼，暑氣全消月吐光。
茶灶藥爐分內外，時聞安息透清香。

說筆

無心散卓習書工，可惜難逢諸葛豐。
三錢買得雞毛筆，指揮我羨山谷翁。

注：諸葛豐，漢琅琊人，爲人剛直。山谷翁，即宋黄庭堅。

說墨

鑒藏佳墨師宋賢，黝黑輕乾重頂煙。
萬杵倘存李家法，一丸當值八千錢。

注：南唐墨工李廷珪，本姓奚，後賜姓李。其製墨，自宋以來推第一。

論宋賢書

東坡懸腕未能工，每笑人揮棗核鋒。
當日士多精翰墨，獨難法與二王同。

注：東坡，即宋蘇軾。棗核鋒，毛筆有製成棗核形者。二王，即東晉王羲之與其子獻之。

天公

畢箕嗜好車難同，誰把乾坤指掌中。
燮理陰陽談何易，至今難作是天公。

陽曆七夕舊曆五月十九

其一

陰陽曆喜並行時，五月催吟七夕詩。
河漢無波牛女會，可能兩度訂佳期。

其二

弦月真形似半璜，未秋天氣吐秋光。
庭階夜色清於水，坐看銀河納晚涼。

思鄉

其一

心月鄉何在，萬里渺雲煙。不見松楸色，傷哉五十年。

其二

招提名白衲，佛光僅隔鄰。舊日聞梵處，撞鐘易幾人。

壽任望南六十懸弧詩

其一

少年投筆事從戎，幕府宏開兩粤中。
才泛蓮花來冀北，旋栽棠蔭在山東。
雲龍鳳虎乘時運，丹楫鹽梅顯事功。
直道封疆榮建節，急流勇退見才豐。

其二

世事無端變海田，競將哀樂感中年。
試從圓府談經濟，偶遇商家結善緣。
喜得名媛資內助，不爲私黨作中堅。
興來游偏環瀛國，問政言歸注史編。

其三

滬上優遊養望時，安車來迓那堪辭。
百花洲上權安硯，九曲流中好賦詩。
入幕豈知空幕屋，續弦重感斷弦絲。
營齋營奠同元稹，周甲光陰又及時。

其四

平頭六十尚黑頭，矍鑠精神老愈遒。
中外曆歔宏事業，古今淹貫富春秋。
理才管晏人難及，治國王楊世所求。
壽域宏開章貢域，臨風遙進酒一甌。

注：此四首所述皆任君生平事。

過南海紀事

南海北海澄碧波，波光流衍如輕羅。
蓮花照影紅而淨，惟有南海開最多。
南海本是佛淨土，地形仿佛同三摩。
一隔玉蝀仙凡別，佛光普照香氣和。
白塔倒影橫水面，恍見羅漢來渡河。
圓城自古供佛所，中有白玉阿彌陀。
化身千萬曆世界，與眾有緣住婆娑。
朝朝日日試行腳，鼻觀時有花香過。
我願一世法供養，心念如來娑婆訶。

詠蜘蛛

蜘蛛吐絲自結網，上下四旁皆一樣。
度地屋角與簾牙，牽牽連連自來往。
經之緯之殊有法，儼與沙羅同織紡。
做成形式分八方，方方可通如卦象。
自身淨處在中央，遠掣絲綸如意掌。
白蛾青蠅來觸藩，一網打盡作饈養。
以此爲餐不他求，不愧不怍隨俯仰。
雨打風吹牢不破，神奇比之打象網。
吾人生計愧不如，只好付作非非想。

詠黄蜂

其一

採花今見細腰蜂，兩翅高張體勢雄。
背有花紋圈黑白，身能通理近黄中。

其二

深入蓮心當子午，黄須遮掩一身藏。
花蜂同色難爲辨，容我臨波嗅粉香。

注：子午蓮花須深黄，蜂藏入内，幾不能辨，然香氣異常，與無蜂時有別。

子午蓮心，有蜂停震動，詩以紀之

蓮心飛入細腰蜂，黄色影身勢頗雄。
背有團花分黑白，眉含細彩間青紅。
采芬成蜜須何日，點水深藏爲避風。
辛苦挹香來子午，以房營就當王封。

閑吟

其一

桂薪珠米撐門戶，食指常多可奈何。
瘦骨支離渾不老，肩擔重任耐消磨。

其二

焚香長日念彌陀，星月菩提信手搓。
悟到如來真聖境，來生好作阿逸多。

其三

白晝焚香寫大經，夜來趺坐對青燈。
此心空洞無一物，隔寺鐘聲覺後聽。

其四

人生婆娑世界中，身纏四苦那能空。
我今發願歸三寶，願早能修宿命通。

其五

七十年來與世通，安貧樂道喜相逢。
每當絕處添生意，不是阿儂善困窮。

其六

性命天生要守中，爲人有等那能同。
自由信仰皆歸善，教術雖多亦有窮。

注：念珠上有星、月形花紋者，名星月菩提子。三寶，謂佛、法、僧也。

香光

供佛心誠香有光，非煙非霧照神方。
息園焚處朝朝見，開眼相迎不向陽。

時兒寄藥，感賦二十八字

一瓶遠寄維他命，願我加餐體健康。
念爾炎天巡察苦，艱難猶辦饋貧糧。

注：當時維生素類藥物屬難得之物，不似今日之普及。伯瑜師兄自柳州爲先生寄來，先生喜而作此。

暑日乘車過北海橋觀荷

萬葉搖風不露花，綠翻紅覆水之涯。
生香陣陣來清腦，暑氣潛消不上車。

注：北海橋，即金鰲玉蝀橋。

晚秋

閏歲交秋時太晚，須防暴熱雨成淋。
田中禾麥多傷澇，收割艱難價比金。

和蔡公湛

其一

久未相逢馬子長，新詩寄我勝招涼。
臨風細讀真清暑，不覺鬚眉老尚蒼。

其二

襬襶難消夏日長，今年伏暑氣偏涼。
臨風寫扇心常靜，藤蔭高遮映紙蒼。

其三

魏體方圓各擅長，殘碑搜集到北涼。
年來書扇時臨仿，便爾留心至雅倉。

其四

人間日比小年長，暑退風來几席涼。

爲和君謨懷我句，小吟啟戶一天蒼。

其五

愧我無才敵眾長，懶因人事判炎涼。
生花老眼朝來亮，莫誤蠅飛筆點蒼。

其六

贈我名篇寄興長，爲求書扇趁天涼。
年來老懶功夫退，發墨無神愧玉蒼。

注：褦襶（音耐帯），指斗笠。清郝懿行證俗文引潛確類書云：『即今暑月所戴涼笠，以青繒綴其褡，而蔽日者也。』

看雲崗石佛考，以詩紀之

雲崗石佛各異形，三十洞天皆有靈。
元魏之君深信法，佈施乞福向冥冥。
雕刻奇巧邁前古，神工鬼斧莫能名。
舍離邪道露形法，真能與佛心同銘。
至今歷劫二千載，東西參拜人皆誠。

好事攝影制圖版，對圖細看兩眼青。
我欲往瞻時無暇，便思用筆傳模型。
那知聖像傳不似，只好供奉依窗櫺。
作詩記事聊寄意，望佛保我成明星。

注：雲岡石窟，位于山西大同市西十六公里處，在武周山麓，依山開鑿（始於北魏中期），東西綿延約一公里。窟中佛像最大達十七公尺，最小僅兩公分。

臺蓆有引

出臺灣大甲地方，僅此一處生此草。土人編蓆售滬上以爲生活。近日草亦漸稀，因日人斬薙太甚故也。

大甲草編涼簟細，友人萬里寄將來。
平鋪竹榻清如水，臥看天門夜半開。

槐下有蟬蛻頗新，詩以紀之

綠槐高處曉蟬吟，與我賡酬直到今。

同是清虛難飽食，飄零遺蛻總驚心。

贈李擇盧同年

天津詩人李擇盧，詩名早已播洪都。
平生歡喜作疊韻，酸鹹嗜好與俗殊。
擬古美人換名馬，百疊累累如貫珠。
選韻徵求故典實，經史百家空藏儲。
詩成句句令人愛，亦如寶馬同嬌姝。
詞義深得山谷髓，盤空硬語清而腴。
時賢那不避三舍，賤子駑鈍難同驅。
臨風朗誦神爲旺，一首能傾酒一壺。
可惜大才老未用，令人長歎觚不觚。
安得丹青高妙手，繪成一卷主客圖。

注：李擇盧，詩人。名金藻，字琴湘，號擇盧，天津人。生於清光緒元年，卒年不詳。民國中曾先後任湖南、江西、河北三省教育廳長，天津市教育局長，河北省立圖書館館長等職。

七月二日晨起涉息園，即景成詩

其一

豆棚瓜架滿園中，頗與鄉村景象同。
粉蝶黃蜂頻鬧攘，採香多在百花叢。

其二

玉簪百朵背陽開，簇簇生香入酒杯。
閑坐花傍拚一醉，此身疑在畫中來。

其三

我起時清日未升，東方紅氣正騰騰。
臨虛遙望窮桑處，無數霞光海上蒸。

其四

家人都在夢中酣，獨有猧兒起北簷。
隨我園中同挹爽，餓來獨自覓肥甘。

其五

短衣閒步覺身涼，悵觸詩懷易感傷。
老至尚無休息日，也同杜二立蒼茫。

注：皆息園中之實況也。

無量庵與有懷老和尚及真空、如亮諸僧人小坐

其一

無量名庵結比鄰，算來相識幾僧人。
參禪有願難如願，卅載光陰感刦塵。

其二

伏日炎天氣轉秋，納涼到處可勾留。
公園三海雖宮闕，那及禪林靜且幽。

注：息園附近有寺名無量庵，先生偶亦一過與老僧談禪。

七夕露坐北窗下口占二絕

其一

月小雲鬆天夜青，盈盈河漢似南溟。
秋清暑退涼生席，坐對牽牛織女星。

其二

盈庭瓜果女兒嬉，正是良宵乞巧時。
莫到井邊聽密語，檀郎早已誤秋期。

寫經

筆學金剛杵，書成墨有光。只因聞法少，空爲寫經忙。
未受菩薩戒，時薰定慧香。何時能結果，稽首向西方。

贈畫師蔣兆和婿

天教畫院大名揚，絕藝中西較短長。
倭國早欽蕭穎士，都門爭薦賀知章。
一張照影傳賓館，幾輩金錢輦教皇。
自是酬勞非潤筆，筆花從此更添香。

注：蕭穎士，唐人。年十九舉開元進士，文名播天下，人稱蕭夫子。賀知章，唐證聖初進士，性曠達。

廣佛偈

其一

身心如沫亦如風，幻出無根萬像窮。

惡善隨心都是幻，古今生滅幻形中。

其二

斯人與佛有何殊，了得身心本性無。
我見原來是佛見，幻形相對不模糊。

其三

佛實有知不是佛，人如是幻乃爲人。
我同智者安天命，罪性全空見本真。

雨後觀玉簪花口占

其一

花梢垂露似嵌珠，簪上垂鬟稱美姝。
秋夜枕函香遠處，黑甜夢境總模糊。

其二

色相真空玉不如，美人道士兩相於。
橫穿斜插皆時樣，只恐難勝鬢髮疏。

其三

分種階陰二百科，青青大葉茂如荷。
一叢開放花千朵，夜夜濃香醉玉娥。

秋夜

其一

秋熱招涼尚裸身，空階寂寂淨無塵。
玉簪映月垂垂發，香白偏宜伴老人。

其二

蟬聲才息起蛩聲，唧唧階前著意鳴。
合眼欲眠驚夢醒，攪人秋思過三更。

詠園中白色子午蓮

其一

白瓣黃心心著須，須中顆顆串明珠。
時逢子午香潛出，一縷清甜氣味殊。

其二

白色湖蓮嬌且豔，此花不待粉同脂。
天然太素成真色，號國豐神比最宜。

注：子午蓮，又名水浮蓮，花葉皆浮於水面。逢子、午時開花，故名。

玉簪

瓊花頗相似，木筆更無殊。葩自枝頭聚，香從萼裏敷。
分明六出瓣，長短五莖須。簪上佳人鬢，真成古畫圖。

聞蛩

秋吟蟋蟀感秋清，總覺新聲勝舊聲。
比似草根微促線，不知嬾婦可能驚。

涉園口占四絕

其一

夾竹桃花紅滿枝，蓮開子午正當時。
遊蜂作對探香去，序入房中覺有知。

其二

門槐高處一蟬鳴，吸露沉吟若有情。
應是秋來感金氣，離宮別徵變商聲。

其三

幾樹垂垂安石榴，皮紅皮綠畫難侔。
就中結子酸甜別，領略方知味是秋。

其四

階前左右盡瓜花，雨後花心露點加。
朵朵鵝黄生意足，秋來渴望早成瓜。

郭華謹按：第一首後太夫子自注云：『細腰蜂採花三五成群，出入皆有序，人不如也，可愛之至。』

夜涼

一雨便成秋，心縈萬古愁。前人詩可味，涼氣滿衾裯。

贈黃念祖禪甥

家藏舍利子，生小即參禪。顯密雙修易，慈悲一覺圓。
定香朝夕奉，功果聖凡全。長守菩薩戒，心齋向佛天。

偶成

家有禪甥同畫婿，居然使我姓名揚。
中西許入圖書府，早晚欣聞戒定香。

注：第一句指先生之婿黃念祖與蔣兆和。蓋念祖學佛，兆和工畫也。此處之『甥』，非外甥，乃女婿也。爾雅·釋親『妻之父曰外舅』注：『謂我舅者，吾謂之甥，然則婿亦宜呼爲甥。孟子曰「帝館甥于貳室」是也。』

自說一首

心勞愁髮短，面瘦覺鬚長。血燥身奇癢，痰多肺易傷。
半生辛苦得，垂老起居忙。此境關前業，消災爇戒香。

詠園中玉簪

其一

煙籠霧罩玉階隅，百朵花如靜女姝。
入夜素娥相對處，豐神不與洛神殊。

其二

一莖頭放十枝花，朵朵如簪帽影斜。
一陣狂蜂來報信，西鄰美女鬥韶華。

其三

葉聚叢叢花簇簇，天然翠裏白珊瑚。
采來插上高人髻，恍似簪毫作畫圖。

其四

五莖鬚影和煙淡，六出花容與雪同。

只與蘭馨爭臭味，不沾春雨愛秋風。

題舊扇

其一

秋花頗似蝶飛飛，穿入煙蘿散夕霏。
著墨不多香自在，畫家幾筆手能揮。

其二

誰蘸香煤畫水仙，晚妝零落意頹然。
愁深湘浦思君子，有夢難通鎖暮煙。

角花箋

其一

五色鮮妍套版精，名花十友倍清明。
近來奏本嫌鬆薄，石色高堆總不成。

其二

角花箋紙造怡王，比似澄心少研光。
古器名花都刻遍，獨無松菊仿蘇黄。

注：角花箋，于箋之右下方，圖以諸花，謂之角花箋。清嘉慶時怡親王所製。形形色色，花樣極新，最美者爲古鼎。

再詠玉簪花

玉簪簇簇長庭隅，宵露潛滋累似珠。
開合尖圓六出瓣，短長黄白七莖鬚。
渚蓮曾與爭顏色，籬菊焉能比萼柎。
無恨有情誰可伴，海棠相對話榮枯。

注：第六句中，柎音夫。

北平

北平原佛地，日月信居諸。白塔光常現，紅羊劫自無。
歷朝成大業，千載聚鴻圖。王氣西山盛，長宜作首都。

露筋祠

其一

休誇山木女郎祠，別有芳魂世少知。
一夜露筋花下死，千秋廟祀水之湄。

其二

門外廟中品有差，妹甘蚊噬嫂焉知。
貞心一點通天宇，表作湖神廟享之。

注：南宋王象之輿地紀勝：『露筋祠去高郵三十里，相傳有女子夜過此，天陰蚊盛，其嫂止宿，姑曰：「吾寧死不失節。」遂以蚊死，其筋見焉。』當地人在其死地建露筋祠，俗稱仙女廟，尊稱其爲露筋女、露筋娘娘。祠已圮，據傳祠中原有神像，二十歲左右，神態嚴肅端莊。廟中原有露筋碑，爲宋米芾所書，稱神姓蕭，名荷花云云。見高郵縣志。

晚年

其一

晚年惟好佛，觸事一開襟。無始從無相，有生先有心。

虛靈分體用，愚智判陽陰。識得真空性，神明貫古今。

其二

世世囚胎獄，無明信可哀。一身憑業轉，萬劫墜輪回。
空蘊無生滅，隨緣有去來。要知真性在，物我莫相猜。

其三

善惡須明辨，當分人鬼關。三生躋聖域，一念落凡間。
無欲方能覺，觀空自等閒。焚香歸戒定，萬慮要全刪。

乞畫

墨蘭紙上畫添香，舊扇花心尚有光。
欲玉數叢分贈我，作詩代柬寄華陽。

秋感

秋到平分日減長，好風撲面不禁涼。
小園香正開叢桂，相對初花感鬢蒼。

大雨寫心經

其一

雨風如晦天愁慘，何日雲消見曙光。
聞說金剛開法會，焚香便欲禮空王。

其二

萬事隨緣不忮求，無人無我泯愆尤。
本來色象分真假，諸蘊皆空得自由。

其三

詩境常求弦外音，我詩非古亦非今。
近來出語多成偈，知是心處念佛經。

貢嘎佛七世轉身乃成爲法界獅子

其一

事事生生入佛胎，不知佛母受何來。
而今轉世真成佛，說法回天維息災。

其二

先覺先知儒佛歧，後知後覺賴成之。
牖民覺世皆平等，不是君師即祖師。

冬月晨起書所見

晨與寒氣釋，暖日正烘窗。火靜香生鼎，冰消水澈缸。
籠雞猶喔喔，瓦雀自雙雙。觸我詩心活，忘機萬慮降。

又七绝一首

小病深藏不出門，消寒聊借酒一尊。
忽聞天上機聲急，始信民兵四境屯。

耶誕節感賦

粵稽古與溯唐虞，聖誕歷來問有無。
豈少賢王同哲帝，誰如天主與耶穌。

年年此日人歡會，莽莽全球衆樂且。令節成名資教澤，吾儕相較愧崇儒。

注：腹聯最后一字『且』，应读爲居，語助也。

前詩意有未盡，又成一律

亞歐非奥美，儒佛道回耶。生人原異種，信教自由他。黄白棕藍黑，高長短小麻。旅分幾萬類，惟聽福音譁。

耶誕節盛會

耶誕節臨盛會開，紅男綠女共徘徊。三更三點方歸宿，知在歡場跳舞來。

禮拜

主教雖同儀軌殊，日行禮拜仰天衢。無香無火因緣在，心祝身虔答聖謨。

徵所得稅感賦

國無養老資，因而自食力。行年將八十，尚無休止日。借醫爲生活，權以養弱息。年入數千萬，不敷購米粒。一家十六口，饑飽難爲必。尚無充腹資，那有稅錢積。奉告收稅人，勿向老夫逼。

注：是年開始徵收門診收入所得稅。

學密

大士隨緣度衆生，密機正熟感多情。人間天上皈依偏，身是蓮花應化成。

注：蓮花生大士，公元八世紀印度僧人，爲藏傳佛教寧瑪派祖師。

普度超亡

化劫消災仰大師，金剛法會續扶持。亡靈超薦收孤野，百萬遊魂得所之。

豆腐乾下花生，先母最喜食，感賦

花生豆腐乾兼味，素火腿名先母加。
此日素餐兒已老，回思傳食感無涯。

雪霽聞警

飛瓊世界氣新清，雪後園林畫不成。
槐颱風枝雙雀喜，梅開雪萼一陽生。
玉樓化栗膏回暖，銀海無花視轉明。
涷解冰消天宇闊，忽聞空際緊機聲。

聞法呈王上師怛化

上有菩薩下鬼神，佛宏大法度斯民。
三塗不墮存真性，生死隨緣了宿因。

注：法呈王上師，生平事蹟不詳。怛化，死亡之意。怛音答。

恤貧

其一

暖廠宏開止難民，一盂麥飯暖回身。
可憐四野哀鴻遍，廠少窮多濟不均。

其二

人心早變負天心，滿地干戈血海深。
殺訒未終和氣閉，萬方一概到而今。

其三

佛早捨身救眾生，婆娑世界總難平。
看看彼岸何年到，來飲菩薩甘露清。

注：當年，每到冬季，社會福利部門有粥廠之設，以救濟貧民，然而貧民多而粥廠少，凍餓而死者仍不乏其人。

息園水仙

其一

萬元半朵水仙苗，高價收來香未消。

栽入雨花臺下石，玉泉將養慰無聊。

其二

此花清潔最宜冬，塵土無緣愛雪封。
開到第三莖上蕊，四分香出任寒沖。

跳舞

廣場十丈平如砥，男女相嬉夜不歸。
把臂牽裾成合抱，摟腰接喙試輕圍。
因風蹀響沉歌曲，掣電花光耀舞衣。
誰說歐雲疑亞雨，不曾相識也依依。

說詩

其一

唐家太白少陵派，宋室半山雙井風。
採取四家精萃處，別開一代雅人宗。

其二

郊島瘦寒原可取，賀仝險怪並堪傳。
後山無已成新派，都結形聲溫李緣。

續寒詩

其一

前年消遣有寒詩，寫出王城百不宜。
疊韻唱酬三十首，較量今歲又逢時。

其二

國民競選競花錢，代表得來大似天。
除卻庶人不妄議，一般參議喜稱員。

其三

誰認民區爲匪窨，連年戰伐妄稱豪。
家家有子都藏匿，怕遇官兵竊負逃。

其四

美國軍需有勝餘，傾銷利厚任人漁。

家家都想來沾潤，奶粉千金買一盂。

其五

侵晨天際有機聲，共説增援到錦城。
大量彈丸抛不得，怕焚玉石爲留情。

其六

伊誰設計救寒酸，麵價從輕買不難。
公教人員都有分，一囊足夠一冬餐。

其七

一端青布可裁衣，每到均分丈尺微。
市價較量誠有限，黨金不足不教揮。

其八

新添暖廠勝前年，大庇寒微數九天。
麥飯一盂欣果腹，周身回暖似裝綿。

其九

新舊醫師各論醫，調停不枉混中西。
學堂醫院均當設，怎奈無錢辦不齊。

其十

晨起燒香供佛前，虔心念佛達諸天。
大師教誦持心咒，禮拜觀音與普賢。

其十一

大小雪過不見雪，直從冬至始飛花。
王城零下廿三度，卒歲禁寒有幾家。

其十二

客來不便敬茶煙，白水盟心示坦然。
雙窨雪茄知味美，只因羞澀阮囊錢。

其十三

平市大開遊戲場，新年氣象頗輝光。
影園加演勞軍片，入座來兵得意揚。

其十四

聞說開籠放白鵰，漢奸爭出鬼門關。
不知赦令曾頒否，恩典皇皇豈等閒。

其十五

南來舞女添新樣，跳出花光耀彩衣。
乘興摟腰還接吻，含情合抱不思歸。

其十六

不作熙來攘往人，孤吟閉戶葆天真。
哀鴻遍野誰關念，寫在筆端認果因。

其十七

輪回不易作斯民，佛法深聞是善人。
能讀大圓滿攝頌，都成阿達爾嘛身。

其十八

客冬倭寇返東洋，民氣稍蘇勝向陽。
今載雜捐攤派重，視民幾個是如傷。

其十九

暮鼓晨鐘日夜聞，幾人發省党成群。
叢林空作消災法，國事如今更糾紛。

其二十

徵兵需款不需民，七百萬元買個人。
一保十三名有數，可憐派我萬千緡。

其二十一

韓康避世隱於醫，無奈虛名婦孺知。

救國救人兩無計，餘年樂得酒盈卮。

其二十二

破帽多情卻戀頭，此詩與我分相投。
惠文冠已多年掛，折角一巾聽自由。

其二十三

醉飽尤難避睡魔，天寒酒暖賴消磨。
髦年最喜爐邊坐，活火烹茶快意多。

其二十四

寒與山妻同渴睡，早餐一覺到斜陽。
隆冬日正短星昴，添線光陰轉眼長。

注：續寒詩二十四首，皆與時事有關，僅就記憶所及，加以簡注。第二首，指當時國民大會代表選舉。當時競選國民大會代表及國民參議會參議員者，皆需花錢。第三首，當時北平市經常有青年被抓去當兵，充當內戰炮灰，故有青年之家，皆紛紛逃避。第四首，二戰勝利後，美國有一批救濟物資，包括服裝、糧食、藥品及營養品等，本爲免費者，而經辦人則一律定價出售，從中漁利。第六首，當時美國救濟物資中之麵粉（牛皮紙袋，每袋一百磅，合八十八市斤）向公教人員配發，但需付款。第七首，配發物資中，亦有棉布，按人配給，但數量有限。第十四首，傳聞有釋放小漢奸之舉，不知

確否。第十七首，阿達爾嘛，『普賢如來』之梵語音譯。第十八首，二戰勝利後，日人一律遣返，北平城内，已無日人踪迹。是年苛捐雜税特多，醫生收入徵所得税，即其一也。第十九首，北平各大寺院，如廣濟寺、法源寺等等紛紛在冬季舉行『息災法會』，祈禱和平。第二十首，當時北平實行保甲制度，規定每一保甲需出壯丁若干名，如不出丁，可出錢由官方代買，此亦撈錢之道也。

再詠跳舞

手長肩削八分腰，窄窄雙弓最善跳。
不是南來諸舞女，朱門新得睹阿嬌。

溜冰

冰場廣辟偏南東，新搭高棚爲避風。
舊式不堪人指數，群推勵志社崇閎。

寒夜無聊，回思有生以來所曆之境，率成七絕三十首借存真概，以示後人，不計工拙也

其一

十歲欣爲伴讀郎，雙流南部兩平章。
從此歲歲離家去，依倚阿爺幕底藏。

其二

自雅州回到梓州，年年都在幕中游。
成都綿竹兼崇慶，獨在浦江是自由。

其三

戊子余方年十九，阿爺北上試秋闈。
教余往就浦江幕，半讀半工薪水微。

其四

二十庚寅方入泮，贍家館谷百余金。
每逢佳節都歸省，侍飲重圍喜不禁。

其五

庚寅有喜復生憂，祖竹風摧雪滿頭。

直到辛壬兼癸甲，一身多病更添愁。

其六

祖母云亡復喪妻，年交甲午尚淒迷。
丙申丁酉乘時運，頁樹枝頭得自棲。

其七

吳公知遇感今生，直把微名貢上京。
朝考犯規聽報罷，勉從國手拜先生。

其八

忽傳教習正藍旗，顧影居然胄子師。
那識竟遭庚子亂，一身只賸有鬚眉。

其九

船乘救濟言歸去，省得雙親到武昌。
差喜阿爺納側室，依隨病母進良方。

其十

我往湖南作襄校，東家宗室尚能依。
那知三月遭清議，相送匆匆又北歸。

其十一

壬寅博得一微官，兩次朝天仰聖顔。
后胖帝癯高下座，報名無誤寸心安。

其十二

次晨發下綠頭牌，簽發山東百事諧。
收拾行囊欣筮仕，運河買櫂景光佳。

其十三

一仕山東十二年，爲官爲幕總蕭然。
酬勞三等嘉禾畀，得此虛名不值錢。

其十四

亥年已過歲交寅，說到官僚不算人。
差幸平時交際好，不將幕友當奸民。

其十五

宰官三作嘉淄濟，兩次丁艱款有虧。
民國徒勞方議免，飛書草檄力能揞。

其十六

寅春調部有虛名，財政交通兩處爭。
終日蓋章無箇事，世南秘監只能行。

其十七

才過國院旋公府，兩處稱名曰秘書。
曆事三朝幾首長，有功在國豈能居。

其十八

已辭權要賦閒居，陶令歸來頗自如。
知己忽來邀再出，農商債券此權輿。

其十九

發行債券爲開源，那識中途料理煩。
一個銀行人奪去，從茲袖手看中原。

其二十

離卻官場身自在，養家改計始行醫。
虛名中外人多仰，得利雖微勉徇知。

其二十一

年年歲歲往天津，省長督軍大有人。
都慕虛名來請教，一天收入一千緡。

其二十二

一回曾到哈爾濱，賺得醫金尚可人。

最愛夜看俄女舞，燒鵝大嚼味香新。

其二十三

行年七十百無求，從此關門不遠遊。
聊與友朋添韻事，吟詩題畫勝封侯。

其二十四

一過稀齡又八年，欲歸淨土好參禪。
醫人醫己都無賴，從此銘心結佛緣。

其二十五

及身成佛仰王師，顯密兼修咒自持。
廣啟法門傳弟子，爲官宏法要財施。

其二十六

我生尚有許多年，或短或修悉聽天。
人到百齡終是化，皈依三寶了前緣。

其二十七

亂後湘遊好夢圓，饒家季女結良緣。
辰年二月來歸我，喜續鸞膠蜀國絃。

其二十八

夢中早見明湖景，到眼惺惺認舊遊。
獨自水心亭上坐，萬荷花裏聽歌喉。

其二十九

幾回安硯在珠泉，國步誰知竟改弦。
帝制民權雖異政，文章法制總依然。

其三十

生男生女皆還債，一樣須籌教養資。
四女三男皆自立，老夫從此有財施。

注：先生此一組詩，均爲敘述其自幼所經之境。先生七十自述七言排律長詩一首，惜『文革』中被燬無存。故無法詳注，僅就耳食之餘，酌加簡注。

第一首，先生十歲，隨父往雙流縣爲某君之公子伴讀，從此即離鄉在外。

第二、三首，伴讀之餘，爲人作幕賓。

第四首，入泮，即中秀才。爲人做館，教學生，可得束脩（學費）。

第五首，祖母逝世。

第六、七兩首，先生祖母既逝世，原配安夫人亦去世。直至光緒二十三年丁酉，朝考得拔貢。

第八首，任正藍旗官學教習。

第九、十兩首，述到武昌省親及到湖南爲人作幕賓。

第十一首，八國聯軍之後，慈禧、光緒回京。先生教習亦期滿，引見得分發山東知縣。

后胖，指慈禧，帝癯（瘦），謂光緒。

第十二首，清制，官員任命，以綠頭牌（粉牌，上漆成綠色，下寫姓名，謂之綠頭牌）發出。

第十三首，任山東嘉祥、淄川、濟陽知縣，每任均頒給三等嘉禾章（勳章）。

第十四、十五兩首，入民國，所指何事，不詳。

第十六首，民國三年（一九一四），先後在財政、交通兩部任秘書。

第十七首，調國務院及總統府，先任秘書，後任參議。

第十八首，辭去府、院職務，移居濟南大明湖畔閑居，旋又調京農商部。

第十九首，任農商部債券局局長。

第二十首，民國十七年（一九二八）辭去一切職務，正式以醫爲業，懸壺濟世。

第二十一首，當時下野之官，多住天津，經常有人請去天津出診。

第二十二首，到哈爾濱出診，觀俄女跳舞，品俄式大餐。

第二十三首，年逾七十，除門診外，概不遠出應診，餘暇則與老友詩酒往還。

第二十四首，七十歲以後，每晨起禮佛誦經。

第二十五、二十六兩首，與王毅修上師相識，經常互相交流。

第二十七首，指續娶饒瓊蕊夫人事。

第二十八、二十九兩首，回憶在濟南情景。

第三十首，敘述教育子女事。

考試

考銓章制分門額，檢察醫師法取嚴。
資歷五年稱合格，放鬆學力有偏嫌。

釋迦牟尼佛成道之日，爲毅修上師誕降之辰，成詩一首，以爲紀念

佛儒精研養性天，道存學富不知年。
梵文華字都通解，密咒真經有秘傳。
三世同尊無量法，一家喜結淨修緣。
蓮花自覺名無盡，鍊就金剛福壽全。

注：農曆十二月初八爲釋迦牟尼成道日，是日恰逢王毅修上師誕辰，先生以此詩祝之。

調味

其一

晚菘秋果稱佳品，直到隆冬味更嘉。
一日兩餐欣飽啖。但調鹽豉與乾蝦。

其二

南腿鮮同冬筍鮮，欲嘗此味又經年。
昨朝女勸加餐飯，一碗盛來不用添。

閑吟三十首

其一

天氣晴朗暖似春，唐花催放海棠新。
夜寒畢竟深藏好，酒力能勝讓老人。

其二

冷氣浸從毛孔入，房中有火不知溫。
時交二九寒嚴甚，老者安居慎出門。

其三

寒透玻璃自結冰，朝陽不易解窗凝。
晨間人欲掀衾被，先要煤爐細細蒸。

其四

痰多咳喘肺真虛，寒氣深潛最怕噓。
一碗姜湯餳味足，念經誦咒一身舒。

其五

三九陽生天氣溫，雪飛霙落滿籬藩。
息園近日探花信，只有水仙開最繁。

其六

友人約啖雞素燒，活火煎來借酒澆。
肉是牛羊菘作菜，飽餐閒話慰無聊。

其七

有貓肥碩虎斑紋，兩眼當真時刻分。
仰臥氍毹形似畫，能教鼠子息紛紜。

其八

六十年前在草堂，梅花風月任平章。
回思如泡復如幻，舊事重提半已忘。

其九

丁亥重逢歲暮時，侵尋衰老鬢如絲。
少年狂態真消盡，瘦骨支撑強作醫。

其十

世道遷流聞見異，白雲蒼狗不勝愁。
干戈擾攘難休息，枉說平權與自由。

其十一

交會風行不算錢，只因外匯是魚淵。
市頭百物都騰貴，眼底窮黎太可憐。

其十二

舉家已作北平人，丘墓長離四十春。
何日有機歸祭掃，白衣仍作故鄉民。

其十三

釀雪天陰日隱光，濛濛煙霧畫初長。
四圍鴉雀無聲息，臥聽兵機飛過房。

其十四

毛線打衣新樣多，稱身全在手調和。

鋼針何似竹針好，長短單雙任意搓。

三殿巍巍矗九霄，皇猷帝制幾曾消。
不知來者爲何派，信佛從來只有蕭。

其十六

早晚恭焚一炷香，一杯淨水薦空王。
願全世界皆平靜，不是無因設佛堂。

其十七

北平舊是帝王都，劫換紅羊帝制除。
賴有海潮音不斷，弘揚佛法念南無。

其十八

已把北平作故鄉，視爲福地可深藏。
陶潛不作移居想，對塔長看舍利光。

其十九

水溫晨洗水仙根，更曝朝陽長箭痕。
准到交春來供佛，一齊葉茂與花繁。

其二十

半似葱頭半蒜頭，形成蟹爪箭平抽。
花多葉短團如結，黄白相間勝繡球。

其二十一

學兼儒佛貫西東，忠恕慈悲顯密通。
兩是尊惟釋與孔，鐵肩擔道許同風。

其二十二

蠶豆一枚二百番，閭閻日漸困財源。
米粱白麵若論價，交會應需萬萬元。

其二十三

玉泉紹酒本來香，禁止燒鍋生意荒。
數百壇存難售出，股東分配自評量。

其二十四

翠墨齋人宋荔秋，曾攜帖畫代余謀。
鶴飛一去不回顧，賺得金錢自給優。

其二十五

書家張叟畫家齊，蹤跡多疏入夢迷。

都是老人行不得，過從誰踏雪中泥。

韞山畫稿定盦詩，兩集風行鬧一時。
科舉永停騷客老，晚清韻事少人知。

其二十七

密宗寶器自元遺，久貯雍和世不知。
我佛忽然生感覺，貢噶悉數向南移。

其二十八

茉莉原來是夏花，北方冬季尚薰茶。
清泉活火鮮香出，七碗評來味不差。

其二十九

昨夜風催小圃梅，嫩枝新蕊盡披胎。
清香引得寒蜂出，繞到枝頭又折回。

其三十

指頭生活見天機，寫出梅開正雪飛。
朵朵均含春日意，看花有客款園扉。

注：此三十首，大多爲日常生活寫照，偶亦有所指，分別簡注如下。

第一至五首，皆平日之生活。

第六首，雞素燒，火鍋之一種，以涮肉、菜爲主。

第七首，息園蓄有貓二隻，貓眼瞳仁之形狀，依時間而異。諺云：『子午卯酉一條線，辰戌丑未棗核樣，其餘時間圓如月。』

第八首，回憶在成都時情景。

第十六首，空王，指釋迦牟尼佛。

第十九、二十兩首，皆詠水仙花詩。

第二十二首，濫發鈔票，品種有金圓券、關金券，導致通貨膨脹，動輒以萬計，市民苦之。

第二十三首，當時曾一度禁賣紹興陳酒，專售紹酒之店，如燈市口之長春酒店，將酒分與店東及伙計自用，酒店倒閉。

第二十四首，先生曾有藏品，托琉璃廠翠墨齋主人宋荔秋出售，而宋君竟一去不返。

第二十五首，指張瞻廬與齊白石兩老人。

第二十六首，韞山，不詳何許人。定盦，指龔自珍，清道光時人。

第二十七首，指貢噶呼圖克圖將雍和宮供品攜去南方事。

第二十八至三十首，皆息園日常生活之情況。

讀白香山、陸放翁詩集，成七絕二首

其一

唐代香山宋放翁，兩家造境異而同。
人言諷刺非歌頌，那識詩人守變風。

其二

唐皇幸蜀情難已，宋主遷杭力不支。
外患內憂皆自召，偏安難比中興時。

參加金剛法會後有感

兩位師尊向北來，爲消火劫與奇災。
金剛法會雖圓滿，只恐人心不肯回。

喜贈內子一絕　有引

有法師言，我兩人結爲夫婦已經三世矣，疑信相參，然亦輪回中或有事，故以詩紀之。

互爲夫婦已三生，相愛相親倍有情。

今世又爲賢伉儷，助余到老事皆成。

和饒彤武弟過柯鳳老宅感賦原韻

草滿虛堂花滿櫨，使君仙去悵雲停。
聖人居近鄰先買，太僕街空劫屬經。
愁見遊絲飛滿屋，忍看脈望積宮廷。
傳家有女相如在，老守遺編涕淚零。

注：柯鳳老，即柯劭忞（一八五零——一九三三），字鳳荪，号蓼園，山东膠州人。光緒丙戌科进士，翰林院庶吉士，散馆授编修。民國後，任清史馆總纂，兼代馆長。

讀陳散原詩

散原誰與作知音，操慮深危事苦吟。
力學西江成東派，離分雙井半山心。

注：陳散原（一八五七—一九三七），名三立，清光緒壬午科進士。有散原精舍詩集。

回憶項城稱帝有感

宗周王莽國稱新，幾輩奸雄步後塵。
天意倘能消帝國，人心自可重臣鄰。
塚中枯骨難爲厲，朝裏虛名易動人。
樂道安貧如不了，便思學佛到慈仁。

注：項城，即袁世凱。

讀鄭蘇戡詩

硬語危詞繞筆端，崢嶸倜儻實孤寒。
人言此是真閩派，我覺無情不耐看。

注：鄭蘇戡，即鄭孝胥。

挽張子暢

其一

薄醉霄行老眼花，層冰載道苦無遮。

性情剛毅人難折，一蹶深防忤夜叉。

其二

高視中醫守祖風，西來新法與爭雄。
縱然特效殊合劑，一視同仁證大同。

其三

與我遠隨二十秋，養生無力爲君謀。
市民公舉成參議，差喜衰年尚出頭。

其四

鵠寡鸞雛不忍看，數間破屋太清寒。
何人爲作全家計，願少懷兮老更安。

注：張子暢，乃当年创办国医学堂发起人之一。

送老友王毅修上師南歸

其一

送子南歸出國門，黯然執別欲銷魂。
老年會少離多意，默默臨岐無一言。

其二

三月消災住舊京，料傳法語過長城。
不知東北能安否，我佛慈悲意頗誠。

其三

密有師傳信仰深，無邊法力式如金。
嚴傳經咒神能應，憑藉郵筒寄好音。

其四

蓮花精舍開錢串，福地因緣主姓黃。
一塔比鄰從地出，千年證果豈尋常。

其五

我佛教人廣法門，實行正不在多言。
即空即色能參悟，便省人間惱與煩。

注：王毅修（一八九五——一九五九），本名王家齊，佛教徒，修密宗。

贈于非盦

生當繪事正衰時，古法難教彩色施。

刺繡纙絲皆畫稿，知君寫入宋人迷。

注：于非盦（一八八九——一九五九），名照，山東蓬萊人。著名畫家，工工筆花卉翎毛，字宗宋徽宗瘦金書。

偶成示諸侄兒

米珠薪桂可如何，食指年來轉覺多。
八十老翁肩有力，能擔重任耐消磨。

得次修畫喜賦一絕

早起郵筒接濟南，北窗明處喜開函。
修髯賣畫成長計，垂老方知蔗味甘。

注：次修，即左次修。

歲交戊子口占一律

戊土色金好，堅金不怕埋。況能生子水，何處著塵埃。
空卜身家吉，會看天地開。鴻鈞初轉運，否去泰應來。

題乾隆御書福字

其一

乾隆原是福全人，六十年中善保民。
皇帝居然稱太上，內安外攘見精神。

其二

詩書畫好稱三絕，福壽康寧萃一身。
提筆寫成符九五，星光可鑒自傳神。

其三

自號八徵耄老人，兒孫繞膝樂純仁。
如斯全福古來少，邁五登三信有真。

丁亥十二月廿六，爲戊子年立春之日，晨起濕瘡痛癢不支，念佛得解，偶成二首

其一

改歲春先至，嬉春且放歌。焚香供舍利，示疾學維摩。斗室花無數，奚囊句幾多。水仙同我笑，安樂幸成窠。

其二

金針三兩度，肢體氣先通。經毒雖消熱，瘡威未輯風。皮膚猶痛癢，神識漸惺忪。戒酒家人勸，余亦守靜宗。

詠盆景山茶

大枝才結四五蕊，小枝已發八九葩。秋冬灌溉栽培厚，經春欲折先含苞。花名山茶自有說，別號耐冬亦解嘲。未開綠瓣層層獲，半放紅葩片片膠。得氣四時殊眾卉，祥和瑞葉地天爻。

榮枯不作桃花豔，點綴真同豆蔻梢。
繁開香散來燕賀，因風花援似鶯梢。
梅萼互稱同輩友，水仙當作忘年交。
賞此名花古人少，誰沽春酒具山庖。
我丁亂世無依據，養花小隱王城坳。
心似死灰隨火轉，身如落葉任風拋。
只因官冷少祿養，半是家貧無斗筲。
八十之年何所戀，麟甲雖成難化鮫。
懶作繁露孕莖子，入懷空負龍與蛟。
花如解語知我意，怒發奇香薰我巢。
日夜倒臥花叢裏，問字隨人載酒肴。
對花寫照發三歎，新詩成就付胥鈔。

丁亥臘月九日書感

丁亥終年作病人，一交戊運便更新。
醫筌藥灶都銷盡，還我安閒自在身。

又五律二首

其一

今歲身多病，操勞力不揩。養家難自養，醫國即公醫。
臘酒儲雙窖，唐花放幾枝。明朝是除日，先作送年詩。

其二

一樣年年過，居然判舊新。送迎偏有跡，豐減豈無因。
變亂人安樂，窮通孰假真。五千徵甲子，直道在斯民。

不息翁詩存

三臺蕭龍友先生　著

【卷四　戊子集】

語文出版社・北京・

爰鑒往紀督覽前徽有賢有聖
靡弗應時繇實契姒旦忝協姬
於穆鄭公誕應嘏期伊昔桓武
並美司徒恭惟我君世監祕書
三墳剋闡五典允敷文為辭首
學實宗儒德秀時哲望高世族
灼灼獨明亭亭孤邈式胄三雍
鄖風再燭

節臨鄭文公碑　息公

隹三年五月既死霸甲戌王在
周康卲宮旦王各大室即位宰
引右頌入門立中廷尹氏受王
令書王乎史虢生冊令頌王曰
頌令女官司成周賈監司新造
賈用宮御易女玄衣黹純赤市
朱黃鑾旂攸勒用事頌拜稽首
受令冊佩以出

臨周頌敦

蕭龍友、蔣兆和合作書畫四屏（3-4）

戊子集

三台蕭龍友先生　著

受業張紹重增莽注
小門生郭華斠字

戊子集

戊子元旦偶成

今年未滅去年雪，新國難移故國風。
街有太平歌入耳，家多歡喜事羅胸。
柳州信到杭州續，錦里人安梓里同。
一夜相思經五處，團扉一處夢先通。

注：時先生次子伯瑜師兄在柳州鐵路局工作，三子仲圭師兄在杭州浙江大學任教。詩中腹聯即指此。

換歲有感

舊歲新年兩度過，病裏顧影感婆娑。
屠蘇酒好難爲飲，獨喜迎春花放多。

注：屠蘇酒，舊俗，正月初一飲屠蘇酒。其法：以赤朮、桂心、防風，菝葜、蜀椒、桔

梗、大黄、烏頭、赤小豆等，同入絳囊盛之，於除夕夜懸于井底，元旦日取出，置酒中煎，數沸飲之，可預防疫癘及一切不正之氣。

和瞻廬同年新年感懷原韻

其一

銘守湯盤重日新，那堪耄老尚風塵。
世情詭變因交惡，國寶深藏爲善隣。
蠻觸互爭蝸作敵，犬羊相食虎眈人。
四郊戰壘多多築，誰解收兵學近仁。

其二

將軍長勝本來雄，妙手能揞善倚空。
師健不隨龍虎鬥，政爭怯聽馬牛風。
中原人物思王猛，海外賓朋羡石崇。
不見鈞璜才輩出，難禁翹首問冥濛。

戊子賤降之日，來賓甚眾，余因病閉門誦經未出見客

我生七十九年強，最喜菩提自在香。
今日賤辰應避客，晨興獨自禮空王。

止酒

酒是和歡物，消愁又引愁。只宜陶令飲，不解阮囊羞。
三影謫仙對，八仙詩史謳。我生偏好此，病謝醉鄉侯。

書病狀

一身筋骨輭於綿，僅有絲絲氣入玄。
始信病魔魔力大，真能顛倒佛同仙。

經行

老住空輪被病侵，病中容易損光陰。
沈沈聾背誰能負，兀兀龍吟我自尋。
念佛人多堪救世，安禪地靜可棲心。
今宵強起堂前步，圓相光融月在林。

靜觀

垂老惟期宇宙安，此心空洞不防閑。
眾生苦難誰能解，萬劫消磨我自干。
改世定知先改夢，悲天都望解悲觀。
淨宗誰作真行者，力學方知步步難。

郭華謹按：太夫子於題後自注云：『戊子四月十六夜作，步聽佛軒主人所作經行、靜觀兩詩韻，以遣病魔。』聽佛軒主人，即夏蓮居居士。

七九生日正在病中，作山歌紀之

放翁八五足才思，衡山九十不支離。
宋明二老皆俊傑，今想風範令人癡。
放翁入蜀多感傷，南渡河山已半亡。
猶能及時一行樂，海棠花下作顛狂。
衡山身當太平世，三絶詩書畫如意。
子孫衆多喜繩繩，風雅滿門能繼志。
余也平生喜讀放翁詩，愛看衡山畫。
所期能如二老壽逾八九十，
一任時人作笑駡。中歲曾參三指禪，
不知再活幾多年。昨日七九誕辰客來會，
無奈我腹沉痛真堪憐。不能陪座不敢飲，
獨居小室勤三省。念到陸沉世慮深，
空署頭衔號醫隱。

注：放翁，指宋代詩人陸遊。衡山，指明代書畫家文徵明。放翁工詩，衡山則書畫俱佳。

正初水仙花繁開，因賦一絶

翹翹仙種報春開，閩海盤根帶水栽。
昨夜清香潛撲鼻，夢中如見美人來。

詠異種水仙花

六出異春梅，與梅先後開。香絨聚金盞，粉色照銀臺。
種是仙凡合，花如錦繡堆。佳名真不愧，伴爾往蓬萊。

說仁

默念吾生詎有涯，養生無主怎成家。
傳薪宜種公孫樹，分種應栽姊妹花。
葉葉相因青可愛，枝枝廣陰綠全遮。
一仁發起根千百，人物同光日月華。

題自畫大中堂有引

美人林下飼鶴，旁立一文士，有引手之意，王元章有此本，因仿其義作此畫，並繫七絕二首。

其一

昨宵有夢到瓊山，明月清風最等閒。
林下有人來飼鶴，遥聞環佩響珊珊。

其二

林下美人耐幽獨，何來君子與言歡。
華光長老忽相值，静坐禪機畫裏參。

注：先生此畫爲六尺大中堂，重曾於息園中見之，惜『文革』中爲祝融氏吞噬。華光長老，舍利弗未來成佛，曰華光如來。

春園老人以近作惜醫詩屬和，報以小詩二章

其一

日學蒙莊爲養生，更師佛祖化無名。

救窮袪病都無術，那有閒心唱道情。

其二

輸君高緻老懷開，學養兼優不世才。
可惜名場時運蹇，衹留著作見鴻裁。

注：春園，即王春園。

紀平生行蹤詩

其一（雅安縣）

黎雅居鄰夫子牆，我生四世慶同堂。
九齡音字經成敘，選學粗知樂就將。

其二（雙流縣）

十齡伴讀去雙流，初侍嚴親賦遠遊。
不料狂風摧祖竹，端陽聞信便回頭。

其三（新津縣）

雙流未到返新津，拜見邱家一老人。
留我朝餐鄉味美，豆芽湯好喜情真。

其四（名山縣）

隨眷回鄉萬慮刪，乘輿尖棧到名山。
此間曾祖曾施教，木鐸聲高不掩關。

其五（成都省垣）

聞說成都有少城，此間曾駐滿洲兵。
漢唐風景不堪說，蜀相祠堂別有情。

其六（趙家渡）

行蹤過此已多年，小渡河頭有暮煙。
橘餅瓜磚收蜜餞，更尋柳葉購香煙。

其七（半邊山）

半邊山是中江地，柳綠桃紅景最幽。
下轎慢行行復止，山王廟內有簽抽。

其八（回水舖）

小北道中當孔道，人煙稠密是工商。
二三雅士舖中集，每過必來做酒觴。

其九（潼川府）

七天七夜始回潼，景物看來迴不同。

川北川南皆儉樸，有家長住守鄉風。

其十（南部縣）

隨侍嚴親入學中，一官教諭到南隆。
淩雲洞好納涼便，雷雨經綸迴不同。

其十一（成都縣署）

讀書好傍子雲亭，花木清華德有馨。
最是居停偏愛我，解衣推食眼垂青。

其十二（綿竹縣）

春來花發南軒祠，載酒邀朋數過之。
岳廟森嚴相對立，樹叢相向少南枝。

其十三（崇慶州）

卯年科舉正開場，文向陳師字字商。
川鄂兩闈分進取，大家高興去觀光。

其十四（萬縣）

入幕郗超老作賓，萬州安硯有前因。
嚴親屬我尊經去，爭拔工夫要認真。

其十五（重慶府）

吳公治績美全川，太守清明稱大賢。
邀我幕中司筆札，不期會考是同年。

其十六（宜昌）

彝陵小住腰纏滿，扇對居然可賣錢。
三日抽風船價足，清和天氣好張帆。

其十七（武昌）

奉母平安到武昌，阿爺歡喜接來忙。
十天小住江南去，小款得來失不償。

其十八（上海）

少年初到繁華地，夜夜書樓聽曲忙。
不慣野雞來撲我，買舟一夜經重洋。

其十九（天津）

不是洛陽是北洋，天津橋上好觀光。
久無鵑鳥聲相混，世界承平歲不荒。

其二十（北京）

身因朝考遠來京，跋涉辛勤幸少驚。
今日平安抵京國，閉門寫字手嫌生。

其二十一（留京）

朝考犯規輕報罷，留監肄業得高名。
正藍教習欣傳到，功課將完亂過庚。

其二十二（迎鑾）

兩宮西狩我留京，暫到湘南事已平。
隔歲迎鑾兼引見，欽圈知縣得功名。

其二十三（分發）

制簽分發到山東，親友都誇官運通。
七月買舟向南去，明湖恰受荷花風。

其二十四（課吏）

東省新開課吏館，高標三次得官差。
不才幸爾連三捷，學校管書事亦佳。

其二十五（署缺）

兩年甄別幸如期，派我嘉祥正及時。
差喜鳴琴民樂化，官餘刻得數通碑。

其二十六（充文案）

交卸一官聽鼓來，吳公正訪幕中才。

一文委我充文案，雅集西園見別裁。

其二十七（酬勞）

酬勞許我入官場，一旦分符到濟陽。
又調淄川避物議，風摧慈竹轉悲傷。

其二十八（丁憂）

恩促奔喪正九秋，不知虧空有來由。
三千鉅款邀公免，因此安貧不解愁。

其二十九（卜葬）

兩親地未得牛眠，嚴親雖歸母尚懸。
回籍經營安葬畢，寸心到此始安然。

其三十（入民國）

山東日報少攀援，出版商同丁佛言。
嚮應武昌摧帝制，爲民我亦是元元。

其三十一（就督幕）

濟南忽到周都督，南北交孚大有功。
借問幕中誰畫策，祥龍威鳳各稱雄。

其三十二（入部曹）

交通財政農商部，兩載回翔要政聞。
操莽有心機事洩，居仁樓上夜修文。

其三十三（入國務院）

身充參議聞機要，局設調查又列名。
安頓議員人八百，鏘鏘濟濟滿京城。

其三十四（入總統府）

秘書高處掛虛名，寫匾居然大字成。
四任蟬聯無過失，相將辭職讓民兵。

其三十五（辦農商證券）

農商證券行中外，富國有心計未成。
僅設銀行充董事，鵲巢畢竟爲鳩營。

其三十六（退職行醫）

看破名場歸勢力，官家差等太分明。
不如行我醫人術，轉可瘡痍救萬民。

注：此組詩可做先生自傳看。現僅就重耳食之餘，略爲簡注。第一首，先生生當四世同堂，曾祖韻鑱公時官四川雅安縣教諭，對先生尤爲鍾愛，親自督教。九歲時自創音字經一篇，詳注生疏之字，深荷重堂嘉許。第二首，雙流縣，當時屬成都府，先生

隨父雨根公到此爲某公子伴讀，因祖父去世返三台。第四首，名山縣當時屬雅州府，先生曾祖韻鑣公曾任雅安縣學教諭。第六首，趙家渡，在四川金堂縣東部，爲沱、湔、雅三水匯合處，古名大液，先生曾在此小住。第二十首，光緒丁酉來京朝考，登拔萃科。第二十一首，朝考後，派充正藍旗漢軍教習。第二十二首，八國聯軍侵華，慈禧光緒倉皇出逃，先生滯留北京。次年，慈禧光緒返京，先生被分發山東任知縣。第二十三首，教習期滿，依例分發，先後任嘉祥、濟陽、淄川知縣，任滿，居濟南大明湖畔。第二十五首，先生在嘉祥縣任內，曾維修文物數處，並刻碑數通，重尚藏有重修龍王廟碑記拓片一通。第二十九首，回川安葬父母。第三十首，丁佛言（一八八八——一九三零），名世峰，號邁鈍，山東黄縣人。一九一二年任亞西亞日報主筆。第三十首，任國務院參議。第三十四首，任總統府秘書。第三十五首，任農商部債券局局長。最後一首，決心以醫爲業矣。第十九首第三句，鵲音肖，鳥名。

偶成偈語

其一

七十九年磨折多，非人磨折自折磨。

受人磨折猶可說，自己折磨是命魔。

其二

佛法天人皆平等，能兼福慧始能聞。
大經雖好誰知讀，譯本頻繙失梵文。

其三

誰是精修佛與儒，同時只有夏蓮居。
兼通顯密宏宗教，四顧無師合拜渠。

其四

大經合讚語沈雄，要使人人都解通。
萬姓倘能歸佛法，太平有象教宗弘。

戲繪一著古衣冠跪拜像，繫之以詩

紗帽宫袍官樣靴，爲誰祈禱拜彌陀。
相君之背宜膺禄，福德天全壽更多。

注：先生書畫俱佳，此小幅重曾獲見之。

憶余戊子年伴讀浦江兼作書記，月得脩脯銀十兩以贍家，從此以往，長爲幕客。今逢戊子，六十年一周矣，感賦一律

十九承家賦遠遊，至今甲子算初周。
當時喜有重闈在，此際還無一飯酬。
地曆東西並南北，日經冬夏與春秋。
年來多病垂垂老，辛苦肩擔尚未休。

病中遣興

病久身虛懶似蠶，不能三起只三眠。
又如弱柳垂絲樣，瘦入東風尚放顛。

看花

水仙放過山茶開，粉白香紅照酒杯。
今歲息園春意足，更添五色佛光來。

寫身世

我是店中一主人，眾人皆客來棲身。
長供食宿兼教育，店帳長懸各有因。

病久不痊感賦

無端辜負豔陽天，因病侵尋絕世緣。
郊外踏青猶有約，夢魂長繫柳絲邊。

病中貪眠，以蠶自況

身輭如蠶只解眠，吐絲作繭自相纏。
浮生若此皆前定，不敢尤人況怨天。

與吳宗澄談往事，知其生有自來，詩以祝之

世奉觀音佛菩薩，靈胎入腹顯光華。

泰山瑞應成先兆，南海長生詎有涯。
出世真由紫竹子，化身自是白蓮花。
菩提福慧天公與，好振功名救國家。

注：吳宗澄，生平事蹟不詳。

病中念佛

趺坐室中念佛音，那知門外有春陰。
開眸喜見茶花放，紅上衰顔病不侵。

看月

病中看爾兩回圓，形影幾成入劫仙。
怕有藥香來撲鼻，嫦娥停搗聽余眠。

病癒貪食

不知食味別鹹酸，葷素同時作一餐。
咀嚼尚嫌牙費力，精粗入口當吞氈。

室中茶花一小枝開四朵，嬌豔異凡花，詩以寵之

春夜忽來四美人，胭脂和粉貌容真。
分明人是茶花影，化作亭亭玉女身。

靜賞山茶再寵以詩

四朵花如四美具，溫香不負耐冬名。
從來北地無佳種，獨見寒齋歲發榮。

茶花開四朵，友人以事事如意爲祝，以詩紀之

花開事事當如意，四季平安定可知。
别有茶香饒韻事，評量詩句及春時。

正月二十七日爲瑜兒生辰喜賦

四十年前當此日，一家歡喜聽啼聲。
柳州春釀能延壽，應有飛花入酒觥。

注：瑜兒，指先生次子伯瑜師兄。

病起看枯槐復生，口占一絕

槐樹沾濡新雨水，枝條起栗内含青。
纍纍不似花苞樣，頗類人生老復丁。

正月二十八晨起作畫

門外樹枝窗外影，愛他婀娜瘦而清。
病餘晨起閑摹寫，一幅杈枒似李成。

注：李成，宋人，號營丘。工畫山水。

送吳宗澄南歸

天日昏昏春有陰，安排培養百花心。
此時送客南歸去，扶病傷時感不禁。

惜花 有引

爲山茶而作，從元旦開起至二月一日始謝，病中伴我，不可無詩紀之。

初開紅欲然，大展粉如滴。嬌豔雅而莊，輕盈沈且寂。
色正陋夭桃，香濃邁蓮菂。惜或被風飄，養偏宜水激。
蕊聚奪胭脂，容褪含白皙。嫩枝長滿盆，倩影照四壁。
賀花朝作詩，伴花夜吹笛。縱然感衰頹，不忍用手摘。

與君同耐冬，佳種真難覓。

郭華謹按：第六句中，葯音地。第十五句中，摘應讀作剔。山茶亦名耐冬。

懷四弟

其一

圜扉彈指又經年，歲月催人白了顛。
權當爲僧山寺住，寫經念佛度禪天。

其二

獨憐瘡病久侵尋，八難三災苦太深。
何日網開身自在，慎將飲食養陽陰。

其三

獄中醫院安排好，陰慘逢春淑氣多。
晨向東方勤吐納，定能祛病召陽和。

其四

公冶縲絏非其罪，子長文字助其功。
白頭更羨賓王達，在獄吟詩別有風。

注：先生四弟捷程先生，因罣誤入獄。

說善一偈

口中說行善，心中未必從。心口如能一，善乃與人同。
水若爲上善，老氏有此功。善門大展開，我佛亮天工。
吾儒止至善，大道乃執中。善善要從長，無我自大公。
衆善能奉行，自然證六通。吾生縱有涯，願與善始終。

花落

我我周旋識性靈，無端花落惜惺惺。
春心猶借冬心發，普願群芳老復丁。

見鵲子飛鳴偶成

其一

點頭翹尾相關樂，引子呼群作意鳴。
營得小巢高樹穩，朝飛夕宿不呼庚。

其二

呼我丈人瞻我烏，便能爰止我之廬。
杜陵愛好成詩意，竊取葩經事有無。

夢想

病中久未溫經咒，暮鼓晨鐘警隔隣。
擬拋家事披僧服，靜坐蕭齋不染塵。

說道

儒教理陽佛理陰，代天行道體天心。
平分世出世間法，上善若流有淺深。

誦咒

度人三指參禪慣，觀我一心默咒多。
自利利他遵佛旨，強扶病起學維摩。

賞花口占

陰晴不定日難消，纔見微陽雨又瀟。
斗室周旋心賞處，茶花紅褪尚含嬌。

張寓鋒來談近事感賦

當國人材無定力，東歪西倒要人扶。
天傾地析身安在，不惠群生黨亦孤。

注：張寓鋒，生平事蹟不詳。

有所思

真個日長似小年，鳥啼花發仲春天。
難禁乍暖還寒候，萬種芳情聚枕邊。

閲灤源四友集題詞有引

四友者吳次風、孫念希、吳藹宸、劉星楠也，皆績學之士。

其一

灤源舊友盡凋零，阮籍猶留兩眼青。
尋覓四生詩卷裏，此身恍與坐談經。

其二

吳孫劉並負時名，都是當年好學生。
懷抱異人才調絕，不仙不佛不公卿。

注：吳次風、孫念希、吳藹宸三人，生平事蹟不詳，劉星楠，字雲平，山東清平（今臨清和高唐）人，一八八二年生，卒年不詳。曾任第一屆國會參議員，兼任總統府諮議及北京政府内部顧問等職。

郭華謹按：第一首後太夫子自注云：『不佞曾在灤源充教習，四友雖未全及門，亦有受業者，故以生稱之。』

因四友回憶濟南風物

其一

灤源書院感桑滄，風氣先開大學堂。
我亦堂中參預者，四生相識在名場。

其二

明湖視海等蹄涔，一鏡光明灤水陰。
道孔地華南北綰，往來過客此棲心。

其三

濟南風景似江南，名比西湖爲此潭。
彌望水山成一色，舊游曾此賞晴嵐。

注：此先生回憶在灤源任教習事也。

郭華謹按：第二首第二句後太夫子自注云：『水經注云濼水北爲大明湖。』

詠團扇

團團一柄出湘東，扇號合歡裁費工。
紈素平鋪光似雪，竹黄細削樣宜風。
精書歐褚渾相若，美畫倪黄雅不同。
倘使佳人纖手握，半邊遮面露唇紅。

病嗽

真火衰微邪火甚，化痰黏滯塞喉間。
終朝終夜如風癢，欲把珍饈一例删。

讀灤源四友詩集悵觸前因感賦

其一

書院從新改學堂，灤源兩字便消亡。
而今四友詩成集，舊夢重溫費品量。

其二

灤源我有夢痕留，考取微差第一流。
令我管書無百卷，容齋五筆看從頭。

其三

一別灤源五十年，胡然而地胡然天。
人心世道何堪說，使我哀鳴學杜鵑。

其四

有人新自濟南來，爲説城門掩不開。

拆看古今名勝地，灤源何處問亭台。

注：此四詩亦回憶在灤源任教習事也。

郭華謹按：第四首後太夫子自注云：「是時濟南正在備戰，拆毀名勝頗多。」

月窗即事有引

二月十六夜倚枕，月光初爲電燈所掩，睡後燈息，月色滿窗都入眼簾矣。

其一

燈消月色滿窗陽，早是燈光掩月光。
萬種清明都怕掩，世人偏喜看昏黃。

其二

雲裏清光雲外華，一重掩護一重遮。
夜深射入窗櫺裏，五色紛披似彩霞。

其三

春月不同秋月清，流光直可到天明。
東方日出還相對，照我床幃倍有情。

其四

中外古今同此月，生生世世繫天空。
不隨人事增哀樂，圓缺循環大化中。

其五

石火電光一刹那，誰如桂魄照人多。
闤中客裏勞相伴，無奈何時郤易過。

其六

月有明光星自稀，曹瞞一語入單微。
千秋詠月詩無算，四字包涵萬家非。

注：第六首用三國時魏武帝曹操『月明星稀』詩典。

觀天象

其一

月黑天邊明且白，從來占驗是荒年。
哪知正應爲兵革，主把通都作戰場。

其二

熒惑星光射南斗，雖然未入象先非。

四郊無壘猶交戰，知否民兵早破圍。

其三

天道先乖人道從，傷心無恥竟成風。
不分皂白忘昏曉，日出西兮月出東。

其四

畢好風兮箕好雨，變常反本說維新。
效尤是禍無人覺，從此中原少信民。

郭華謹按：第一首後太夫子自注云：『此天象，以余閱歷，屬兵事者多，蓋庚子年天象即如是也。』第四首後自注云：『民無信不立，政府事事煩民，何以爲國？』

璋兒自杭州寄來枇杷蜜，喜成二絕

其一

枇杷蜜似山蜂釀，活火山泉和最甘。
化熱生津滋肺腑，香清味美勝黃柑。

其二

彭郎將蜜杭州去，贈與阿圭度歲寒。

瓕重雙瓶伴雙鯉，春來還寄老人餐。

郭華謹按：第二首後太夫子自注云：『璋兒字仲圭，自杭州寄來枇杷蜜，可以治咳嗽。云系彭世兄所贈。』

有贈

雲龍風虎乘天運，正是君家得意時。
近代用人無性別，好爲參政女中師。

驚夢

晨機曉市循環鬧，斷夢模糊側耳驚。
倚枕細聽無遠近，好風偏送賣花聲。

紀夢

夢中忽見菩薩相，歡喜慈悲好面容。

獨立雲端觀世界，恍如坐我在春風。

聽八音鐘有感

八種音諧不奪倫，報時報刻總相因。
春明花媚無由賞，坐聽消磨十二辰。

園中丁香大開，忽憶法源花事，口占以紀

又是清明好時節，憫忠寺發幾丁香。
年年三月春風裏，花下行吟鬥虎狂。

注：法源寺原名憫忠寺，丁香花之盛，爲北京第一。

三十年不治印，偶用刀筆，尚不覺生，喜而識之

老人治印入玄玄，刀筆鋒銛奏砉然。藏器待時宜守善，視牛宰割目無全。

注：先生此印，刻『玄玄老人』四字。

病後友人約往視疾，車過北海小停，賦成此詩

一月春寒病在家，不知百卉已發芽。驅車北海橋邊過，瞥見山桃滿著花。日麗風和好天氣，嬉春便覺生有涯。海中冰化水清澈，有船蕩漾如遊蝦。魚兒噞浪出海面，釣者垂竿隱路斜。遊人未到漪瀾聚，只因寒重風無遮。傳聞開放公園日，塔上已有人賣茶。近又寂然無客去，但見塔尖明綺霞。

四圍樹密風剪綠，一幅圖畫摹文嘉。
憑欄遠望山光接，過眼忽見雙飛鴉。
歸到息園一涉趣，丁香紫白爭含葩。
倦極倚枕圓午夢，聊作小詩紀歲華。

注：第九句中，噞音演，魚在水面張口呼吸貌。第十八句，文嘉，字休承，工畫山水，能詩善書。爲明代畫家文徵明次子。

談玄

玄復玄兮衆妙門，丹田三處氣溫存。
綿綿一息憑調養，此是長生至道根。

注：第一句，用老子道德經中語。

接瑜兒信報三月內可回家一行喜賦

開緘喜汝訂歸期，底事忙中有暇時。
數載辛勞休息暫，商量行止慰吾思。

陰陽曆二月皆二十九日，偶繫以詩

二月年年皆小建，今稽二曆恰相同。
陰陽共感清和氣，應候無愆無雨風。

閲報有感有引

閲報知吴達銓爲蔣聘作總統府秘書長，而王揖唐則不能免死罪，同是雙料翰林而遭遇不同如此，可慨也。

中西翰苑兩名傳，同羨揖唐與達銓。
南北分疆功罪判，西湖畢竟勝西山。

注：吴鼎昌（一八八四——一九五零），字達銓，浙江吴興人。清宣統間任翰林院檢討。一九四八年任總統府秘書長，一九四九年辭職，移居香港。王揖唐（一八七七——一九四六），字什公，安徽合肥人。清光緒甲辰科進士。七七事變後，任僞華北政務委員會委員長。抗戰勝利後被捕，一九四六年被槍決。

二月十三日晨起大雪，午後放晴，以詩紀之

雪花如掌大，階空畫瓊蕋。飄如白鳳毛，聚似青龍髓。
漫天尚作霰，墜地即成水。起坐欣賞之，不貪春睡美。
呼僮煮香茶，靜觀悟元旨。驚蟄萬物動，春雷發聲始。
況已過春分，漸入清明矣。天地雖未交，中間陽氣起。
嫩寒方向辰，微溫竟達已。過午候轉和，倏忽雲采委。
日光照畫廊，晚晴殊可喜。昏旦變陰陽，花磚看移晷。
霾曀一掃空，鬧聲喧夕市。寒煖不隨時，嗟卻失變理。
當國暮不知，政輶早離軌。賄賂敢公行，貪墨堪切齒。
文武作憲章，敗行乃如此。常禍成戰爭，亂機遏難止。
恤民轉傷民，談兵空在紙。誰能協天心，我當拭目視。

注：第五句中，霰音縣，說文：『霰，稷雪也。』閩俗謂之米雪，言其霰粒如米也。第二十五句中，曀音易，爾雅：『陰而風爲曀。』

得瑜兒信，報告慈墓有蒽郁氣，喜賦此詩

慈親長臥賽湖旁，日寇挖壕幸未傷。
自是善人天保佑，瑜兒圖報喜能詳。

人生

大夢中間圓小夢，人生觀卻不虛生。
試將佛法來參悟，六道輪回幾變更。

病衰

病衰詩律渾暄寒，萬事都從冷眼看。
且把蹄涔同海量，也將拳石作山觀。
無人無我空何在，知白知雄守更難。
佛道太虛儒太實，欲從仙境覓枝安。

春寒

樹枝搖亂知風緊，花蕊涵濡識雨纖。
一樣春寒天不管，瘦人冷意十分添。

催花

微風微雨峭寒天，勒住花心不放妍。
將酒來澆芳魄醉，催他妝出海棠嫣。

定三來信，亟欲出山，無北來之意，詩以解之

幾番信報不能閑，料理行縢要出山。
茫茫何處堪投足，侍養權將世慮刪。

注：定三，姓饒，生平事蹟不詳。

尊聖經

其一

長念彌陀豈等閒，人間感應氣相關。
聖經割裂成文藻，千古風流罪子山。

其二

淫詞綺語六朝人，漫把經文混假真。
自謂詩詞成別調，多污佛典逞翻新。

讀蓮華大士應化因緣經有悟

其一

蓮華大士度人經，應化因緣一卷靈。
熟讀能逾千萬遍，勝聞法語重丁寧。

其二

人壽如當五十時，邪魔外道出爭奇。
佛家正法難收拾，地覆天翻壞劫期。

其三

六道金剛咒最真，能從末劫挽天人。
虔心日誦三千遍，無難無災自化身。

其四

智慧莊嚴期限世，菩薩護念及今生。
契機密乘因緣在，供養修持望大成。

注：蓮華大士，即藏傳佛教寧瑪派祖師蓮花生，亦稱『烏金大師』，爲八世紀印度僧人。應吐蕃贊普赤松德贊（七四二——七九七）之請，入藏傳播密法，即後世之寧瑪派。

檢點舊藏忽失大半，詠之以詩

其一

檢點珍藏不翼飛，畫人書史盡突圍。
古賢都願神遊外，敝篋潛埋責我非。

其二

漢晉三唐兩宋人，元明清代遞相因。
自余尚友諸先達，六十年來頗會真。

其三

古老精神寄書畫，展觀相愛氣猶生。
如何不別居停主，一去蕭齋便易名。

其四

意欲邀回都避我，此時無計可通情。
得新忘故尋常事，倘願歸來我往迎。

老衰感賦

老衰恒膽怯，風動即心驚。累贅由三黨，辛勞過半生。
壯年辭故國，強歲仕前清。宦跡留中土，遊蹤遍大瀛。
合群無牴觸，止謗免蠅營。奮勉思千古，循環曆五更。
語長心自重，神靜眼猶明。學佛消煩惱，遊仙養性情。
有身知無我，好學匪求榮。溫飽關衣食，安危慎住行。
用人妨暗算，作事謹垂成。骨董聚還散，陳篇縱復横。
那能分美惡，不敢判粗精。偷竊何關鼠，迷藏每似狌。
物多難記憶，神照尚晶瑩。耄耋雖多病，終期守至誠。

注：第二十八句中，狌音生，鼠屬，善走。

勸世

其一

束身惟有學謙尊，只在容恭笑語溫。
享受榮華原有過，召來禍福本無門。
當官或易違公法，念佛真能解夙冤。
四苦人人皆應受，莫將地獄作家園。

其二

處世爲人要自覺，莫教辜負飽和溫。
倘逢家國承衰運，好爲兒孫辟善門。
積德自然多福壽，消災定可少煩冤。
輪回六道歸天上，不畏勤勞且灌園。

戰魔

其一

魔雖日夜擾人神，魔自爲魔人自人。
邪氣能教心性亂，我從守正葆天真。

其二

有道之人定有魔，須將慧劍忍心磨。
魔能降盡方成道，賢聖功夫此處多。

題蔣兆和傳神畫像

妙解傳真作寫生，神傳阿堵面盈盈。
筆端拼有化機出，中外從茲享大名。

題自畫梅花

種梅在江南，憶梅在江北。北來四十年，久與梅花別。
北地有胭脂，大與梅殊色。驛使久不來，誰報春消息。

栽培盆中花，聊以應春節。

前詩意猶未盡，再成七絕二章

其一

約梅同醉一壺春，醉後花間最可人。
寫取醉容還自笑，且從紙上覓真真。

其二

南煖北寒有兩般，春風一樣做天難。
倘教寫入元章筆，那許時人冷眼看。

注：元章，指明代王冕，字元章，號煮石山農。善畫梅，自號梅花屋主。

又五言古體一章

春至梅花知，繁花開晴昊。顔色奪胭脂，當春殊美好。
不與宮妝同，卻比園花老。昨宵夢羅浮，翠羽鳴芳葆。
靜聽啁啾聲，喜看明月皎。夢中強作詩，詩成天尚早。

起坐續殘夢，花香恣探討。爲寫苗條姿，一扇隨筆掃。畫意滿胸中，春瓶先自倒。入君懷袖中，幽香冷盈抱。

注：先生善畫梅花，作品頗多，惜『文革』中皆失去。重尚藏有先生爲先君所繪成扇一柄，此僅有之先生畫梅矣。

贈青年黨曾琦

其一

黨號青年要有爲，扶持名教系人思。合群定建新中國，守正宜稱舊導師。初日芙蓉方態度，曉風楊柳比容姿。從茲老朽都無用，放爾出人頭地時。

其二

黨同伐異最紛紜，不黨無爭自合群。黨國何須循舊轍，黨人應是重新聞。在朝黨義誰能守，在野黨權從不分。願以救時聯各黨，置身黨外立功勳。

注：曾琦（一八九二——一九五一），原名昭琮，字錫瑱、慕韓，四川隆昌人。一九二三年與李璜等在巴黎近郊組織中國青年黨。一九二六年被推爲青年黨中央執行委員會委員長。一九四五年，應聘爲第四屆國民參政會參政員，同年任青年黨主席。一九四八年被聘爲總統府資政。同年十月赴美醫病，一九五一年五月病逝於美國。其著作編爲曾慕韓先生遺著出版。

涉園

風飄柳絮滿園香，時到春三日正長。
漠漠花陰秘蜂蝶，輕煙一抹罩紅妝。

詠王介甫

休將識字翊王雱，子學寧同父學長。
文字會通宜有說，如何名喜署獾郎。

注：王介甫，即宋王安石，小字獾郎。先生齋壁懸介甫七言聯一副，款署『獾郎』，故先生詩中及之。第一句中，雱音乓，雨雪盛貌。王雱，字元澤，王安石之子。性聰敏，未冠已著書數萬言。

題徐悲鴻畫馬

生成騏驥名天馬，困頓鹽車只自知。
姑俟孫陽來一顧，群空冀北恐無期。

涉園即事

鬖柳稊盈把，柔桑葉滿枝。因風抛燕剪，得雨養蠶絲。
睹物添生趣，嬉春動遠思。日長無奈甚，正是困人時。

詠春槐有引

吾廬門外有槐十株，栽培三十餘年矣，每歲發葉最遲，其象如鳩營之巢，攢而不分，與他樹之葉有異，因以詩紀之。

槐枝生嫩葉，簇簇間青黄。老幹尚枯瘦，新條偏發揚。
有稊同弱柳，無笑頓長楊。椏密鳩居慣，木堅鵲啄忙。
如梭穿燕翦，似瑟鼓鶯簧。霑雨添朝氣，因風送晚香。
幾回圓蟻夢，一陣鬧蜂狂。王氏三公貴，唐家百代芳。

公孫堪比樹，兄弟喜成行。夏日陰清午，秋期影過牆。
蟬音高處穩，螳捕暗中藏。笛奏循環曲，琴橫一兩張。
平林籠薄霧，疏影透斜陽。酌酒來佳士，哦詩憶漫郎。
同懷憐橘柚，分蔭到榆枋。大匠如相過，材堪作棟樑。

題倒騎驢圖

其一

雅士同驢性有關，宜詩宜酒宜登山。
興來倒坐心安穩，料想前途荊棘刪。

其二

人多顧前不顧後，我卻防後不防前。
前途莽莽皆陳跡，後路茫茫要整鞭。

其三

世上倒騎人最夥，豈惟果老著先鞭。
要知倒處能逢順，纔是逍遙自在仙。

其四

驢肥人瘦不相猜，陌上間行得得來。
多少高車驢不顧，老翁更覺首難回。

折花

柳絮因風散滿天，雜花映日色爭妍。
紅紅白白香都異，折取新枝獻佛前。

門槐

門槐纔十日，葉已滿生枝。嫩綠錯相雜，嬌黃參復差。
風搖聲自遠，月照影難迷。遇夏森森長，陰晴又一時。

降魔

歡喜同煩惱，皆有魔主持。煩惱到極點，歡喜或隨之。
歡喜有過處，煩惱起於斯。當樂休盡樂，應悲無長悲。

如賦性之正，七情能自彌。倘得性之偏，用事皆魔爲。
人有一舉動，善惡佛先知。長念阿彌陀，此心自無私。
無私破煩惱，吉神自相隨。諸魔遠佛去，一心當念茲。
好惡出乎正，順遂不支離。勿意必因我，湛然見天倪。
奉勸過情人，力去貪嗔癡。守此能無失，自然百事宜。

春曉即景

其一

柳花團結似飛蚨，散者渾如雪片敷。
最是天晴風定處，纏綿不去繞吾廬。

其二

絮絮花花戀晚春，清香弱質最宜人。
詩情畫意雙超絕，慙愧拈毫寫不真。

其三

晨起涉園愛早曦，黃綿襖喻恰相宜。
春寒不似冬寒峭，此是培花最要時。

注：宋羅大經鶴林玉露載：宋人何頡诗云『范叔綈袍暖一身，大裘只盖洛陽人。九州四海黄綿襖，誰似天公賜與匀。』第三首第二句即用此典。

詠白桃花

桃根桃葉溯淵源，人與花容好共論。
虛白未須鉛露漬，淡妝猶有素風存。
園中影薄難爲畫，林下蹊成了不言。
只有梨花堪比擬，浮雲籠處一枝繁。

詠四季菊

菊爲靈均發落英，餐無時節養心清。
秋來更覺花開好，到此加餐別有情。

注：此詩用屈原離騷典。

詠子午蓮

子午蓮花冒雨開，神光離合自何來。
淩波仙子差相似，傅粉凝脂照玉臺。

注：子午蓮，又名水浮蓮，因其在子、午二時開花，故名。

息園消夏

息園園裏少安排，斗室如蝸展不開。
畫似春花張若繡，書同秋稼積成堆。
文房四寶精難得，詩韻雙聲雅費裁。
卻暑愛憑涼椅坐，細評茶味手持盃。

小屋槐蔭

槐壓屋樑夏氣沉，觀書獨坐悄陰陰。
閉門恰似山中景，靜聽一蟬高處吟。

端節偶成

家家又報慶端陽，即景裁詩度日長。
臂上已無條達繫，口中猶有蒜黃香。
刻蒲巧作葫蘆樣，揀葉多成角黍妝。
戲畫天師騎艾虎，大張門處免災殃。

注：俗尚，是日飲雄黃酒，食角黍（即粽子），佐餐有蒜泥，門前插菖蒲、艾葉。故先生詩中述及。

端陽日遠念先人墳墓，感而賦此

梓裏松楸半夕陽，洪山慈墓亦荒涼。
何年歸省成虛願，一度思量一斷腸。

五月五日病中作

病肺不禁寒，光陰午過端。校書遮眼易，摹字養心難。
榴火紅生焰，槐蔭綠繞欄。大潮翻學海，袖手作傍觀。

詠破扇

破扇風柔宜晚涼，絲絲編就竹皮黄。
製成松柏長青字，多少功夫助簸揚。

無題

炎天解熱飲瓊酥，襶襶情形漸覺蘇。
薄薄香羅籠鳳尾，重重湘竹卷蝦鬚。
槐蔭綠淨當窗牖，榴火紅翻滿砌除。
午夢初圓鵶唤醒，沉檀溫透博山爐。

注：第二句中，襶襶音耐帯，即斗笠。清郝懿行證俗文卷二引潛確類書云：『即今暑月所戴之涼笠，以青繒綴其襜而蔽日者也。』

偶成

其一

家空無醅酌酒尊，高談捫虱傲桓溫。

無才那得雙官誥，有德終開駟馬門。

其二

人生顯晦原無定，抱甕何妨事灌園。
泥可封山防蟻鬥，不能填海笑禽冤。

試自製小牋

其一

自作小牋寫近詩，印工鹵莽強爲之。
知白無因甘守黑，何緣敷綵寫花枝。

其二

戊子行年可紀多，先君當日掇巍科。
鹿鳴重宴泉臺舉，比似生前喜若何。

注：是年爲先生之父雨根公重宴鹿鳴之年。

戊子書懷

中元逢戊子，我年方十九。泮水採芹香，追隨三叔後。
先君應北闈，鹿鳴燕旨酒。喜氣溢重堂，舉盃同上壽。
負笈往蒲江，伴讀居燈右。厄年值甲庚，哭祖更喪婦。
嗣分貢樹香，上京作教授。雖遭庚子亂，尚能南北走。
弟兄奮然興，求名皆不苟。家道從此隆，內外獲官守。
濟南賦海棠，武昌栽官柳。無端風折椿，好運不長久。
縱未離宦途，形如喪家狗。力幸能支撐，襟完未見肘。
忽忽六十秋，我亦躋黃耉。窮通得失均，天公不辜負。
今爲民國民，行醫師橘叟。賣藥長安市，群推爲山斗。
並非敢居名，借此餬家口。舊京住卅年，囊中空無有。
嬴得一病軀，呻吟苦自受。南歸不可得，長歌聊擊缶。
勘亂縱有人，難作獅子吼。明年正八旬，歡顏醉陳醙。

郭華謹按：『泮水採芹香，追隨三叔後』句後太夫子自注云：『余與三先叔德卿公同爲秀士。』『負笈往蒲江，伴讀居燈右』句後注云：『是年鳳忠愍公作宰蒲江，余往從之，學作書記事，伴鳳公子誦讀，往往至夜分。燈右觀書，乃純皇帝故事，因借用之。余在鳳公幕多年，自壬午至丁酉，余得選拔後始離去。』

『內外獲官守』句後注云：『由庚子至壬寅數年中，三弟游泮，四弟中北闈副榜，三先叔則以中書考入軍機章京。』『武昌栽官柳』句後注云：『自壬寅歲起，先君連署大冶、武昌各縣事，興學開礦，得明保引見。余署嘉祥縣，交卸後即奔父喪。』第三十句中，耇音苟，爾雅：『耇，壽也。』

煎茶偶成

煎泉活火聲嗚嗚，渴飲直欲倒玉壺。
獅峰龍井茶可愛，小煎便覺香而腴。
飲多詩句自清暢，苦吟庶免焦頭顱。
病中仗此作消遣，止酒更無他可娛。
西山踏青時正及，夢裏猶思往騎驢。
頗同遊人去者少，干戈未靖還戒途。
不如閉門學陸羽，著意品評心境舒。

注：第一句中，嗚應讀作烏。藍本應作鳴，一時筆误也。陸羽，字鴻漸。唐人，著有茶經三篇。

二月五日爲耄兒四十生辰，詩以紀之

好學阿圭四十強，教鞭高執水雲鄉。
從今祝爾身名泰，著作成家繼段王。

注：耄兒，即先生三子仲圭師兄也，精於訓詁學。段王，指清代段玉裁與王念孫，二公皆爲訓詁學大家。

三侄婦避亂自錦州來，感而賦此

攜兒新自錦州來，避亂無方亦可哀。
安得全家生羽翼，扶搖摶起返三台。

述病因

六十九年酒，五十九年煙。積久成濕熱，痰作胸膺填。
強壯氣力足，一沖能破堅。尚能甘厚味，不怕啖腥膻。
行年五十餘，漸覺酒腸孱。日吸淡巴菰，臟腑苦吹煎。
坐是痰愈熾，口角時流涎。憶昔在家鄉，不惜白打錢。

膏粱燒最美，豪飲多流連。更喜嘉州釀，並同花雕湔。一醉竟日夜，無事即酣眠。至於煙之類，先吸蘭州綿。條絲求閩產，一消俗慮牽。老來嘗卷紙，雪茄將郁宣。嗜好到鴉片，近來乃棄捐。不獨入困鄉，抑且沉酒泉。如此自斲喪，何能邀壽全。七九病腸胃，朝咳真可憐。膠痰滿胸膈，鹹水上洄沿。令我晝夜咳，久治不能痊。此後對煙酒，徐徐當棄捐。庶幾能長生，把臂發偓佺。

注：先生嘗語重云：『余九歲即偷飲酒，十九歲即吸葉子煙。』詩中及之。

自述

勉爲七十九年人，居賤雖非卻食貧。入世九回經患難，持家三代歷艱辛。市朝以外間安業，夷惠之間早立身。學佛學仙心未遂，且消宿業了前因。

紀夢

弟兄子侄都歡會，倏到杭州又柳州。
只是圜扉同錦裏，欲談心事總無由。

注：時仲圭師兄在杭州，伯瑜師兄在柳州。

服藥

藥囊大小疊床頭，服法分時不自由。
我是中醫信西法，衹緣特效乃輕投。

注：先生於醫，從無門戶之見。先生素患胃病，屢請鍾惠瀾教授爲之治療。

趙樹屏仁弟見過，喜賦二絕

其一

索居增熱復增寒，乾咳涎膠苦肺肝。
弟子多情來問疾，登堂不作孺悲看。

其二

觀書遮眼轉勞心，一頁初完喘有音。
病久方知中氣弱，老衰不是病根深。

注：趙樹屏（一八九一——一九五七），江蘇常州人。爲先生早年高弟，乃吾門中最長者。建國後首任衛生部中醫司司長。

陳幼孳來談，頗得養生之道，贈之以詩

少我五年精力強，腦經靈活眼明光。
十年信佛棲禪榻，供養時聞戒定香。

過小劫

七十九年一刹那，苦修苦煉苦磋磨。
金剛不壞身常在，小病纔知小劫過。

注：此先生病瘉後之作也。

與人談醫

近來治病總離經，因少精心究素靈。
我要人醫人要我，惺惺同是惜惺惺。

內子將護我病，力疾操勞，殊可感也，繫之以詩

夫婦原來是一身，相關痛癢総勞神。
憑誰調護難爲說，老病還需老病人。

病中不能避客，以無人作代，殊感苦惱，繫之以詩

胃病原因說話多，親朋來往費張羅。
閉門羹是無情物，辭病難爲取瑟歌。

注：取瑟歌，典見論語：『孺悲欲見孔子，孔子辭以疾。將命者出戶，取瑟而歌，使之聞之。』

書憤

此生識字真非計，何似蚩蚩學信天。
歷世到今難自立，毀方紙紙作圓圓。

題戊子詩集

其一

憶我出遊當戊子，匆匆一甲歲華周。
重闈具慶今安在，差幸鰥生尚黑頭。

其二

回思六十年中事，罄竹難書罪與功。
自問收帆差得計，江湖穩度不驚風。

其三

杏花無緣覓杏林，林中容我自開襟。
醫人間接仍醫國，不爲求名但問心。

其四

病中靜度日悠悠，坐對兩株安石榴。

不愛春花愛秋實，承家有子復何求。

郭華謹按：第一首後太夫子自注云：『光緒戊子，余年十九，出館蒲江，自是開始問世。』第二首後注云：『未能長侍雙親，此余之罪。能早去官行醫濟人，此余之功。』第三首後注云：『行醫三十年，活人不少，差可於心無愧。』第四首後注云：『園中有石榴兩株，瑜兒歸省，輒對坐花下，聽其言談，是國之器，足以承家，余心稍慰。』

陳幼孳同年歸蜀，以詩誌別

佛家萬事重因緣，緣字六經郤不傳。
儒家五倫皆緣結，緣有善惡分後先。
六親之外重朋友，朋友一倫敢勉旃。
交道而今那足數，當以信義無愧天。
幼孳學行兼儒佛，文章經濟邁時賢。
少年科第不稱意，作宰桂林欣高遷。
變起滄桑歸蜀道，鄉官原欲重民權。
干戈不肯藏鋒刃，黨派互攻力難宣。

遠遊棄官若敝屣，直來京國軀先鞭。
嗣同吳起談兵法，幕府宏開裁白蓮。
飛書草檄作露布，大才大用方而圓。
自從挺身出救國，忽而廊廟忽市廛。
交遊中外多國士，晚乃講學居幽燕。
竭來思鄉復歸去，詰朝將上天津船。
此後相見知何日，況已耄老非華顏。
願君不作兒女態，等身著作姓名鐫。
日日金經勤課誦，及身成佛作飛仙。

懷溥心畬

其一

多才我愛舊王孫，天予聰明敢自尊。
三絕虛名非所重，清家國本賴伊存。

其二

代表滿洲一族人，海天風物自留真。

憑誰敢作殷頑視，同是中華大國民。

注：溥心畬（一八九六——一九六三），名儒，姓愛新覺羅氏，號西山逸士。清道光帝之曾孫。名畫家，與張大千有『南張北溥』之稱。溥氏有小印一方，文曰『舊王孫』。

讀近人詩

別派新添海外詩，聽人傳誦便稱奇。
學唐僅得風流調，師宋還多理障詞。
紀事不虛同野史，傷時無奈入秋思。
伏中坐雨堪遮眼，講到篇章總不知。

園花開落無定，酌酒賞之

光陰真似小年長，晨午之間雨又暘。
園裏閑花互開落，看花值得一飛觴。

子午蓮于雨中盛開，靜觀得句

其一

暑雨淋漓似秋雨，傷禾更恐水成災。
晨虹晚霓東西出，午後陰霾怎得開。

其二

帶雨蓮開大且鮮，時當子午豔而妍。
顧名思義非虛假，此是花中大散仙。

其三

人說好花宜半開，此花全放似蓮台。
層層變色時深淺，香味潛通鼻觀來。

其四

兩盆培養葉皆青，荷淨無花郤有馨。
荷葉高撐蓮葉複，看來一樣玉亭亭。

其五

畫家喜畫六郎面，子午雖佳不入時。
我看古今花卉筆，無人點綴此花姿。

伏夜即事

其一

下旬月小發光遲，正是涼生暑退時。
排坐家人話深夜，渾念清露點階墀。

其二

伏熱還須瓜鎮心，破瓜紅子燦如金。
細看恰似佳人齒，咀嚼寒漿免暑侵。

其三

到處槐花已爛開，門前十樹尚無胎。
踏黃舉子忙依舊，個個都爲進學來。

其四

納涼危坐手承頦，鬚髮青青並是⿱髟思。
不用蒲葵扇暑氣，試攤冰簟醉香酶。

其五

攪我蚊虻損睡眠，無聲已到五更天。
此時鄉入黑甜裏，蝴蝶雙雙飛向前。

注：第四首第二句中，⿱髟思音腮。玉篇：『⿱髟思，小髮。』

夢中尋詩

夢中尋夢兼尋詩，得句超然匪所思。
善飲八仙同唱和，聯吟如見杜拾遺。

注：杜拾遺，即唐代詩人杜甫，曾官左拾遺。

詠神槐

老樹盤根發懶柯，一年枝葉已婆娑。
陰濃綠覆神龕上，恍似祥雲罩綺羅。

郭華謹按：詩後太夫子自注云：『老屋後牆，忽生槐樹一株，亭亭如蓋，恰罩祖宗神龕之上，佳兆也。』

息園雨後即景

伏日多凍雨，園花分外穠。兩三飛瘦蝶，來往趁遊蜂。
蓮淨天香裏，槐高地蔭重。羲皇人臥處，翹首認西峰。

注：西峰，指北京西山也。

槐樹高處忽枯一枝感賦

槐樹森森正及時，無端高處有枯枝。
譬如人老常經弱，一部消磨氣不揩。

暑中閑吟

其一

味重難聞滴滴梯，蚊虻一觸便成泥。
灑余徹夜能安寢，懶聽鄰家報曉雞。

其二

臨門診費收千萬，恐是人間造孽錢。
病苦遠來求我救，此心但乞不虧天。

其三

早起書經習小楷，飯餘卻睡品尖茶。
心閑宜住深山裏，臭味炎涼不管他。

其四

閱報方知時局難，誑人交會算盈盤。

不敷紙價終何用，冷落市場國庫寒。

其五

早晚翻騰煤米價，小民食計算來艱。
黃金滿地不關用，偏使鄰邦冷眼看。

重陽

霜清氣煖不知寒，綠樹青枝頗耐看。
今日重陽秋已暮，菊花楓葉未黃丹。

自遣

其一

周旋我我費銷磨，長日其如渴睡何。
老懶愛吟詩味薄，腹枵不是飲茶多。

其二

內無所疚外無局，杖履悠遊足嘯歌。

無事焚香惟念佛，萬千百拜阿彌陀。

爲楊君書墓誌銘，刻石後，其家以拓本見示，尚不落俗，以詩自慰

半生精力萃於書，金石深慚古不如。差喜楊家新墓誌，刻能入妙雅而魚。

自策

七九念初度，忽焉歲月馳。環顧誰慕我，老妻孫與兒。客居免賃廬，家去無立錐。逐日夸父渴，填海精衛疲。屈指算經歷，由官止於醫。浮雲視富貴，舊業喜書詩。莊狂老守拙，衛道等藩籬。與儒所分者，其界僅幾希。保性□學佛，庶免貪嗔癡。萬聲念彌陀，持戒來皈依。早晚一爐香，坐定三小時。由今溯無始，形影不自欺。衣食住纏绕，尚難離色空。努力下功夫，顯密雙修持。

郭華謹按：『保性□學佛』句，原稿中缺一字。

補錄十四歲時在成都子雲亭即事

東西廳事晝沈沈，靜展芭蕉十畝陰。
偶去子雲亭上望，有人呼月夜眠琴。

注：是年爲清光緒九年癸未。

補錄甲申年綿竹縣南軒祠即事

南軒祠內好風華，攜酒來遊趁放衙。
一事最宜助詩興，團團風裏綵毬花。

注：是年爲清光緒十年，時先生年十五歲。

懸牌

耄士成名要惜名，門牌不掛避虛聲。
近因當局來查問，無已將醫自表明。

注：先生門前，從未掛牌，後因衛生部門規定，行醫者必須掛牌，先生遂手書一尺餘長小牌，上書『蕭龍友醫寓』五字。

不息翁詩存

三臺蕭龍友先生 著

【卷五 己丑集】

語文出版社 ·北京·

蕭龍友先生像

肖和（先生外孫）繪

息園居士像讚
歲己丑正月十四日爲夫己氏八十生辰
天清地寧家和人壽　兆和賢倩爲
我寫真以爲紀念畫既成览容可掬
衆皆曰神似神似真壽者相也女兒
重華復添畫松石儼成一幅行樂圖
矣對之極喜因作讚以題於上
方其腫神清揚圓其面色老蒼是
壽者相類大醫王生於蜀國長於
江鄉現宰官身於齊魯爲濟世芳
學岐黃能經患難幾歷滄桑戴天
履地明陰洞陽不夷不惠非狷非狂
老稱曰居士化乃入禪光頤栖心於淨
土留此像而恆張冀他年之合會子
紀今日之稱觴衆皆曰此實錄也乃
書於畫像之上方
息園自題

蕭龍友先生八十歲畫像

（蒋兆和、蕭 瓊合作）

己丑集

三台蕭龍友先生　著

受業張紹重增荇注
小門生郭華斟字

己丑集

己丑元旦晨起禮佛，見天色清明，市容安靜，成詩一首

元旦祥開氣象新，天教息事更寧人。
古今治亂無終始，世界和平有假真。
盛矣奇兵呼八路，巍然主義重全民。
老來開眼看時局，但祝平安轉法輪。

注：轉法輪，佛教名詞。譬喻佛之說法，如車輪輾轉不停。

和彭主𨛦親家贈壽詩原韻

世運占祥會一元，息園風暖舞花旛。
於今所恃惟醫術，從古難開是善門。
虎豹鬥爭昏過眼，魚龍曼衍笑髯軒。
讀君好句拜君賜，便欲臨風倒酒樽。

己丑正月十四爲余八十生日，早起見雪晴，喜賦四律兼以自壽

其一

天清地靜人長壽，況是民生解放時。
不敢稱觴思母難，還須鑄鼎待孫宜。
太平有象真成象，耄老齊眉喜介眉。
對鏡顏紅頭尚黑，延年定可祝期頤。

其二

八十生辰逢八路，八仙慶壽倘相同。
道成八相如星象，齋啟八關證佛功。
幾輩高登八百歲，一時遠動八方風。
八元八愷都來祝，更喜承歡有八龍。

其三

春來無雨又無風，天地清寧誕日逢。
照鏡星星雲影澹，映窗杲杲曙光紅。
梅花含笑真宜壽，竹葉流香好醉翁。
人到八旬嗟老矣，無生忍自悟禪宗。

其四

軍名解放事非空，新政多端正啟蒙。
變革而今方過渡，孽營日久自成風。
全民主義期真衍，萬國車書慶大同。
階級消除無剝削，人民今是主人翁。

郭華謹按：太夫子于詩後自注云：『今年解放，余恰逢八十，天清地寧，家和人壽。遠近親友，多有以詩書畫祝我者，所望天錫純嘏，俾能多看大千世界之美妙遠景，於願已足，未知能如我意否。用八龍典太詩，押韻而已，不值一噱也。』

解放第一年元日試筆口占

解放開春第一天，天人共結喜歡緣。
雖非語燕流鶯日，恰是降龍伏虎年。
四海困窮民有道，九州通惠福無邊。
即今快祝銷殘劫，化黨從同法自然。

李石孫姻世兄自津門寄詩賀壽，和韻奉酬

閱世怕聞雷鼓動，閉門不覺市聲嘩。
靜餐詩味如甘露，拜賜華箋絢彩霞。
已託囊中醫士術，敢希河上老人槎。
惟期強國無災難，好學蒙莊生有涯。

李石孫以友人所作除夕、新年兩詩屬和，依韻答之

其一

新歲初開無個事，今何曾是昨何非。
哀時念亂心常苦，樂道安貧願已違。
紀歲宜書王正月，思親長念草心暉。
全民主義真行矣，願聽秧歌自啟扉。

其二

除卻歡娛煩惱在，那堪醉酒作狂歌。

八方集會知音少，一代名流勵志多。
臨水忽聞祖生楫，望雲空逐魯陽戈。
更籌數盡雞鳴急，又減年光可奈何。

注：李石孫，生平事蹟不詳。

郭華謹按：第一首後太夫子自注云：『本年正月初九日，爲先慈百歲冥誕。』

有患者詳詢我年齡，不知何故，詩以紀之

其一

八十年華逢八路，三台社會本三民。
禪參三指工醫國，慶到八仙祝壽人。
論事自然同八俊，揮毫仍可作三真。
老夫一醉空今古，求得長生亦有因。

其二

自傾家釀醉顔酡，醉後能歌踏踏歌。
度日積年成耄耋，含辛茹苦看山河。

扶藜頓使遊心動，對鏡渾忘老態多。
長作太平民最好，其如窮餓病軀何。

和張船山贈蘊華先生八十初度詩韻

其一

前身如可見，不是白頭翁。大老兼鄉老，名公即寓公。
身隨夷夏混，眼見軌文同。未改國旗色，依然滿地紅。

其二

此老人皆識，當年一醉翁。聲名彌宙合，身世等王公。
福德宜長享，祥和兆大同。晨興觀日出，端照老顏紅。

注：張問陶，字船山，四川人。清乾隆間進士。工詩，爲清代蜀中詩人之冠。先生此詩，用張氏贈友人詩原韻。

涂雨公館甥夫婦以乾隆六十年高宗八十萬壽盛典英和進呈暗花壽星箋，壽余八十生日，題詩紀之

其一

紙粉羅紋深，壽星像在陰。蟠桃持滿手，鳩杖柱當心。有袖都呈壽，無巾不合簪。憑他書好句，悵觸我清吟。

其二

想見當年盛，同星出象時。萬民皆皞皞，舉世盡熙熙。千叟開筵宴，三台獻壽詩。賜書箋紙滿，寶用子孫宜。

注：館甥，即女婿。涂雨公，爲先生四女農華之婿，北京市文史研究館館員。圍棋大家，爲聶衛平之師。

口占

閲世悠悠八十年，人間禍福眼看穿。安能學到無生忍，與我彌陀結善緣。

了緣

八十身猶賣氣力，冤親收我未還錢。
雖然形勢同牛馬，卻了前生未了緣。

展墓思

八旬天許我乘機，便欲淩虛學鳥飛。
先到川中旋下鄂，先人墓上且依依。

望治

八十老翁何所求，但求天運早回頭。
禍消爲福能安處，貞下起元渡自由。
業樂四民皆鼓腹，道還三代見徵休。
堯階蓂筴森森長，熙皞聲聞偏九州。

對鏡

其一

我生年八十，幸苦不零丁。鬚鬢幾莖白，眼眉雙映青。
鏡中見真我，心內蘊虛靈。天地同游久，平陂處處經。

其二

老至難勝病，經春未復元。眠餐同幼小，精力怯勞煩。
不似魚游水，渾如鳥在樊。爲花強吟詠，詩律變寒暄。

自嘲

其一

浮生八十老能揞，世閱滄桑未覺奇。
不慣名場久立腳，被天強派作詩醫。

其二

酒醫名隱號詩醫，終日沉吟了不知。
搜索枯腸成短詠，無油可打愧微之。

注：微之，指元稹（字微之），唐代詩人。

無事

無事清心事轉多，勞生擾擾奈衰何。
忙人那似閒人好，生者偏爲死者磨。
夢裏孤懷難自遣，鏡中雙鬢未成皤。
八旬經歷已如此，百歲光陰恐入魔。

老至

老至尚縱横，初非本性情。命猶居磨蠍，術可學長生。
處世無拘束，浮家少變更。韓康非有意，賣藥博虛聲。

人生謠

人生八十稱壽考，未到百年不算老。
洪範箕疇備五福，如此終命不爲夭。
四大成身不易空，地水火風消不了。
生老病死苦相乘，人人皆爲四苦擾。

就中最苦是病軀，仲尼至聖亦求禱。
天道茫茫不可知，惟有積德身能保。
醫乃積德之一端，造福成仙躋蓬島。

自慚

自慚多好太紛紜，幼小矜奇羨子雲。
且讀莊周齊物論，未成韓愈送窮文。
浮家泛宅東西走，補傳箋經漢宋分。
八十年來無一得，僅從醫界策功勳。

注：戰國莊周南華經中有『齊物論』，唐代韓愈有『送窮文』。

題六朝寫經紙有引

白而細嫩略有粉，系從經卷後裁下者，此經系六朝人書，故云。晉以後寫經多用黃麻紙，不用細白麻紙矣。

細展羅紋似衍波，宜書宜畫粉無多。

硬黄一種休相擬，此紙流傳記永和。

晨起東望見天有祥光，並擬於是日酌加診費以濟家用，因而成詩

五九寒氛漸解嚴，同人大有慶祥占。
閒情欲賦真無暇，診費稍加不害廉。
夜夢吟詩催月魄，晨興對鏡整風髯。
心安理得因觀禮，拜佛焚香靜下簾。

注：先生晨課，嘗讀淨修捷要。該書起句即『一心觀禮』四字。

題衍波箋

六朝舊紙餘經卷，不是桑皮與繭絲。
薄似秋蟬雙翼影，唐家宮絹此相宜。

注：衍波箋者，六朝時紙也。

己丑正月二十八夜，天地間忽現一種雜氣，歷久不散，詩以紀之

星斗羅霄漢，雲霧滿山川。冬氣猶閉塞，庭院若飛煙。
日來雖積潤，節非雨水前。漠漠春陰起，濕重地如湔。
雜花均未開，迎春苞獨妍。長條覆高盆，色比臘梅鮮。
夜氣與朝氣，此花均能傳。天地漸交泰，萬卉將油然。
非霰非霢霂，濛濛真可憐。俯仰一觀察，令我心拳拳。
作詩當此時，情景清無邊。睡足復興起，赤日東方圓。
陰陽互消長，祥和滿大千。

注：第十七句中，霢霂音麥木，小雨也。

補題七十三歲畫像

面容回憶八年前，栩栩鬚眉頗自然。
當日一心思抗戰，畫師寫出有愁煎。
即今重展宜歡樂，何事杞人空憂天。
此中曲折言難罄，自了漢是活神仙。

那知匹夫亦有責，醫國不成性欲顛。
舍此便成仁壽相，八十老翁還少年。
黑頭對鏡一莞爾，再活廿年成古仙。
補題此像非玩世，要看芥子成大千。

二貓二犬歎

一貓黑虎斑，一貓黃狐色。二貓靈蠢殊，行動均怪特。
日啖我殘餘，不善捕鼠食。一犬形似獅，毛拳潔而白。
一犬神似貉，老來雙眼碧。不知候門事，日夜守內宅。
我無大官廚，養此四毛物。有時搖尾來，亦解我憂鬱。
聞說世糧少，人人將受屈。我亦無法留，放爾去行乞。
繼思乞人憐，主人意反拂。不如長隨我，早晚同禮佛。
一朝俱成仙，更受紫泥綍。主義超三民，起居守四勿。
生死聽自然，老可集于苑。虔心焚高香，持齋勤熏祓。
度爾犬與貓，來歸舍利弗。

注：第二十六句中，綍音服。

息園居士八十自壽詩有引

人壽幾何，忽焉八十。過去漸忘，未來難測。惟思現在勞動爲先，不有所依，其何能淑？願歸佛乘，學大醫王，自利利他，度人度世。爰成二偈，藉以自壽。

其一

七十老翁何所求，況茲八十尚勾留。
丘隅止處餘黄鳥，流水聲中住白鷗。
歷世已經無量劫，浮生消得許多愁。
齊年自古稽英俊，竊比磻溪隱釣遊。

其二

八十生年同佛壽，天容耄老作醫師。
此身不識來和去，雙運難分智與悲。
三學方通戒定慧，寸心早化貪嗔癡。
縱無萬歲存人世，今日齊眉且介眉。

注：第一首用周代姜尚磻溪垂釣故事。第二首第一句用釋迦牟尼故事，因釋迦牟尼佛住世八十年也。

又山歌十首

其一

自從襁褓到於今，日度陽兮夜度陰。
自愧耄年供養足，不知消化幾多金。

其二

八十行年如我佛，已將五蘊照成空。
明知苦諦真難解，何事遊行大化中。

其三

屈計一生衣食住，居然享受等王公。
不奢不儉安吾分，儘量修行德與功。

其四

命宮生就坐天醫，醫國醫人只自知。
熟讀內經同本草，至今人號我爲師。

其五

中年曾現宰官身，公僕難當幸率真。
世法悠悠慚作僞，倘教失德怎爲人。

其六

老來歸宿是西方，早晚佛龕一炷香。
一念彌陀一觀禮，濟人拜禱大醫王。

其七

八十之年逢解放，從今作主作新民。
身經難事知多少，不愧於天不怍人。

其八

小住京華五十年，幾經變亂記難全。
庚辛三度皆奇劫，一現曇花化自天。

其九

四海於今共一堂，已無國界況家鄉。
我行我住都安適，處處堪稱舊梓桑。

其十

自述生平還自壽，老來無病即長生。
百年世上人無幾，且事參禪且養精。

己丑行年八十，重遊泮水，喜賦一律

耄老重到泮宮來，照見鬚眉一鏡開。

芹藻猶留青翠色，柏松應是棟樑材。
入時愧對新人物，隔世還稱老秀才。
昔日衣冠渾不似，當年相貌費疑猜。

左次修侄倩和我八十自壽詩，疊韻酬之

其一

用舍知君不忮求，明湖嘉處且勾留。
安居懶作飛飛燕，樂水真如泛泛鷗。
城市山林容大隱，神仙夫婦了無愁。
九歌廢讀吾將老，何日乘虛共遠遊。

其二

國俗澆漓正待醫，玄玄自守老爲師。
細編訓纂存殷誥，善授生徒化儒悲。
石富萬方稽印史，架羅千卷號書癡。
倘教故事隨君記，定廣黃眉與白眉。

注：倩，女婿。漢書：『女婿曰倩。』侄倩，即侄女之婿。

小孫女昨日于門前爲我買得折枝芍藥一束，插案頭瓶內，一夜大開，喜而紀之以詩

其一

買得一枝帶露歸，膽瓶斜插燦光輝。
小苞大展真難得，應有兒孫金帶圍。

其二

曉簷高傳叫賣聲，出門一見露華清。
紅黃紫白開無數，如畫剛剛一握盈。

詠書齋清供

其一

山茶凋落余七葉，迎春繁茂長千枝。
心觀心室長培養，生氣醫人且自醫。

其二

壁懸書畫古賢豪，仲穆神傳駿馬驕。

一幅對臨星出象，筆鋒還讓女兒嬌。

其三

窯齋大篆近來無，漢洗唐磚筆勢粗。
宜子宜孫徵五鹿，占祥占吉出雙魚。

其四

清代畫人黎二樵，自矜筆墨不輕描。
失群冊子餘雙幅，裱作清供當掛條。

其五

江村小硯取端心，懷侍仁皇感遇深。
歸我卅年磨墨細，漢唐碑碣任摹臨。

其六

篆師玉筋寫長聯，字字體方筆筆圓。
七十四文無一苟，虔心拜服是楊澥。

其七

男女隨緣任往來，老夫醫病主公開。
望聞問切心精細，醫案醫方不用猜。

其八

老至吟哦學打油，詩成歡喜那知愁。
今年八十真衰矣，拙不能藏豈怕羞。

郭華謹按：太夫子于詩後自注云：『右詩八首作於己丑年正月二日，時胃病見輕，借物成詠，以遣有涯之生。第一首，齋中有茶花一盞如畫，與迎春花相掩映。對之可以養心。第二首，壁間懸有趙仲穆畫馬，以小女新臨宋賢星出像圖相對，覺古今人大有不同之處，在用筆，不在形貌也。第三首，愙齋書天發神讖碑體，爲僅見之作，可爲書齋生色。第四首，黎二樵畫山水，亦其用意之作，惜只有兩幅耳。第五首，舊藏高江村小硯，自刻邊跋，敘其來歷，小楷隸極精，硯爲紀曉嵐閱微草堂長物，背有撰文可考。第六首，爲明楊忠節公所書滄海日長聯，系鐵線篆。第七首，敘齋中來往男女請診之人，環坐老少，不覺塵氣襲人。第八首，紀作詩之年，知非無病呻吟也。』

古塔

此是南州一塔王，造從中古漢明皇。
寶藏舍利二千載，天下承平日放光。

對花口占

窗前日日吐紅芳，不信花名是海棠。
百斛明珠千斛酒，算來難抵一枝香。

詠四季海棠

其一

彷佛含愁秋女魂，良宵弄月自當軒。
四時不作依人態，開落隨緣伴酒尊。

其二

玫瑰月季每同時，春夏秋冬共逞姿。
寒熱溫涼都不管，芳心一點保天倪。

其三

花容無過海棠嬌，相愛相憐意也消。
百卉叢中誰敢妬，春風秋雨總魂銷。

其四

異種堪名月月紅，芳心不減四時同。

萬花雖好誰能比，梅菊蘭荷想像中。

其五

酷熱繁榮冷更妍，春秋滋長令人憐。
瓦盆分種堪入畫，何處傳神有畫禪。

其六

開後重開劇可憐，含苞時節太輕妍。
娟娟嫋嫋依香國，伴過梅花又一年。

賞秋海棠有感

木本不同同草本，春花不似似秋花。
記得淄川開放日，對花含淚出官衙。

郭華謹按：此诗作於庚戌九月，爲清宣統二年，時太夫子任山東淄川縣令，署中秋海棠盛開。忽遭親喪南歸，故太夫子自注云：『昔人謂秋海棠爲垂淚花，良有以也。』

書懷

有涯生也知無涯，八十行年意未差。
煙酒每朝餐四種，畫書終日展千家。
無聊賴處勤觀察，莫奈何時泯怨嗟。
苦悶愁人天不管，水災遍地盼日華。

息園夜坐

槐蔭稀疏影更清，門前如水斗星横。
蟦蛦頻叫知秋至，鵶鵲高飛喜月明。
靜坐因思人萬里，遲眠不覺夜三更。
太平有象真難得，歌吹喧闐雜市聲。

注：第三句中，蟦蛦音疵夷，金龜子之幼蟲。

觀星

牛星高朗女微光，耕事多忙織不忙。
民食當先衣可緩，因知天道本無常。

暑雨歎

其一

從來天破媧難補，一時迸作添愁雨。

當暑增寒竟是秋，靜觀物化吾心苦。

其二

雨似秋涼霧似冬，朝朝愁慘睹天容。

明知世界開新局，仍願鄉民總務農。

其三

伏天已過望秋陽，淫雨爲災總可傷。

外患內憂都解放，民勞汔可卜安康。

其四

消災日禱大醫王，我佛瓶傾甘露涼。

如此慈悲兼喜捨，救民佇見稼登場。

注：第三首第四句中，汔音氣，乾涸之意。

聽某公演說後口占

其一

舊是南開優秀生，深通共產一般情。
高談宏議懸河口，一日登壇大眾驚。

其二

不是虛名終不敗，幾人實至便名歸。
詩如李杜文韓柳，盡有行家說是非。

注：某公，即周恩來總理。

暑夜

庭院清如水，滿天星斗光。報秋吟蟋蟀，鬧熱聚蚊虻。
靜坐來詩興，遲眠起夜涼。不聞更漏響，但聽市聲狂。

月下觀玉簪

雪白玉簪芽，形同木筆花。破口香能噴，含鬚生有涯。

祇宜秋夜賞，漸覺暑氣賒。庭院涼如水，相將玩月華。

注：玉簪，花名，根和花均可入外用藥，有毒，忌內服。

雨後過北海口占

其一

湖水新波漲幾層，魚鱗疊疊似消冰。
船從後浪翻前浪，一葉飄輕鬥激淩。

其二

雨後園林綠似揩，樓臺高處氣佳哉。
便思獨往謀茶話，興盡翩然又獨回。

偶成

風燭瓦霜垂敗象，青松翠柏挺奇觀。
個中生滅關天意，只後凋能耐歲寒。

自況

眼明耳順牙犀利，更覺三焦決續通。
並養陰陽資飲食，耄年喜與少年同。

慧覺

其一

心無所住空無物，保守真空即性天。
萬相自然無罪福，一生補處是因緣。

其二

了知罪福爲真佛，不入輪迴是上仙。
能證涅槃方證果，不從幻化有千般。

題畫像

碧眼朱顔八十齡，疏髯凋鬢兩青青。
濟人不倦韓康業，早晚抽閒誦內經。

勸農

束縛長嗟不自由，如何解放亦稱愁。
勸君且到鄉間去，集體農莊豐歲收。

題宋拓蘭亭

蘭亭兩紙入昭陵，響榻歐虞褚可徵。
肥瘦筆鋒各具體，宋元雕法盡傳燈。
浮煙精拓行稱闊，落水孤篇字有棱。
國學至今真石在，莫因聚訟了無憑。

注：先生舊藏宋遂初堂本蘭亭序，前有宋人畫蕭翼賺蘭亭圖，乃海內瑰寶。先生逝世後，捐贈故宮博物院。

聽秧歌

不聞暑雨怨諮情，但聽秧歌得意行。
爲國爲家新有策，教人個個重春耕。

占風

雲開天霽月當空，萬象澄清斗在中。
中夜忽聞烏鵲喚，定知明早有狂風。

詠星

南天一宿夜先明，槐樹枝頭光最清。
認取空中頻閃爍，數躔方曉是長庚。

即事

爽口一杯麥乳精，涼心半盞冰激淩。
雖非至味亦佳品，消暑好供老人星。

祝友人壽

我生庚午君庚寅，格局相同會合真。

致富有才供享受，因窮無術感勞辛。
復丁不是饑寒叟，周甲居然壽老人。
想見華堂開宴樂，臨風南望遠馳神。

詠海棠

棠花嬌豔似唐花，羯鼓催開生有涯。
四季不凋顔色好，胭脂畫出總相差。

老健

足輕手快體猶童，眼不昏花耳不聾。
飲食居然能大嚼，康強我欲謝天公。

淫雨憂

其一

連朝凍雨暑將殘，布被重綿尚覺寒。
盛夏經行秋末令，恐成災癘治人難。

其二

綿綿十日雨，潦象不須猜。禾稼已無望，蝗螨將報災。
日光照濕地，天色映油街。冷暖渾無定，深憂霍亂來。

題于非盦白頭富貴圖立軸

非盦天下士，眼可空今古。家學有淵源，珎藏書畫譜。
自幼能丹青，顏色儲內府。不師近時人，要與宋賢伍。
冥心仿徽宗，出筆自媚嫵。此幅富貴花，魏紫真如吐。
白頭雙鳥鳴，到眼春無數。貽我抵球刀，報君以鐘鼓。
爲君揚名聲，推爲畫師主。瘦金題字佳，卷藏不教侮。
以之傳子孫，千秋知保護。

題西湖景

我望湖頭喜淡妝，柳絲如髮頗青長。
雜花不著胭脂色，衹有紅梅送晚香。

詠畫蘭

君子蘭花萎不飛，夕陽相對露餘輝。
分他一瓣來入畫，粉彩成紋似蝶衣。

此身

其一

此身安穩百無求，腰鼓聲中聽雨收。
五月乍晴飛乳燕，一池起皺泛浮鷗。

其二

別饒春氣因無感，不觸秋心便少愁。
往事成塵都過去，晚年只合與天遊。

讀易年來多感喟，丈人貞吉卦從師。
以之設教真堪喜，倘使成軍便有悲。
歷看艱難知自檢，不貪安樂挽時危。
於今四海爲家日，每對河山展笑眉。

閑吟

其一

襟當解慍好熏風，飯後消閒百慮空。
葷蒜濃茶皆嗜好，卦占損益究何從。

其二

非涷非曝亦非霖，點滴亦能洽衆心。
倘使愛爲膏與澤，萬方沾潤視如金。

息園夜坐消夏

月色如金呈佛面，風聲似玉戞仙音。
息園靜坐無塵到，子午蓮香夏亦陰。

禪悟

八十年宜消八識，那知猶未盡無明。
都因十二因緣在，不入涅槃總不清。

雨後

急雷推暴雨，飛電逐狂風。涼氣能消熱，虛聲只震空。
過辰看日出，傍晚轉霞烘。芒種剛剛過，農民要趕工。

靜居

天教著我空間住，四面無依卻有依。
不扉不爐隨冷暖，非朝非市托安危。
至人修道須忘老，君子謀生要息機。
治亂循环關氣數，好恁知見養精微。

和張瞻廬同年八二自壽詩原韻

其一

多福由來貴自求，羨公詩卷世長留。
雞群獨立藏孤鶴，魚浦閒遊狎野鷗。
居品不夷亦不惠，安心無怨更無愁。
晚年詩境誰相若，大半情操似陸遊。

其二

丈人貞吉真難得，老至惟宜象取師。
肱折至三醫有法，心懷不二豈無思。
不通今古能藏拙，小有聰明尚不癡。
只是願增壽者相，白毫光照兩長眉。

論蜀中後起詩人

蜀國詩人三季高，後來崛起向同曹。
華陽喬大堪稱美，直欲追蹤張問陶。

注：向同曹指向仲堅和曹纕蘅。華陽喬大指喬大壯。

己丑四月三十日爲室人六十晉九生辰，余則八十矣，作詩紀之

妻號老傅夫曰耄，同看百五好韶光。
三男四女都無恙，八倒七顛總有常。
青眼世情看爾汝，黑頭伉儷自糟糠。
幾生修到平安福，早晚焚香拜佛堂。

詠洋花有引

有一種洋花，頗似秋海棠，惟葉小莖高，花色稍深，終年開放，人以四季海棠名之。又有一種洋花，葉似建蘭，而稍寬短，花似蓮瓣，六出繁開，大如酒杯，潔靜而香不濃，人以君子蘭名之。

其一（四季海棠）

莖高葉小萼輕香，形似悠閒秋海棠。
開落無愁亦無怨，不拘時節總芬芳。

其二（君子蘭）

大葉疏花頗耐觀，污泥不染品清端。

雖非富貴花王相，卻合名稱君子蘭。

再詠君子蘭

花似青蓮瓣，葉比素心蘭。清潔如君子，稱名世所歡。

對花偶成

君子蓮同君子蘭，花花相對自相關。
污泥不染真同性，一樂水兮一樂山。

即事一律

櫻桃先熟果，荼蘼晚開花。到此春才去，相看日未斜。
活魚餐石首，精飯飽胡麻。大地期寧靜，安居即是家。

安業一絕

心爲行醫細，身因不仕閑。能效夷惠品，安坐市朝間。

和瞻廬同年疊韻詩

其一

不用刀圭自起衰，誰能進退省無私。
隱居愧我非元亮，作士如君稱季隨。
絕世聰明如日月，浮生半度顯鬚髭。
清詩疊韻追坡老，高唱臨風豁而頤。

其二

有道之人老不衰，由來衹奉三無私。
鄭君故屋人偏愛，袁老名園本號隨。
懷古傷今尋舊夢，哦詩飲酒動華髭。
卻愁莫作呻吟語，且對蚩蚩一展頤。

而今詩義已全衰，難解國風汙我私。
古意幾分存漢魏，靡音無故出陳隨。
感君有意輸丹忱，笑我高年尚黑髭。
郵寄詩筒殊費事，何如相對兩開頤。

其三

書窗即事

老來光景惜如金，四月才過夏氣深。
白海棠開花寂寂，黃留栗囀木陰陰。
槐事關懷難角勝，秧歌到耳盡清音。
輪坤掠轉真難得，安處無災可稱心。

習勞

有職何如有業好，若無職業是遊民。
倘能自食皆共力，那得饑寒勞動人。

秋日閑吟

其一

不晴不雨晚風微，鴉鵲長鳴瓦鵲飛。
更有海棠同萏莢，繁開吐豔鬥光輝。

其二

閒居門靜無人叩，至樂園開任我尋。
除卻研醫何所事，焚香念佛自清心。

連日苦雨門診減少，閑坐偶吟

其一

農民望雨雨如金，過量爲災潦又深。
十日倘依膏澤降，百分仁愛見天心。

其二

老弱求醫三五人，雨淋零是少來因。
一生補處吾能學，醫暇清心自絕塵。

其三

書看不盡學無窮，縱是天醫敢蹈空。
冥想何如實驗確，幾多新病悟難通。

其四

天雨衹宜人飲酒，酒餘惟有學鼃眠。
那知午夢真奇絕，成佛居然坐白蓮。

詠子午蓮

子午蓮花子午開，雨餘紅豔絕塵埃。
前花未落後花發，好證蓮宗相繼來。

園中有花一盆，葉寬一寸，長不盈尺，而花則大如酒杯，高一寸許，而莖不及尺，異品也，詩以紀之

葉長如蒲劍，花開似木筆。劍長不盈尺，筆大不同律。
葉色青綠分，花瓣黃紅密。其行似酒杯，心絲聚六七。

種之盆盎中，一枝不成匹。花分左右開，兩朵殊芬苾。群芳譜無名，贈之曰古逸。

注：第十二句中，苾音必，说文：『苾，馨香也。』

廳事有素心蘭、美人蕉各一盆，欣賞之余，成詩一首

蘭秀稱君子，蕉紅號美人，花開爭首夏，結蕊戀餘春。香遠宜風送，根深借露勻。面含豐滿意，心有豔陽神。六出團成斗，三叉挼作紳。分開如並蒂，相對可傳真。佳士應同賞，嬌娃定結因。栽培盆盎好，點綴歲華新。閑坐有生意，詩成付一呻。

息園間眺

瓦雀雙雙啄粟米，飛鳴庭院趁花開。海棠百合剛經雨，生意欣欣不用催。

閑吟

茶貴新芽酒貴陳，此中香味最宜人。
時賢老宿同敦品，易俗移風德有鄰。

息懷雅安

雅安生四世，冷署自爲家。同飲白沙酒，徧栽黄菊花。
四圍枏樹古，一水藻芹華。馬革街名在，馳情懷舊衙。

題白石畫

人望老來紅，光陰不輕送。往往難如意，徒付莊生夢。

閒居遣悶

其一

飽食心無用，真成晝寢予。日長偏夢短，體健轉心虛。
大福三多合，高年百事疏。賞花消四季，尋樂稱閒居。

其二

耄老衰筋骨，無春只有秋。當車難緩步，拄杖怯清遊。
客少虛談藪，山搖罷倚樓。悶來惟學字，濃談酌王劉。

郭華謹按：第二首後太夫子自注云：『王文治喜用淡墨，劉石庵妙用濃墨，皆有獨到處，不易學也。』

詠瓶中芍藥

其一

公園萬朵已凋殘，瓶裏一枚尚耐看。
無雨無風自生活，有蜂有蝶不相干。

其二

芍藥插瓶已十朝，沾花帶潤尚含嬌。

夜來街影紗窗上，靜賞令人意也消。

其三

瓊花瑤草比無殊，國色天香勝鼠姑。
婁尾名佳春自在，一枚開抵百珍珠。

解放喜賦

其一

人人有業免饑寒，賊盜乞兒品改端。
長此成風純易俗，大同之運定能觀。

其二

主義三民成過去，中山遺訓尚能垂。
葩經只有毛箋好，不尚空談大有爲。

詠槐二絕

其一

地脈肥饒栽種宜，泉源到處可培淤。
門前槐樹何榮盛，長夏濃陰正及時。

其二

榮枯一樹太分明，嫩葉乾枝自有聲。
嫩者清長乾者短，任憑風力逞縱橫。

息園花事

其一

子午蓮開紫合色，香囊扣扣豔開苞。
黃心風颭招蜂蝶，恰似宜人豆蔻稍。

其二

芍藥繁開未展心，異香深蘊惜如金。
一枝伴我成佳友，不放春歸是賞音。

其三

月季花中有海棠，無冬無夏吐清香。
豐神絕似春閨豔，酣睡初醒懶上妝。

其四

小花得雨尚浮香，況是含情豔海棠。
開落四時同月季，眼中朝暮有春芳。

其五

連日天風暖候差，涉園無奈惜芳華。
小樓夢醒春歸去，和得香泥學葬花。

過趙聲伯故居

其一

精研碑帖勤搜討，新舊能分贋與真。
眼比翁吳諸老慧，批評字字有來因。

其二

門臨後海感荷花，當日常停問字車。
十載過從文酒會，我來好似犯星槎。

其三

猶憶當年作帝師，每逢大讌必邀之。
卅年墓木都成拱，令我茫茫動遠思。

其四

今日重過趙令居，魂消窗外意踟躇。
不知幾易栽花主，小立門前看打魚。

注：趙聲伯，名世駿，生年不詳，卒於一九二七年。清光緒十一年拔貢，官內閣中書。富收藏，所藏麓山寺碑、雲麾碑、李思訓碑，均爲海內孤本。

說虛名

其一

此身未被虛名誤，耄老猶能看大同。
送國無才心最苦，救時有願術難工。
一家餬口均需此，舉世全生頗費功。
歷過艱辛勤考究，何曾于世馬牛風。

其二

余無所取更無求，慚愧虛名到處留。
幻夢遽遽成化蝶，浮生泛泛等沙鷗。
酬勞長飲一杯酒，薄醉能消萬古愁。
今日太平償夙願，乘風欲作五洲遊。

己丑暮春北海公園修禊，得詩一首

歲陽在己欣逢丑，聊當永和癸丑年。
曲水流觴循故事，提名闡韻續前緣。
香茶經雨評金碗，佳釀臨風醉玉泉。
禊事欲從北海集，秧歌細細舞來前。

詠槐榆

槐榆橘柚成兄弟，我喜栽槐不種榆。
君自爲兄我稱弟，各偏所好各相需。

採茶歌

採茶女兒年十三，兩耳垂鬟髮鬖鬖。
冒雲沖霧出門去，清晨獨往山之南。
山南茶畦過穀雨，毛尖雀舌香滿含。
纖手頻將嫩芽摘，但見綠色堆筠籃。
轉瞬又從北山去，有茶之地皆登探。
三日已將荈摘盡，歸來裝造樂而耽。
自攜一甑真得意，賣之市上一肩擔。
我喜女兒勤茶業，青錢買的剛盈甑。
似焙似蒸香味足，烹以活水苦而甘。
兩腋風生恣暢飲，七碗立盡不爲貪。
古人清詩仗茶力，我姑借此助清談。
說茶味，真如薺，加以世味百不堪。
我喜酒後試真味，那知茶亦同酒酣。
作詩寄興聊自遣，還以新茶供佛龕。
日夜頂禮念佛號，茶禪從此日三參。

注：第二句中，鬖音那，頭髮散亂貌。第十一句中，荈音喘，茶的老葉。

第十三句中，甗音單，瓶也。

李響泉先生過我暢談，贈之以詩

其一

海濱大老響泉翁，緩步當車來過從。
開我茅塞談論久，好留韻事息園中。

其二

君子館磚藏有名，編出萬卷傲公卿。
鎔經鑄史從吾好，日坐精廬擁百城。

其三

鬚眉如畫古之人，君子稱儒此率真。
八二老翁成脈望，神鑽字裏氣遊春。

其四

我因醫事精神少，無暇分形學蠹魚，
讀罷榆園佳著作，深慚不學費居諸。

春暖梅開尚繁，群蜂飛鳴其間，饒有生趣，紀之以詩

息園幾樹宮妝梅，高逾五尺盆中栽。
花繁而嬌春半開，清香四散滿庭階。
蜂王放衙得意回，乘風聞香真快哉。
歸引群蜂一齊來，深入花心不徘徊。
花須颭處蜂展腮，含香歸去房中栽。
釀成白蜜資群才，方春儲蓄好花材。
飽吃個個都成胎，廣生蜂子復培栽。
數日又聽聲如雷，呼群引類飛花臺。
梅落之後采榆槐，好花憑借番風吹。
後先榮落香成堆，老蜂數至點蒼苔。
百卉雜花皆出胚，蜂復日日來相偎。
守花不動學癡騃，與風相舞入毰毸。
那知人已將房摧，割取真蜜和玉醅。
調和鼎鼐作花魁，不數桂蘭與玫瑰。
又聞蜂聲過耳纔，令我一笑傾金杯。

醉寫此詩真可哈，還讓群蜂同花猜。

注：先生喜用廣韻，詩中毰毸，音培腮，即見諸廣韻：『毰，毰毸，鳳舞。』明瞿佑剪燈新話・渭塘豪遇記有『文鴛遊浩蕩，瑞鳳舞毰毸』句。哈音嗨，嗤笑之意，亦見廣韻。

贈孫仲山

其一

長壽之人孫仲山，舊居十畝畝中間。
十年長壽成千頃，桑者田田那得閒。

其二

由商而官官而商，辛苦經營幾海桑。
垂老猶能興大業，四通八達記銀行。

注：孫仲山，生平事蹟不詳。

欣聞解放成詩二絕

其一

市上忽聞蕭鼓聲，天人合一頗清明。
從茲各黨皆攜手，和氣一團化戰爭。

其二

共產實行運最佳，分房分地事都諧。
從茲四海皆兄弟，確信老安少更懷。

春日陌上閑吟

戴勝降桑鳩拂羽，美麗光陰此際多。
陌上清遊收淑氣，耳中所聽盡歡歌。

憶老友

纕蘅詩句仲堅詞，取經高華自得師。
尚有淩波喬大壯，深研更比兩人癡。

注：首句指曹纕蘅與向仲堅兩先生。

詠鵲巢

其一

自種門槐三十秋，無鵲來居亦無鳩。
今歲始巢高幹上，或因氣旺作勾留。

其二

門槐得氣鵲營巢，綠葉生芽漸出梢。
三月春濃宜養育，群雛聲裹聽咬咬。

出岫

乾坤能浩蕩，人物自雍熙。洪運乘時轉，祥雲出岫宜。

箴言

無極山頭忽有光，誰將國是此中商。
天心厭亂民思治，敗則爲寇成則王。
團結精神須固本，維持禮教自多方。
寄言五德堂中客，莫使旁人說短長。

自詡

本來骨相不酸寒，老至猶能作壯觀。
頭黑須黃眉未白，童顏不老沃如丹。

今歲爲十弟周甲之年，余則八十矣。回思往事，不禁有感，作詩紀之

聽爾呱呱墮地日，正同爾父采芹時。
流光荏苒逢周甲，慨我衰頽近耄期。
蜀國京華相介壽，老兄難弟共延釐。

何年聚首酣醇酒，笑對兒孫慰所思。

注：此先生壽蜀中堂弟六十生日詩。

贈梁學濂

粵東家世梁稱舊，近復移居獨秀峰。
秀挹山川通兩界，苦攻文史是三冬。
開渠宏議知非俗，操業先人信重農。
性傲志高深閱歷，令人快意比乘龍。

注：梁學濂，生平事蹟不詳。

讀龔定盦詩

奇句驚人古不多，捲簾梳洗望黃河。
定盦詩境真超絕，七字吟成賺玉娥。

注：龔自珍（一七九二——一八四一），號定盦，浙江仁和（今杭州）人。道光九年進士，授內閣中書。

友人來談時事，余無可答，以詩示意

其一

鳥鳴出谷發聲求，喬木高遷聲自留。
鬧攘塵寰驚市虎，逍遙歲月羨白鷗。
自生自養邀天福，宜室宜家滅客愁。
年過八旬休太苦，得悠遊處且悠遊。

其二

慚愧人來問我醫，此生有患在爲師。
心方細細箋新注，神咒朝朝讀大悲。
願長聰明同智慧，盡除嗔恚與貪癡。
多生罪孽如能解，認取毫光方兩眉。

復濟南友人

聲應居然合氣求，新詩字字可長留。
勞忙笑我如雲雁，閒適輸君似海鷗。
喬梓安居同受福，竹林歡聚了無愁。

濟南風景長相憶，何日明湖得再遊。

詠墨牡丹

不潔西施鬥晚妝，無鹽嫫母亦專房。
玉環背面拖高髻，雲雨巫山有異香。

詠垂絲海棠

七朵團開比繡球，一枝斜插似垂旒。
無香有色宜春睡，好伴佳人醉玉樓。

祝友人壽

守素安貧閑度日，淵明高蹈引爲師。
無錢濟用曾無苦，有道藏身那有悲。
篆筆深參龍樹法，刀功早得虎頭癡。
康強逢吉徽純嘏，坐對河山啟壽眉。

息園生趣

其一

詩人不解分楊柳，兩種偏教一種稱。
冶葉倡條姿態別，絮飛花落悉無徵。

其二

惜海棠花氣不芳，生成香國豈無香。
癡肥已變西川種，北地胭脂正兩當。

其三

今歲棠花開更妍，胭脂金粉合成嫣。
只宜供養諸天佛，不結佳人髮上緣。

其四

藤花初發總葳蕤，不露色香萬顆垂。
夏始春餘開最好，紫光分照酒人卮。

臨碑有感

日日吟哦枉費心，饑來誰與一鉤金。

尚余禿管同殘瀋，贏得荒碑仔細臨。

注：先生曾臨漢碑多冊，曾賜重臨張猛龍碑一冊。

不息翁詩存

三臺蕭龍友先生 著

【卷六 拾遺集】

語文出版社 ·北京·

蕭龍友先生與鍾惠瀾博士（中央人民醫院院長）

攝於中央人民醫院（一九五五年）

此照爲老人生前最後一張相片，攝於一九六零年春節

後立者，左起：樓慧（先生次子蕭瑾之妻），杜佩榮（先生弟子張紹重之妻），趙玉龍（先生三子蕭璋之妻）

拾遗集

三台蕭龍友先生 著

受業張紹重增荅注
小門生郭華斠字

拾遺集

丙戌、丁亥、戊子、己丑四集編成後，陸續於零編寸箋及書畫題跋中又得詩近三百首，因多數無紀年，且有早至七八十年前者，遂輯爲《拾遺集》以存鴻爪。

辛未臘八日有感，戲以七平七仄體成詩

歲值臘八佛誕日，吾家供縻殊尋常。
欲落不落白雪白，將開非開香梅香。
廣濟寺裏少粥獻，雍和宫中無鮮嘗。
世道極難禱者禍，人心當災貧無糧。
奉吉黑熱地面失，平津榆綏民心荒。
若要樂利現實象，仍須蒼天生皇王。

注：辛未，此指民國二十年。

題自畫墨蘭小卷

其一

余情悅淑美，愛花本性成。早起涉小園，領略天香清。

其二

托根南北陵，清高興仰止。滋生九畹中，繁花香無比。

其三

紉佩思美人，懷芳比君子。何以屈大夫，離騷情不已。

其四

我非會稽人，獨喜蘭亭地。惟蘭有國香，芬芳含淑氣。

其五

愛蘭同愛國，不是尋常事。所以王右軍，對花無一字。

注：先生此詩，作於庚午春，時先生年六十一歲。

聞北平各醫校因當局干涉，均已停辦，感而賦此，意有所在，不計詞之工拙也

其一

不重中醫國必危，當年保種是軒岐。
講明生理人繁衍，說透天元族大滋。
黃帝子孫盈宙合，僦師徒眾滿中畿。
倘教知本同醫國，四萬萬人孰取欺。

其二

中醫無文誤文襄，彼對醫經本外行。
社會另開徒聚訟，講堂能設自多方。
欲從新化分科目，須請明人改學章。
倘不同謀存國粹，有心甘讓列邦強。

其三

醫判中西徒有名，天公都是爲民生。
學人何苦交相妬，志士終歸要有成。
友國維新真得計，吾華蔑古太無情。
一興一廢關強弱，不敢相從要品評。

注：先生此詩，原稿未署年月，估計作於褚民誼任行政院秘書長之時。文襄，指張之洞（一八三三——一九零九），直隸南皮人，字孝達，號香濤，卒謚文襄。同治二年進士。曾創建兩湖書院及各類學堂多所。柯逢時，生卒年不詳。湖北武昌人，字懋修，號巽庵，光緒九年進士。曾任度支部右侍郎。民國後，熱心於中醫事業，曾設立『武昌柯氏醫學館』。自一九零四至一九一二年間，陸續刻成武昌醫學館叢書八種。

郭華謹按：第一首詩後太夫子自注云：『學問公器也，講學公理也，何中西之有哉。醫無中西，同一救人，不過方法不同耳。』第二首後注云：『張文襄當日手訂學章，于各大學增設醫科，僅有西而無中，柯君逢時曾質問之，謂宜中西並重。張曰中醫太深，一時難求教材，取西醫者以有現成課本可援，且與軍事方面有關。中醫稍從緩，再設專校可也。那知一緩至今，竟爲學西醫者作爲口實。而教育部據此只準立醫社，不準設學堂，嗣後國醫館請設學校，原系補缺，已由中政會通過之條例，而衛生當局竟串通行政院秘書長，將條例改變。以褚爲西醫界之首領也，故有此權力。不知行政機關何能擅改立法機關通過之文，而當局竟引以爲據，亦可怪矣。』第三首後注云：『醫無中西，同一救人，不過方法不同耳。即以針而論，西醫用藥針，便則便矣，但與經穴毫無關係，如能按穴道使用，則奏效當更速也。中醫用針灸、按穴道，調理氣血，萬病皆宜，且獲奇效，不過精者少耳。國家如能提倡，不患崛起之無人，傳法之不廣。醫學關國家興廢存亡，非同小可，吾敢斷言，純用西法，未必能保種強國，如提倡中西並用或有振興之日，謂余不信，請以十年爲期。國家如有意興學育才，十年之後，中醫如不能有成，鄙人願受妄言之罪，即時廢止，決無異言。倘聽其自生自滅，不之聞問，吾恐不出十年，中醫絕跡矣。到中國之中醫絕跡，而西醫必將中法拾去研究，一旦發揚，華人又必轉於西國求中法矣，言念及此，聲淚俱下。』

癸酉七月朔夜夢與子厚同游匡廬，醒後成此一律

倚天雲錦開屏風，聲氣如聞霄漢中。
五老高峰想像裏，一生遊興睡眠中。
如依北斗望南斗，若遇陶公話遠公。
醒後滿窗見紅日，詩成浩蕩追涪翁。

題蔣兆和畫屈原車馬像

畫人畫馬有兼長，筆法居然邁漢唐。

貌得靈均憂國像，不知何物是吳裝。

注：此詩不知作於何年，估計在上世紀二三十年代間。

乙亥春日萃錦園賞花，分韻得垂字

光陰修禊後，春事海棠時。周客多同雨，寒花發舊枝。
紫圍千朵豔，紅拂萬絲垂。移燈五妙意，來投五字詩。
萃錦園依舊，看花又一時。蔥蔥傳世澤，栩栩長疏枝。
光景三春富，榮民萬代垂。廿回思香國，惆悵杜陵詩。

注：萃錦園，即恭王府花園，園分東、中、西三路，在選景、建築風格、意境創造、植物配種等方面，堪稱古典園林中的一顆璀璨明珠。乙亥，此指民國二十四年。

題自畫蒼松圖直幅

少陵詩，韋偃筆。
並入指頭風雨急，是松非松人不識。

注：先生指畫蒼松圖直幅，現藏紹重齋中。乃昔年先生贈瞻盧老人者。

再詠海棠，得醉字

乍暖乍寒人易瘁，獨有海棠花不睡。
紅雲照眼天有情，白日當筵花未墜。
歷年觀花萃錦園，幾人載酒若癡醉。
北地繁華春風來，名園紅紫妍而媚。
主人愛客勝愛花，招搖友朋開花會。
中外名流聚一堂，獨少弢庵一老輩。
傳杯領略春茗甘，分韻推敲得奇句。
一年一度惜芳春，萬花萬態繁華地。
岷峨西望正若兵，碧雞坊中早蕪穢。
□□□□已無人，國子傳香更誰繼。

注：先生此詩，作於乙亥（一九三五）春，癸己（一九五五）重讀此詩，題曰：『二十年前舊事，近已無矣，讀之不勝今昔之感。八四老翁，識於息園。』並題二絕句於後：『聞道碧雞坊復舊，心喪萃錦園已荒。讀罷此詩多感觸，王孫詩老兩凄涼。』『近年多病懶探春，蕭寺海棠花不親。聞道摧開風信急，又思置酒往迎賓。』陳寶琛先生（一八四八——一九三五），號弢庵，福建閩侯人。清同治戊辰科進士。授翰林院庶吉士。光緒五年任甘肅鄉試正考官。次年，任翰林院侍講。光緒九年升內

閣大學士，禮部侍郎。與先生爲忘年交。詩中倒數第二句，原稿缺四字。

題蕭重華(瓊)臨本星出象圖有引

此畫不見著錄，流傳無可考。歲甲申爲鄉人顧君巨六所得，後又歸之向君仲堅。余喜其畫法古雅，乃真壽者相也。爰屬女兒重華，對臨一幅，並題二詩，以志景仰。

其一

五老聚星誰識得，木金水火土行星。
精光本是原人種，名目都存石氏經。
附麗于天成列宿，降生下地見元靈。
郎官上應非虛語，幾輩曾觀壽者形。

其二

識此圖名星出象，顧君精鑒向君從。
相稽事實在皇宋，詳記源流有邵雍。
好事寫成身格短，老人飲罷醉顏紅。
亟留副本呼嬌女，笑看鬚眉與我同。

注：先生此詩，作於乙酉春。原圖紹重曾在仲堅世叔齋中見之，畫上有宋邵康節（雍）

先生題識，原文如下：『嘉祐年冬十一月，京師有道人游于市，莫知所從來，貌體古怪，不與常類，喜飲酒，未曾酣醉，鄉人異之，相與傳說，好事者潛圖其狀。後近侍達帝，引見，賜酒一石，飲及七斗，司天台奏：「壽星臨帝座。」忽失道人所在，仁宗嗟歎久之。閱世之壽星圖，不知其幾，不過俯龜狎鶴，松柏參錯，粉飾鮮麗而已。然壽星之真，果如此邪？仁廟時天下熙熙，無物不春，宜有壽星遊戲人間，躬見於世，而爲之圖，因感召而然也，珍重與民同壽，此真難得者。時熙寧庚寅孟冬上澣之吉，臣衛人邵雍敬題。』顧鼇，字巨六，四川人。精鑒賞，富收藏。向迪琮，字仲堅，四川人。書法、繪畫均佳，收藏亦富。

詠阿膠

驢皮阿井水，相配火煎成。此是炎膠性，休稱僞貢名。
止瀉功無比，滋陰力不輕。有虛皆可補，萬死竟能生。
妙用同參术，兼調衛與營。保肺和肝腎，醫家要服膺。

郭華謹按：第四句後，太夫子自注云：『世人重貢膠，不過以爲有參耳。』

涂傳詒外孫自川帶來甘蔗，請我品嘗，食之味美，不啻身在故鄉也

四十餘年在故鄉，酸甜滋味久思嘗。

今朝喜見紅甘蔗，親削粗皮飲嫩漿。

注：涂傳詒，先生四女農華之子。現任北京大學教授，中科院院士。

壽藏園老人有引

藏園老人重宴鹿鳴，嘯麓學長有詩爲賀，駿曾依韻和之。今日大啟賓宴，正逢老人華誕，再獻一詩，敬祈兩教。

嫦娥折桂贈群仙，首贈瓊樓傳萬年。

鵬路乍登風力厚，蟾宮再到月光圓。

巍科報捷剛周甲，後輩掄才竟少緣。

重宴鹿鳴逢鶴算，登堂滿飲慶賓筵。

和宋芝田聞盜發東陵感憤二律原韻

其一

陰霾一夜滿天垓，驚報神陵蕎地開。楊璉豈因修塔去，溫韜端爲盜弓來。蟄龍夢斷真人泣，棲鳳巢空帝子哀。不見蔥郁佳氣後，巍然休說土盈壞。

其二

鞭屍洩憤已非時，事更無因影尚隨。狼藉兩朝埋寶地，摧殘八面順風旗。金甌早慨同珠碎，玉盌偏散共鼎移。休向佛家問因果，十三陵樹毓孫枝。

注：宋伯魯（一八五四——一九三二），字芝田，陝西醴泉人。清光緒丙戌科進士，曾任翰林院編修。著名書法家。

主僊以生日自嘲詩見示，依韻和之

其一

耄老能強腰與肢，誕辰過臘不嫌遲。
寒消今已逾三九，春透梅梢與柳絲。

其二

輕裘肥馬衣兼乘，講席之時友應增。
松柏青青凋最後，尚容高施女蘿藤。

舊藏一小硯，爲高詹事所遺，中凹頗受墨，潤能經久，詩以寵之

其一

硯心凹處旋紋多，當是陳年受墨磨。
紋細如羅眉様在，靜觀酷似喜珠窠。

其二

泐銘知是高詹事，歲月詳稽三百年。
磨墨曾經助宸翰，朝朝懷此去朝天。

注：高詹事，指高士奇，字江村，錢塘人，清康熙間官至禮部尚書。先生案頭，有高氏小硯一方，重侍學時曾見之，修四寸，廣三寸，右側有小八分書銘：『丁巳己巳，

凡十三年。夙夜内直，與爾周旋。潤色詔敕，詮注簡編。行蹤聚散，歲月五遷。直廬再入，仍列案前。請養拓上，攜歸林泉。勳華丹扆，勞績綢旃。唯爾之功，勒銘永傳。』左側跋云：『此硯相隨十三年，再至直廬，則仍留几案間，請養攜歸，因記之。康熙己卯秋七月，詹事高士奇。』先生逝世後，仍留案頭，『文革』中失去。

題宋澄泥硯

此硯相傳出宋家，鱔魚黄色美無瑕。池中墨繡明如玉，硯底羅紋密似麻。玄宰摩挲題有據，程涓藏庋字無差。澄泥並有程城説，究屬何人乃可嘉。

郭華謹按：聞增莽師云：太夫子案頭有董其昌舊藏宋鱔魚黄澄泥硯一方，上有董氏題詩一首，硯側有『二酉生程涓藏』六字。太夫子甚寶愛，故題此詩，並於詩後注云：『澄泥硯出江南通州，又名城泥，因通州爲海水所泛，數千年後，海水復歸故道。而人得其城磚，治以爲硯。或有謂程泥硯者，亦有謂澄泥硯者，未知孰是？大約以澄泥爲是。以後人所作此等硯，皆用泥水澄淨爲之也。』

極樂寺小坐

重三佳節復遊春，前度踏青跡已陳。
條條芳葉斜陽路，直到祥關不見人。

解『跎』字

半生懶廢好光過，解作蹉跎便是跎。
今日憂心瞻北斗，昨宵有夢到南柯。
藝舟願續包雙楫，畫舫潛師董和何。
寰宇清平無個事，人民樂得扭秧歌。

郭華謹按：太夫子于首聯末句自注云：『跎字無單用之法，爲之束縛，以下之韻，雖有好典不能引用，姑強爲之釋如此。』頸聯後自注云：『正月晦夜，曾作黄粱好夢，以下二句，皆夢中所作事。』腹聯用清包世臣藝舟雙楫及董其昌、何紹基故事。

內子喜聞促織聲，買荻籠飼之，長夜苦吟，真動人也，詩以紀之

荻籠隱隱藏瓜蔓，聒聒聲喧出此中。
一叫一回秋思起，炎空不覺換秋風。

回憶少年情事，仍用菊姪韻，復成二律

其一

自憐身世尚心虛，最喜勤勞戒懶疏。
終歲苦歡今夜結，半生累贅何時除。
居官從未求優缺，好道不妨廣大餘。
訓誘異聞常作客，老親憶念倚門閭。

其二

芳樽月到費招呼，記得消閒坐一隅。
此是元晨光復旦，特占吉慶畫同符。
剪花樣好宜爲佩，爆竹聲高似碎珠。
喜氣儼如春釀熟，闔家歡樂飲屠蘇。

除夜嚮辰照例出行，有病未辦，感賦二律，仍用前韻

其一

夜氣澄清滿太虛，星光落落復疏疏。
梅花香透春剛到，爆竹聲喧歲已除。
四季平安真是福，一年算計有多餘。
耳邊聽得雞三唱，瑞色東升照大閭。

其二

親朋賀歲費招呼，日有紅光滿座隅。
人在眾中當地旺，星明空際見天符。
秧歌高唱兒童隊，聲浪平傾大小珠。
撿點辛盤同卯酒，元辰自酌學髯蘇。

注：嚮辰，天將明也。典見詩經。髯蘇，指蘇東坡。

雜感寫懷

人生愈老愈無聊，況值天低地勢高。

自是三多多罪孽，付之一笑笑焦勞。
呻吟不是新吾語，侘傺都成仲則騷。
我以救人爲事業，無才尚可守清操。

郭華謹按：腹聯後太夫子自注云：『我病中氣虛，心腎不交，非呻吟不快，非呂新吾先生之呻吟語也。』尾聯後自注云：『行醫養家自非得已，兒輩均不能擔任家事故也。』

明年丁酉，爲吾得選拔周甲之期，可稱重貢成均，前輩未聞有稱之者，詩以紀之

重宴鹿鳴人多壽，重貢成均人少偶。
先輩未聞有瑞徵，我今當之未白首。

注：先生爲光緒丁酉科拔貢，一九五七年丁酉恰逢周甲。

喜雨晴

一雨送秋來，殘暑已爲客。淋漓兩朝昏，窪處盡成澤。
開霽雯時間，陰霾又復積。菖蒲蓮搖紅，玉簪花墮白。
垂簷好絲瓜，牽蔓不成格。假山生長苔，真少好爲碧。
小池微波生，儼然似太液。更使秋蟲吟，聒聒競朝夕。
小園好景多，令我秋心辟。苦吟撚斷鬚，詩成臥瑤席。

賞花口占

菖蒲蓮似小狼穎，玉簪花似大羊毫。
腕下倘有義之鬼，持此作書亦可豪。
雖然耐觀不適用，聞香使我樂陶陶。
息園雜花亦甚夥，獨此二品差清高。
以筆爲喻非過寵，固異籀與夾竹桃。
日日香花論書法，掀髯一笑對兒曹。

詠鳳眼蘭

其一

葉似水瓢與酒勺，花如彩勝與蝶衣。
瓣中疊起紅黃帶，鳳眼名蘭品最稀。

其二

奇卉名標鳳眼蘭，花分六出眼開難。
翹然一瓣精光好，黑白分明仔細看。

其三

水中培養最相宜，綠葉成絲花兩枝。
眼看佳人歌采采，釵頭高插映紅腮。

其四

每歲經秋花始開，海棠同放共徘徊。
池邊橋下兩相對，淚眼常揩看蝶來。

息園即事

兵馬司街置一宅，門前十槐落廣陌。

門內兩架紫藤花，矯如游龍無丈尺。
三十餘年更老發，花香藤繞滿園碧。
種瓜頗順種花逆，今年瓜種勝往年。
串入藤陰到處垂，或紅或黃或青白。
大者如甕小如缶，掩映雖多不盈百。
鑽出藤縫與莢爭，垂垂可愛不堪摘。
留作蔬缺時加餐，精腴亦可抵庖廚。
壓架生恐架不勝，搖搖頗穩煩榫口。
近來秋雨漸綿綿，又防腐爛傷其液。
瓜亦如人要保養，聽其蟲食殊可惜。
分付園丁與廚夫，爲我蒸來不留核。
冬瓜最好淡而清，一家飽餐可避疫。
其餘金瓜與白瓜，陳列書齋亦快適。
暇時當補作瓜圖，個個登之入園冊。

戲以全平全仄成詩

其一用全平（詠嘉禾蓮）

嘉禾蓮花深秋開，能鏖風霜添新胎。
無香如棠誰人栽，吳公澄蓀將他來。

其二用全仄（詠子午蓮）

異種菡萏影子午，子展午合要水土。
一樣六出色發紫，入畫未必始自古。

晨起口占

其一

心閒靜坐暑全消，只合吟詩自解嘲。
何處清香來撲鼻，滿園花氣怒如潮。

其二

玉泉新煮小團龍，味在滇南上品中。
醫我河魚疾正好，一服飲罷藥無功。

懷吳漁老

頻年形影共徘徊，別後看書費剪裁。
我自壺中消壯志，君能筆底養奇才。
看人打劫恐棋局，與世相忘樂酒盃。
爲國作糜康復未，可容天女散花來。

注：吳永（一八六五——一九三六），字漁川，浙江吳興人。清光緒二十三年，任懷來縣知縣。八國聯軍侵犯北京，慈禧、光緒倉皇出逃，至懷來，以接駕有功，加知府銜隨扈。兩宮返京後，歷任山東兗沂曹濟兵備道，兼管黃運兩河事宜，賞二品頂戴。

自勤

醫人之病自醫窮，兩利相形都有功。
但使小心無錯失，一家飽暖謝天公。

枕上聞促織聲

其一

雄促織呼雌促織，聲聲相和到天明。

枕邊細聽增秋思，能觸兒時戲弄情。

其二

初自草根來床下，相形冷暖不關心。
我從夢裏驚聒聒，頗似寒蟬噪樹陰。

懷曹纕蘅牯嶺

其一

九疊屏風南斗傍，渾疑牯嶺是仙鄉。
故人今作山中相，可有奇謀奠萬方。

其二

北盟今日淨烽煙，社燕飄零劇可憐。
不見廬山真面目，頻借倦眼望南天。

其三

郵簡寄我紀元詩，欲和無才已過時。
座少車公洋不樂，行盃看劍遠凝思。

其四

蔣山原是蔣侯封，疊嶂層巒拱一峰。
自有英雄□歇久，夜闌人靜響孤松。

注：曹經沅（一八九一——一九四六），字纕蘅，四川綿竹人。清光緒己酉科拔貢，曾任禮部主事。第四首第三句原稿缺一字。

八月二日晨起所見

其一

雨附鉛絲似貫珠，朝陽反射美如瑜。
一彈指吹因風落，到年如聞碎海瑚。

其二

花開屋角色紅黃，枝棲蔓牽延高牆。
一味氣清來撲鼻，每從窗外透奇香。

其三

處暑剛過早晚涼，最宜人處是朝陽。
念經念到無生忍，半縷清香炷佛堂。

其四

有人示我書一本，講論孟英霍亂篇。
搜集藥方兼藥物，括成三字訣相聯。

其五

又成鼠疫書一卷，追溯病因始自唐。
但生結核即根蒂，治法多遵清任方。

其六

我寄石芝詩兩首，勝於啟事書多篇。
固渠報我川中事，有意思操蜀國絃。

注：第四首指清王士雄（孟英）霍亂論，今人依此書編成三字韻語，謂便於學習也。
第五首中，清任，指清王清任，著有醫林改錯一書。

息園即事六絕

其一

煙雨冥濛氣覺寒，秋來早起怯衣單。
秋天才過兩三日，花草精神不耐看。

其二

向日葵花都結子，十株大小列階前。
近來經得秋陽曝，粒粒如瓜籽可憐。

其三

秋來雲漢淨無遮，夜坐晶簾意自賒。
蛩砌蚓階都送響，豆棚瓜架盡疏花。

其四

及時來興觀今古，垂老令人感歲華。
何用別尋仙境去，人間一樣煉丹砂。

其五

南枝向暖北枝寒，一樣春風有兩般。
今日春風真一樣，不分南北有花看。

其六

院落瓜花夾豆花，紅黃相間有香賒。
引來隊隊蜂蜜采，各把芳心散晚衙。

摘瓜紀事

其一

烹茶釃酒爲常課，最怕年來老境侵。窗外栽花兼種果，時時都有向榮心。

其二

今年瓜架最繁榮，五色垂垂大似罌。摘取十枚分贈友，自留五隻瓠長生。

詠秋蟲

其一

秋聲傳情蟄，蟲類比斯螽。聒聒藏瓜架，嘤嘤滿荻籠。潛身依綠草，得食有青葱。佳種難爲覓，形聲考國風。

其二

園僅一弓地，群芳豔四時。草形同鼠耳，花樣比鸞肢。

其三

好鳥鳴高樹，秋蟲叫短藤。先生眠乍醒，即景得新詩。

促織何哀鳴，能令懶婦驚。審音非唧唧，葉響是錚錚。
靜聽天傳籟，方知秋有聲。嚶嚶兼聒聒，長夜亦關情。

紀夢

魂夢迷離似有情，萬千人舞任縱橫。
醒來心際加忙亂，知是無端想念縈。

詠石山

小小山盈寸，具備好峰巒。但對無松柏，隱有龍蛇蟠。
澆水泉流活，生苔畫意寬。置之書案側，終日得奇觀。

詠月

十四月形八九圓，過三到五一輪偏。
比之七夕二分色，桂影蟾光兩不全。

用十天干入詩詠月

甲乙丙丁戊己庚，辛年壬癸水常清。
天高氣爽團團月，恰值中秋分外明。

詠絲瓜有引

古人詠瓜者多，詠絲瓜者，集中尚未之見。今歲息園中絲瓜最盛，率成古風一首。

瓜根向下藤向上，藤索蔓延十餘丈。
瓜種不同有南北，南易長成北難養。
南北合種成一家，花葉不同各有像。
顏色深淺固不同，花形大小都如盎。
苞不落者皆成瓜，短長肥瘦不相仿。
階前盈尺巧栽培，牽蔓成陰氣通爽。
條條下垂長易成，摘佐饔餐實堪賞。
先生以之作酒肴，一醉消愁萬不想。
前人不見詠此瓜，補作小詩心猶往。

詠案上小山

小小山形似岱宗，不如華嶽聳三峰。
全身寸許拳能握，曲徑分明路可通。
儼有園林供點綴，縱無苔蘚亦葱蘢。
取將宋磁盆供養，日對吟詩不息翁。

看醃小菜漫成一絶

禦冬首蓄兩盈缸，菘芸新鮮分外香。
老僕醃成鄉味永，佐餐下酒喜親嘗。

九月十一日爲先慈忌辰，供飯有感，成此二絶

其一

棄養萱闈卌二年，每逢忌日總蕭然。
堂前供奉紛肴饌，可惜未陳養老前。

其二

兒已八旬逾兩歲，思親有若兒嬉時。
淒曆方知因思我，一夢相通慰別離。

詠瓶花美人蕉

紅紅白白雜丹黄，多少花魂聚一房。
送我清香入我夢，醒來欣見美人粧。

自況

耄年身體不知寒，九月衣猶著夾單。
好馬偏宜床上臥，好花不在霧中看。
三杯濁酒顏如沃，一卷新詩品不酸。
斯世專賴天保我，無災無難永平安。

錄舊作病中呻吟語，即此可知近狀矣

其一

默念吾生詎有涯，養生無主怎成家。
傳薪宜種公孫樹，分種應栽姊妹花。

其二

葉葉相因真可愛，枝枝廣蔭綠全遮。
一仁發起振千百，人物同光日月華。

其三

垂老惟期宇宙安，此心空洞不妨閑。
眾生苦難誰能解，萬劫消磨我自干。

其四

改世定知先改夢，悲天都望省悲觀。
淨宗誰是真行者，力學方知步步難。

其五

老住空輪被病侵，病中容易損光陰。
沈沈鼇背誰能負，兀兀龍吟我自尋。

其六

念佛人多堪救世，安禪地靜可棲心。
今宵強起堂前步，圓相光融自在林。

其七

病衰詩律渾暄寒，萬事都從冷眼看。
且把蹄涔用海量，並將拳石作山觀。

其八

無人無我空何在，知白知雄守更難。
佛道太虛儒太實，願從仙境覓枝安。

其九

初日芙蓉方態度，曉風楊柳比容姿。
從茲老朽都消憩，放爾出人頭地時。

其十

災生疙瘩手頻抓，抓破渾如癩蛤蟆。
皮外膚色成白雪，顏端潮起暈紅霞。

其十一

膚完夜靜偏生粒，血敗朝來滿結痂。
金粟如來證因果，前生應是坐禪家。

爲葵扇作蠅頭小楷，學山舟、覃溪兩先生書，無一似處，戲而作此

梁翁兩學士，九十不荒疏。爭習金剛杵，猶能小楷書。聲名高一代，文史足三餘。我欲後塵步，工夫慚弗如。

注：庚寅夏，先生在竹編小扇上作蠅頭小楷，後附此詩。山舟，即梁同書。覃溪，即翁方綱。

前日由全國衛生會歸來，感賦一首

衛生事業富強基，家國人人要自持。除卻預防無善法，安貧守分是良師。

注：先生此詩作于庚寅年。

和瞻廬老同年原韻有引

瞻廬老長兄同年，以大著近作見示，傷今懷舊，感慨系之。敬和數章，聊以見意，非敢言詩也。乃承見賞，並命書之扇端，以便隨時把翫。如命書之，即乞教正。時庚寅

四月望日也。

其一

感舊傷今數歲華，半生作客苦無家。
船唇馬背銷磨少，得意居官放早衙。

其二

富貴浮雲等是心，輸公才望盍朋簪。
浮華過眼都無跡，我輩猶能式玉金。

其三

愁猶可遣病難醫，四百四名工苦之。
最是貧窮無藥用，黄金可點術難知。

其四

老往王城喜過從，閑看烏兔走西東。
鄰邦借鑑丁時會，目擊何年到大同。

辛卯元旦喜賦，用研齋詩原韻

百諾真能振一呼，賀新聲浪滿東隅。

九門喜氣如春釀，比戶新桃換舊符。
喜見虞廷開主席，欣逢合浦自還珠。
光華復旦今重見，從此人民傒後蘇。

注：研齋，即鄭誦先先生。

聽秧歌喜賦

鑿井耕田飲且食，不知帝利況人工。
堯民擊壤今重見，扭出秧歌慶大同。

辛卯元旦，三姪菊君以口號見示，依韻答之

不放一年好景過，辛盤卯酒莫蹉跎。
及時願子驅鞭策，已老憑誰假斧柯。
目下幸能安柱石，眼中早見挽江河。
光華復旦今重見，好聽堯天擊壤歌。

注：菊君，先生三弟紫超先生之子，名璠，詩詞、書法皆佳。

春分日口占

堂上迎春花尚芬，不知春色已平分。

晨興寒氣猶難敵，火撥紅爐借酒醺。

郭華謹按：詩後太夫子自注云：『節雖已屆春分，而室内迎春猶盛開，奇甚。』

正月初十日晨聞秧歌喜賦，仍用歌韻

勒住春陰不放過，暮年大可補蹉跎。

鬢眉潤似青松葉，筋力黑如老柏柯。

猶有雄心綿歲月，長留老眼看山河。

五千年事今重見，喜聽堯天擊壤歌。

讀硯譜偶成

硯材難得薄如紙，貯水無多受墨多。

此説快傳蘇易簡，真知利用與墨磨。

正月十四日爲余八二生辰，張瞻盧老同年首先來賀，詩以謝之

其一

仁壽讓公稱老先，歡然祝我醉春筵。
醫名幸托寒家吉，髦歲欣同趁大年。
無事便能增福壽，長生真可擬神仙。
今宵花月非常好，陌上觀燈兩袂聯。

其二

賤辰恰在上元先，設席無多愧醉筵。
耄老推君應尚齒，交親于我是同年。
但求長壽生爲佛，不願飛身化作仙。
起視遼天開瑞應，衆星拱極似珠聯。

正月二十七日爲時兒四十四歲生辰，天氣晴明，兒在衡陽，卜其利達，詩以祝之，仍用菊婬口號韻

四十四齡忙裏過，光陰寶貴敢蹉跎。

人皆利用在刀劍，己獨成材重斧柯。
曾涉重洋求軌范，欲師大海納江河。
歸來發展交通業，歲歲生朝喜放歌。

注：時兒，即先生次子蕭瑾（字伯瑜），時在衡陽鐵路局工作。詩中頸聯意謂人皆重農，而伯瑜習工也。腹聯則指伯瑜曾留學於北美伊利諾大學也。

自嘲

半生精力瘁於醫，服務人民正此時。
自利利他成兩利，除災便是好工師。

研齋以除夕、元旦二律見示，依韻和之

其一

瞻星今夜不當虛，只見明光照影疏。
殘歲光陰宜共守，暮年壽算不教除。

八旬已過身難老，四海承平樂有餘。
大敞九門迎瑞氣，平明日色滿閭閻。

其二

聲聲恭喜口頻呼，相見親朋半海隅。
四國春皆成令節，萬家挑盡換桃符。
居恒門內宜循禮，照世懷中自有珠。
起向園中看生意，元辰萬卉已蘇蘇。

注：鄭誦先先生，四川人，與先生爲遠親。研齋，其號也。

正月廿四日爲王伯謙親家八十正壽，遠在濟南，不能前往爲祝，詩以賀之

光華復旦今重見，八十仙翁慶上元。
久酒唱酬真快活，河山笑傲解憂煩。
臨風遙祝南山壽，排日欣開北海樽。
賤子早君生十日，敢於無佛處稱尊。

注：王伯謙先生，生平事蹟不詳。

不息翁謠

不息翁，老復丁，
已過八十髮猶青，願躋上壽到百齡。
祈天永壽守常經，補我蹉跎保安寧。

菊君和研齋疊韻詩，押韻有新穎處，悵觸余懷，又成二律

其一

終年學道入沖虛，人境偷安事事疏。
雞插今霄新符換，鹿鳴來日舊歌除。
但聞夜柝時猶在，未到晨鐘歲有餘。
爆竹聲聲充滿耳，靜聽喜立大門閭。

其二

名園藉草任喧呼，頗飲長安萃一隅。
賀歲堂前餐瑞果，占祥門首貼仙符。
參香和作迎年珮，詩字留爲記事珠。

從古元辰多樂事，民安國泰萬情蘇。

近讀紅礁翁新著各詞，服其情長才大，老而不衰。余苦病心虛，不能迴腸盪氣，未能言和，因作二律以見意

其一

讀公近作更清真，題罔極庵筆有神。
騷賦手兼詞曲手，齊梁人作宋元人。
遷居寄食孤吟樂，春草花朝兩令新。
我愧腹空無字煮，半生荒率老風塵。

其二

與君小別無多日，已是清明天氣新。
快讀詞華三字令，如看花事一年春。
騷壇健將誰能敵，洛社耆英老更神。
我病才疏兼氣短，不堪酬唱比蘇辛。

注：紅礁翁，即彭主鬯先生。第一首詩第二句中『罔極庵』爲葉譽虎先生之室名。

葉恭綽，字裕甫、譽虎。時任中央文史研究館副館長。曾倩人畫『冏極庵圖』徵題。

王伯謙和詩稱謝，疊韻再答

詞清句麗精於律，垂老猶能見本元。
自壽五言知意得，天教一日解心煩。
長吟愧我難持筆，有暇同君共把樽。
民國並無階級限，耄年始覺布衣尊。

郭華謹按：第三句太夫子自注云：『函告誕日曾與左次修唱和五律八首，爲近年最樂之事。』第四句自注云：『「晚年應盡一日歡」乃宋人自壽詩句也，偶忘其名。』

寫小楷雙行摺扇自嘲

八十三齡身已老，猶能把筆作蠅頭。
前明文氏清翁氏，工拙相形只自羞。

注：第三句指明文徵明（衡山）和清翁方綱（覃溪），蓋二氏高年皆能作蠅頭小楷也。

辛卯正月，見雪三次，此瑞象也。作此示蔡公湛

三白兆豐年，今春已瑞應。中華農立國，年豐萬事定。
政府素重農，民旺通天聽。十雨五風調，得雪更殊勝。
陌上扭秧歌，人民真高興。祥年照山川，一白如玉瑩。
人才重圭璧，名實或相稱。但願長清明，無使海天瞑。
四裔樂賓服，以茲作印證。我輩戴堯天，如在夢中醒。
相對觸詩心，新年試投贈。病瘉再往談，懷抱爲君罄。

二月既望，天氣晴明，晨起品二十年前陳茶，才知茶味，口占二絕

其一

晨興自煮濃茶飲，二十年前雙窨香。
日寇以還無此味，桑芽充數那堪嘗。

其二

誰知茶味甘如薺，由苦回甘諫果同。

益目清心稱第一，酒余飯後見奇功。

注：此咏普洱茶詩也。

寫意

其一

此室周旋惟我我，焚香默坐念金經。

眠餐書畫兼廚廁，病者心觀電耳聽。

其二

白爐一座火生光，熟食煎茶絕早忙。

伺候無人依老伴，惺惺相惜壽而昌。

注：先生晚年自奉簡約，起居茶點，均由師母饒夫人安排，故先生詩中言及。

說病因

其一

全家大小我供養，或恐饑寒病爲醫。

我亦八旬逾二矣，後凋松柏勉能揞。

其二

多年積有疾咳病，病氣生於酒與煙。
近歲氣虚兼喘促，涎多嗆嗽攪宵眠。

正月二十八日，紅礁翁過我小飲，談及舊友半年來死亡過半，余皆不知，感而賦此，仍用菊姪歌韻

良友半隨時運過，鯫生時運付蹉跎。
兩餐塊粥能甘味，終日銷磨但撫柯。
愧我醫心能救世，喜君談口似懸河。
老來身作堯民好，同唱卿雲爛縵歌。

題晉齋詞人鈔枝巢說詞真本

王易變爲柳，蘇真善寫陶。傳神仍在貌，洗髓尚留毛。

師範從心出，胥抄借手操。葫蘆依様好，服子與能豪。

注：晉齋，即孫正剛。『枝巢』爲夏仁虎先生之别號。夏老與先生爲光緒丁酉科拔貢同年，工詩詞，善書法，著有説詞，晉齋曾爲之手抄。先生此詩前二句用柳公權臨王大令十三行，蘇東坡寫陶淵明詩故事。

有人問我年齡，以爲未過七旬，笑而答之，仍用前韻

八二年光轉瞬過，蹉跎到老更蹉跎。
遺懷終日揮雙管，閲世窮年晥一柯。
政局十遷猶順軌，人心九派又如何。
眼看變態真難説，付與兒童踏踏歌。

乙未七月朔，早起望雨，偶然得句，成此一章，似有秋意也

杜陵有好句，衣冷欲裝棉。正是清秋日，兼爲下雨天。

園花如滅色，林鳥共炊煙。一對荻籠裏，雙雙蟋蟀眠。

再和研齋除夕、元旦詩，仍用前韻

其一

仰視天空燦尾虛，東方星宿已稀疏。
不知長夜何時旦，正喜今朝是歲除。
愧我才華無寸近，羨君文史足三餘。
聲聲爆竹猶充耳，瑞氣祥光照比閭。

其二

解放聲高萬姓呼，元辰起聽主庭隅。
大家共理新生命，舉國同張舊采符。
去歲汶陽曾失地，今朝合浦定還珠。
研齋詩戰真無敵，旗鼓難當大小蘇。

注：大小蘇，即宋蘇軾（東坡）、蘇轍（子由）。

近有異聞，又成二律，仍用前韻

其一

不學相如賦子虛，一年將盡愧才疏。
青箱事業懷前代，黃道日干要首除。
苛政深妨師介甫，揭竿或恐起陳餘。
我仍鏡聽開門走，吉語聲聲出比閭。

其二

和平兩字聲高呼，歲首新聞達海隅。
人意迎年椒與酒，天心降瑞命同符。
祝花滿院都成飾，願米盈倉不似珠。
東北開通先世界，政輶交暢慶中蘇。

郭華謹按：第一首頸聯後太夫子自注云：『近有主張廢除農曆者，要知中國是農業國，農曆萬不可廢。』腹聯後注云：『近聞某縣又出皇帝，怪極。』第二首腹聯後注云：『近日迎春、水仙大開，牡丹亦提前開放。』尾聯指中蘇友好。

再和菊君和研齋除夕、元旦詩，仍用前韻

其一（除夕）

終年行醫影無虛，感謝天公寫奏疏。
守歲到寅時已過，瞻星見胃病將除。
光陰寶貴分難惜，老耄精神綽有餘。
且和新詩依枕臥，遠看佳氣已充閭。

其二（元旦）

耳聽歡聲萬姓呼，乘時起坐向東隅。
日明大地剛成珥，星朗泰階若合符。
虀臼受辛傳妙語，華堂點卯見遺珠。
臣生甲子欣逾絳，樂奏房中慶老蘇。

再疊前韻二律

其一

林下明燈照耗虛，占祥故事不教疏。

紅情對燭花生喜，綠意盈階草不除。
窮苦已將文盡送，癡騃難得賣無餘。
特將鏡卜沿街走，又聽歡聲滿里閭。

其二

恭賀新禧相而呼，無邊瑞氣照城隅。
舊年燈尚窗前點，新歲桃添戶外符。
龍氣飛騰如煥彩，鵲聲圓碎似穿珠。
明知貞下元將起，天地相交泰運蘇。

讀鄭研齋詩，仍用歌韻

雅什臨風讀幾過，佩公精進我蹉跎。
安心醫國紓長策，袖手觀棋想爛柯。
但使一元能復始，空同五老共遊河。
星輝雲爛今重見，清聽堯天擊壤歌。

我病知君不肯過，病中無事更蹉跎。
公才公望人瞻斗，我瞶我聾孰假柯。
只可守身真似玉，非能信口亂開河。
上元佳節看花月，且聽房中一曲歌。

又柬研齋

文史館成立即事有引

公元一九五一年七月二十九日，即辛卯年六月廿六日在北海鏡清齋成立文史研究館。設館長一人，副館長三人，館員三十人，余亦被聘爲館員之列。是日早九鐘，汽車來接，余即前往，到則群賢畢至矣。旋由符定一館長報告成立經過，乃知此館系毛主席爲養老尊賢而設，意頗隆重。由周總理主持，每月每人發給小米五百斤，暫聘請三十人，此外應養之老尚多，當陸續聘任。如此勝典，仰見共產黨之偉大，毛主席之英明，周總理之精幹。行看文明之國，爲世界所矜式也。因作詩以紀之，其詞曰：

庚寅辛卯間，時值風雲際。感召通天人，如見大同世。
主席毛澤東，治國有大計。提倡馬列學，於道得砥礪。
凡事求實踐，不爲物所蔽。總揆周先生，才洪相與議。

議開文史館，聘皆以禮幣。數僅三十人，年逾二千歲。
北海鏡清齋，臨流成小憩。耄老聚一堂，列坐有次第。
余亦亟生間，決非忘年契。耳聽講演詞，忽然開智慧。
乃知社會學，當代所趨勢。即此是民主，何羨東西帝。
中華五千年，以前皆帝制。今後成民主，改造事非細。
願隨諸賢後，革新作比例。成此五言詩，聊當安心偈。

和夏蔚如同年文史館成立即席賦詩原韻

帝制居然化劫灰，吾人皞皞上春台。
鬱蔥佳氣西山在，耆舊歡樽北海開。
熳熳卿雲真復旦，謙謙君子盡招來。
鯫生自媿無文史，願向諸賢進酒盃。

注：夏蔚如，即枝巢老人。

和劉孳園先生文史館成立即席賦詩原韻

北海波中天宇清，梅花倒影極清明。
館開文史供研究，人聚耆賢共耄英。
尚有鳧鸞來點景，盡多鷗鷺喜相迎。
濟時無學殊慚愧，只合隨時飲一觥。

注：劉孳園先生（一八八五——一九六二），字壬父，湖北嘉魚人，善園藝，尤喜菊花。一九五零年被聘爲北京市政府公園管理委員會顧問。與先生同時被聘爲文史館館員。

示館中同志

漫說今賢與古賢，援朝隊伍占鋒先。
人情發願寧無志，國事能擔算有肩。
熟讀盟心唯物論，乃知辯證入新篇。
吾儕到老方勤學，□□□□憶往年。

注：原稿末句缺四字。

贈蘇寶銘醫師有引

蘇君寶銘精于醫，尤長骨科，膏藥極佳。活人無算，書以贈之。

修煉神膏除衆苦，家學淵源□□書。
方今醫有皆遵古，後我黃岐猶有餘。

注：蘇寶銘，天津人，世傳骨科。津人譽之爲『蘇先生膏藥』者是也。第二句原稿缺二字。

讀紅礁老人近作，依韻和之。向隅者尚有張老，因並及之，意在解嘲，非敢向失意人正言莊論也，錄請諒教

其一

館舍宏開養上賢，偏遺彭祖與張先。
豈因好尚殊同志，或是崇高莫比肩。

其二

偶見姓名遺館選，便生感慨入詩篇。
劉蕡下第倘相似，我輩顔羞媿引年。

不到蓬山不見賢，瑤池陪宴讓君先。
賣文及早輸金額，擔道從來要鐵肩。
敬禮殷勤先燕譽，謝函珍重寶鴻篇。
吾人實踐猶無學，邁老應當媿大年。

注：紅礁老人，即彭主鬯先生，文史館第一批館員未被聘，曾有詩致先生。先生作此和之。彭老於第二批與先君瞻廬老人同被聘爲館員。

息園即事四絶

其一

蝶戀花心蜂抱花，驕陽曝後更繁華。
萬株六月菊爭豔，海外傳來各不差。

其二

久住息園不息翁，灌花情緒日興隆。
一缸澄澈清流水，晨夕培滋色不同。

其三

雨後西山色更青，夕陽返照轉冥冥。

秋來畢竟天容政，暝色潛生火起螢。

其四

飛空螢火似星星，散入花中色轉青。
因是菊花開六月，移來花葉自冥冥。

郭華謹按：太夫子于詩後自注云：『有一種六月菊，聞系由國外傳來者，枝高而繁，似菊而非菊也。』

和潘錫九先生有引

月前與我同車赴文史館，得瞻顏色，並聞清論，無任欽仰。頃承惠賜大著，讀之增愧。謹依原韻奉和，敬請教政。

其一

慧業文人豈易修，老成自古號龍頭。
翰林身價今猶在，瑤島蓬山許浪遊。

其二

欲知後果證前因，同是蕭條異代人。
入館自然須尚齒，論年端合佔先春。

其三

文史人人各有長，惠施有道更多方。
養生主和蒙莊論，更少遺賢與頡頏。

其四

最難福慧得雙修，幾輩修成未白頭。
康健如公長不老，堯衢禹甸任閒遊。

其五

欲知後果證前因，文物真成絕代人。
峻望譽爲西域長，添衣按部自成春。

其六

文史由來兩擅長，治人治國豈無方。
讀公雅句鏘宮徵，如聽鳴琴遠引頏。

注：潘齡皋（一八六六——一九五四），字錫九，河北新安人。清光緒乙未科進士，授翰林院庶吉士。曾任甘肅省省長。一九五一年被聘爲中央文史館館員。著名書法家。

壽十一弟五十

垂老弟兄君最小，而今五十說長年。

半生辛苦能長命，與世周旋頗有緣。
子女數人都自立，夫妻偕老共稱賢。
一杯粗酌欣談笑，我輩生存祇靠天。

注：蕭慶恩先生，爲先生異母弟。行十一，兄弟中之最幼者。

無題

眠食起居要預防，不貪飽食與陰涼。
每當合作須分力，戒懶習勤守故章。

壽邵伯綱 有引

辛卯八月九日，伯綱先生年登八秩，同人設筵爲祝。先生有詩自壽，依韻奉和，供博笑粲，即以爲壽。

其一

八十曰耄真高壽，良友相邀設盛筵。
京國風光猶似昨，翰林風月不如前。

其二

文章舊有尊三史，詞曲新聲播五弦。
雛鳳妙能追老鳳，君家著作定延年。

注：邵章（一八七二——一九五八），字伯絅，浙江紹興人。清光緒癸卯科進士，任翰林院編修，杭州府中學堂、湖北法政學堂監督。一九二九年被班禪額爾德尼聘爲秘書長，一九五一年被聘爲中央文史研究館館員。著名書法家。

國慶日口占

其一

今歲國慶真榮耀，國際形成□□圖。
紅旗招展紅燈照，四十年前此象無。

其二

天生英偉大毛公，提倡民權造大同。
主義雖然親馬列，力能解慍起南風。

其三

街巷遊行勢頗雄，萬千排隊盡農工。

秧歌交唱聲聲喜，共賀今逢大有年。

其四

天與人歸事不虛，毛公今日竟何如。
樓上歡唱樓下應，字成萬歲喜同書。

其五

四本雄文傳永年，精華一半出延安。
才通學富真難得，中外相欽說大觀。

郭華謹按：第一首第二句，原稿缺二字。

偶成

其一

老合書叢作蠹魚，鑽研古籍似仙居。
化成脈望深藏好，免使人呼作腐蛆。

其二

非仙非佛本迂儒，強作雲林一信徒。
凡事認真從實踐，渾忘世界有虛無。

其三

作事平生興最高，那堪繁細如牛毛。
愛飛元積眼前盞，不礪劉叉胃裏刀。

其四

已報公羊能處世，只愁放浪了無操。
老來安樂真天賜，服務人民頗自豪。

其五

聲能悅耳姝悅目，美人唱曲比歌詩。
更看紅紫園花色，那及南金與北脂。

其六

作詩往往好群趨，竟把時賢比故吾。
劉白偏能同元白，傳詩一樣滿江湖。

其七

八十三齡髮尚青，只因生不是寧馨。
人言尚黑終成黨，不是中華好白丁。

其八

耳尚聰兮眼尚明，不因衰老等浮生。

更欣眠食都無恙，猶是當年一五更。

題紹重藏清高其佩筆畫牧豬圖卷子

其一

江鄉風景繪成圖，妙筆居然善寫豬。
騎射餘閒精染翰，允文允武品雙清。

其二

近代天生蔣兆和，寫生著墨並無多。
閑看畫出肥剛鬣，較此情形更可歌。

其三

此卷收藏已有年，瞻廬長物頗堪傳。
有兒知寶非虛好，入我雙眸更有緣。

郭華謹按：第二首後太夫子自注云：『曩見兆和畫豬以爲創作，不知前人已有畫此者。』

新寒詞和紅礁老人有引

歲甲申我公有寒詞、續寒詞各三十首之作，龍曾賡和。當時情景不同，思之尚有餘味，今則時移事易，人物皆新，與前所聞見了不相同，焉可無紀？病中不寐，因作新寒詞三十首，以續前唱。得句則書，毫無次序，未知公能和我否。錄上紅礁老吟壇，並呈同社諸君一粲。

其一

胸懷悶損強排之，澆灑興闌繼以詩。
詩意問君從何起，仍當依舊作寒詞。

其二

圖治全憑元首明，相須更有股肱良。
八方無事人嬉樂，家園安和庶事康。

其三

思想當從毛主席，作爲要學馬恩斯。
方今共產法無盡，轉益多師是汝師。

其四

抗美聯蘇起戰爭，國民共黨多縱横。
驅民半死飛機下，白骨如山孰主盟。

其五

以身作則大毛公，主席中華迴不同。
第一批評先自我，從茲改善總成功。

其六

同情三反是良民，檢舉貪污更認真。
工教各員都自愛，學生後起自成人。

其七

四年解放已成名，萬國來遊新北京。
污穢變成乾淨土，馬龍車水豔都城。

其八

近來作事重勤勞，安得人人盡有操。
集會朝昏求廣議，網開三面有含包。

其九

新年天氣喜晴和，都會家家喜唱歌。
更見兒童歡樂甚，人民有福得春多。

其十

英髦館選聚如雲，東箭南金氣不群。

借問如何方入格，箴銘三字老窮文。

其十一

養老原分上下庠，名稱國度有朝章。
而今敬老崇文義，開館迎賓邁漢唐。

其十二

雍宮法器未全刪，此與密宗最有關。
剃度無人防竊賣，一齊收入貢噶山。

其十三

節約原來爲自強，莫貪飲食與衣裳。
利多本少原非法，故重農工不重商。

其十四

合作社原因便利，那知有利弊旋生。
就中剝削言難盡，公家買賣要公平。

其十五

消除迷信事由天，求佛求仙亦枉然。
土偶無靈祠廟毁，紙錢不用況香煙。

其十六

一篇溫病從新說，分別溫瘟義最精。
此是何人名著作，武昌遺老范更生。

其十七

淮流順軌水災無，百萬人工保不虞。
重見禹王施治法，不然何以慰閭閻。

其十八

捐獻飛機同大炮，人民血汗已無多。
議和到此無真意，何用潛心與琢磨。

其十九

貪污浪費相聯繫，坦白人人要認真。
小兒不知此何事，居然議論到尊親。

其二十

小鼓登登打在手，衣裳首飾得來多。
豈惟小戶家家去，相將門前日日過。

其二十一

兒童隊隊上學來，鋪戶家家都未開。
大自鳴鐘敲八點，始聞菜擔叫長街。

其二十二

抗美援朝電影長，賺人往看大家忙。
要知國事果如此，兒戲成真亦可傷。

其二十三

近來戲曲重專門，昆調梆腔已少溫。
只有皮黃仍舊盛，除他電影此推尊。

其二十四

斑貓酣睡狼皮上，半日不醒亦不饑。
偶爾翻身一洗面，當前鼠過了無知。

其二十五

硬面餑餑聲已稀，寒宵無物可充饑。
自從節約都從簡，夜市蕭條只有糜。

其二十六

西單食品已無多，近日偷工味不和。
羊肉小包炸鍋貼，一齊難買可奈何。

其二十七

紅蔗何如白蔗香，作糖一樣取濃漿。

近來霜屑無真品，不是砂糖是粉糖。

其二十八

醫事近來日漸少，可知全市病無多。
我願無災安度日，大家同唱太平歌。

其二十九

八十三齡老醫師，畫眉深淺不趨時。
病中難得長宵過，擁被無眠且作詩。

其三十

喜聞南海關夫子，近舉珊瑚最美婚。
同輩摛詞恭賀多，大家一例倒金樽。

注：此一組詩，作於一九五三年。

題孫正剛集杜詞三十闋有引

正剛詞宗以近著春愁集杜詞三十闋見示，調寄菩薩蠻。讀之令人驚歎不已，老杜生平無詞，能爲補闕，即作杜詞觀可也。龍友老荒才盡，和韻恐不能工，且素來不長慢令，而又不敢違教。謹填兩闋以塞責，余意未盡者仍以絕句爲之，想公當不責我懶廢也，一笑。時公元一九五二年歲次壬辰閏夏五月五日，還丹道者不息翁蕭龍友作，五三年十月十日書，時年八十四。

琴心三疊初成道，萬年枝上春光好。
才似李青蓮，人呼是謫仙。
與公今又見，金石聲能亂。
律細集來工，浣花同號翁。
集詩當作集詞讀，恍如白石新成曲。
卅闋菩薩蠻，春愁寫最難。
江郎才早盡，鉤心難和韻。
結習那能忘，與君空斷腸。

余意未盡再成四絕

其一

一例詩人皆學杜，集杜精能偏讓君。
細讀菩薩蠻卅闋，浣花妙句若空群。

其二

集詩容易集詞難，五七言兼又覺寬。太白詞宗君並擅，合將李杜作騷壇。

其三

擲地金聲振古風，當年詞賦豔興公。君家代有淩雲筆，又見先生詞律工。

其四

閏年天氣不嫌長，五月薰風送晚涼。朗誦新詞倚槐樹，口中時覺吐奇香。

近日患嗆咳頗劇，精神不振，恐不能親筆硯，故呵凍勉爲之，以應雅命，草率恕我。

不息翁又識。

注：孫正剛，號晉齋，天津人。上世紀五十年代，年方四十，任北京大學秘書，工詩詞，善書法。與先生爲忘年交。

喜接苑伯六弟來函，詩以紀之

其一

耄老弟兄居處久，每逢佳節輒相思。
濟南風氣迎春早，京北家園度歲遲。
顧我無聊同客子，喜君含笑弄孫兒。
吟詩飲酒尋常事，借遣春情空自知。

其二

劉伯英來曾告我，盼吾兩姪各行醫。
中西兼擅當求售，兒女教成要有爲。
以此養家真善策，便於問世莫居奇。
堯天再見誠難得，服務人民正此時。

注：苑伯先生自濟南致書先生，娓娓談家中事，涉及其子藨珙弟兄皆西醫院校畢業後，又學中醫者，故先生詩中談及中西兼擅也。

郭華謹按： 詩後太夫子自注云：『我久想以病情試中西醫，何病宜中法，何病宜西法，試定後列表教人學習，使病家醫家皆便。兩姪均長中西法，正好照此辦理，惜識見不及此。我老矣，又僅知中法，故盼兩姪甚切也。』

贈靳仲雲同年有引

仲雲詩老同年屬序其居易齋詩以行世，心許之矣，久未報命。龍也八旬逾五，精力就衰，頗愧鄭虔，身無絶技，深慚庾信，老不成文。又日以醫事服務人民，滿腹皆茅塞，更無文藻萌芽之地矣。蹉跎懶漫，歎何如之。近讀重游泮水詩，知其興復不淺。哲嗣文翰，抄稿徵題，其登高一篇，典雅詳明，已將平生居易俟命之旨，婉轉暢達。其他之作，各自爲編，皆有自序，不必另作矣。余病衰，既不能和韻，更不能細詳，謹撰四絶句以見意，請作爲後序可乎？其詞曰：

其一

老者唯心注重安，中州長住地天寬。
既將居易名詩集，何事重歌行路難。

其二

唐代香山宋放翁，老來興致浩無窮。
近年賢達誰能似，除卻樊山只有公。

其三

示我新詩十二章，讀來字字協宫商。
詩人老去律真細，萬首成編不是狂。

其四

泮水重遊憶去年，瓊林重宴又當前。
我知此後詩尤夥，共羨雲翁是謫仙。

公元一九五四年一月十日不息翁蕭龍友錄呈初稿，時年八十五矣。

注：靳志（一八七七——一九六七），字仲雲，號居易齋。與先生爲光緒丁酉科拔貢同年。

贈白石翁

其一

不作木人作韻人，詩力更比畫力神。
滄桑閱盡身雖老，九十三齡善葆真。

其二

崢嶸白石山之首，此老堅強卻似之。
相交論文三十載，不朝不市亦希奇。

其三

畫室安排似昔年，獨居仍是有情天。
鑄經添個毛公像，獎狀表揚別有緣。

其四

昔人三絕公七絕，雕刻詩書畫印泥。
更能擔糞勤農事，便與莊人物論齊。

郭華謹按：太夫子此詩，未署年月，估計作於一九五四年之後，因詩中涉及德意志民主共和國藝術科學院頒給齊老通訊院士榮譽奬狀事。並於詩後自注云：『久與白石翁不相見，日昨往訪。見其言笑如常，而畫則更入化境。純是天機發動，不可以言語形容矣，宜其享大年而爲人瑞也。因賦此以見意，戲詞雖多，卻皆爲實錄，錄呈笑粲，當不以唐突責我也。』

贈某君

其一

近受風欺人不適，疾多嗆咳喘難支。
連宵魂夢皆顛倒，只恐沉疴在肺脾。

其二

黃帝素女經最工，知君熟讀道能通。
年逾八六猶能御，強健應當謝鹿茸。

其三

泥丸老子術通天，說法能教白玉蟾。
盡掃旁門示真諦，能知此竅即神仙。

其四

二月摧花雨點稠，春寒頗覺似初秋。
多情合愛新來燕，已在簷端壘作樓。

其五

日昨忻逢但懋章，稀年猶似壯年人。
爲言貪酒不知病，注射功夫卻認真。

其六

八旬又六徐先生，自幼從戎善說兵。
尚欲援朝建功業，不知老至太縱橫。

注：先生此詩，題爲贈某君，從其內容看，似是贈徐右丞先生（一八六四——一九五六）者。徐氏爲湖南長沙人，幼承家學，熟諳內經，對五運六氣頗有研究。

乙未年七月七日全國人民代表大會開幕會後，在懷仁堂後草坪攝影紀事

其一

前排圍坐二百老，後方玉立一千人。
此爲代表人民者，攝影同看氣象新。

其二

七月七日懷仁堂，堂後草坪整一方。
主席居中安坐好，鏡光一閃照中央。

其三

聽罷諸賢各發言，爲家爲國手能援。
工農兵事熔一冶，人自爲之各自尊。

其四

彝人好著繡衣裳，大帽籠頭兩腳長。
一對耳環珠翠玉，又長又大自成妝。

其五

其餘各地諸男女，像貌相同秀雅多。
言語果然需翻譯，人人愛好善□沙。

其六

我已耄年參此會，鬚眉如畫尚青青。
五年計劃先工業，縱是醫工亦解聽。

郭華謹按：第五首末句，原稿缺一字。

會後偶成

人生歲月最易過，光陰總是怕蹉跎。
我因煮字差識字，誰能執柯以伐柯。
只要守身常似玉，何須辨口如縣河。
人民大會皆如願，且聽群賢唱國歌。

有感

已老渾忘老，遊行大化中。蹉跎將壽補，辛苦爲家通。
年與山舟比，書將未谷同。果能償此願，再拜謝天公。

郭華謹按：太夫子此詩，原稿無紀年。估計作於上世紀五十年代末先生八十九歲時，因腹聯首句用清梁山舟（同書）侍講典，梁氏重宴鹿鳴時，年八十九。次句用桂未谷（馥）故事，因桂氏亦曾任教習也。

和子厚詠菊花詩二首

其一（丹菊）

一叢深色燦斑爛，照眼花光話止觀。
醉態掬來容我傲，朱芙落處耐人看。
和顏宜壽身難老，仙篆曾吞夢未闌。
舒氣爲霞荒徑煖，不容蜂蝶說秋寒。

其二（綠菊）

青黄細葉賴扶持，開遍繁花似碎璃。
蒿艾分膺香濕處，竹松相伴影斜時。
經霜默默成珠顆，對月亭亭似碧姿。
久視長生成壽客，新醅蟻酒快盈巵。

遊公園雜詩二十首有引

一春多病，枯坐空房。花事闌珊，遊興始動。兆和夫婦，約游公園。鼠姑盛開，遊人如織。覽物起興，雜感入吟。信手拈來，遂成廿首。不唐不宋，亦俗亦莊。非敢云詩，聊以送日云爾。

其一

名園開闢卅餘年，締造經營頗自然。
如此容規誰主動，朱家一老證因緣。

其二

戰勝牌坊署公理，巋然獨峙大門前。
名園添此英雄績，信可泐銘千萬年。

其三

競說西山出玉泉，引來宮禁作深淵。
皇家有運呈祥瑞，國運興隆總奉天。

其四

自從三海擅名時，幾輩能知太液池。
一勺蹄涔何所貴，兆開海禁國基危。

其五

合圍柏檜不知數，壇外壇中罨翠煙。
黛色參天新幹老，濃陰夾道古藤纏。

其六

池北土堆高數丈，明家閱射築斯壇。
誰知清代紫光閣，即是台基改變來。

其七

古物陳列武英中，寶器平分石與銅。
帝后名臣多畫像，至今參考史相同。

其八

崔巍三殿矗前朝，零亂飛鴉暮復朝。
概想當年晏屬國，殿前兵馬莽蕭蕭。

其九

想見清皇全盛日，大開海宇供諸天。
向今回樂歸民眾，風景依稀似昔年。

其十

景山高處五亭排，乘興登臨景物佳。
山色水波相對立，新愁舊恨滿胸懷。

其十一

海東舊有一蠶壇，綠樹陰濃夏日寒。
清代后妃祀神處，無多遺址耐人看。

其十二

海波環繞一明堂，名號漪瀾水景涼。
仿得金山好規制，江南風味此中嘗。

其十三

遼后梳妝舊有樓，遊人指點海東頭。
離言別館朝朝易，故址何方不可求。

其十四

團城開放已多時，玉佛光明白有姿。
石甕傳從海底出，八方題有詞人詩。

其十五

海中內外兩橫橋，尚有天題字未消。
積翠堆雲寫真景，不同玉蝀與金鼇。

其十六

瓊華島上樹森森，怪石崢嶸雜樹陰。

傳是聖人游艮岳，汴京故事説開襟。

其十七

亭台樓園沿山起，白塔高撑雲霧寒。
登堂全城收眼底，回看塔後有幡竿。

其十八

瀛台無樹著啼鶯，台下空余春水生。
當日御床猶宛在，劫灰飛處認分明。

其十九

海角巍然閲古樓，壁間石刻數從頭。
快雪中秋同伯遠，三希名帖各千秋。

其二十

本是清家社稷壇，於今改制號公園。
中山堂上風光好，畫展開時此最繁。

注：第一首『朱家一老證因緣』句中，朱，指朱啟鈐（一八七二——一九六二），貴州紫江人。一九一二年任北京政府交通部總長，兼代國務總理。後改任内務部總長，兼京都市政督辦。北京中山、北海等公園，經其籌畫開闢。

第二首中山公園中之保衛和平牌坊，原名公理戰勝坊。系八國聯軍後所建之克德林牌坊改建而成者。

第三、四兩首指中山及北海兩公園之水系由京西玉泉山引來者，北海原名太液池。

第七首指當時故宮武英殿有各種古物陳列。

第十首指故宮後之景山公園，園中之山，名煤山，山上有大小不等之亭五座。

第十一首指北海後門東側，現北海幼兒園，原爲清代之蠶壇。

第十二首指北海漪瀾堂。

第十三、十四兩首指北海前門旁之團城，原爲金章宗后之梳妝樓。城中有玉佛一尊、玉甕一隻。

第十五首指北海前門内『堆雲』『積翠』牌坊及已拆除之北海門外『金鼇』『玉蝀』橋。

第十六首指北海瓊島上之石，傳説系宋代汴京艮岳之石。

第十八首指南海瀛台，當年慈禧曾囚禁光緒於此。

第十九首指北海内之閲古樓，樓内牆壁嵌有三希堂法帖石刻。

第二十首指中山公園，當時書畫家皆在園内辦畫展。

郊遊訪酒家不遇

何處人家醒釀中，水村山郭酒相通。
一簾搖盪天空裏，遙指杏花村正東。

題汪靄士畫墨梅

密幹繁枝盡向陽，寫生妙筆出華光。
春風和煦能容物，吹入寒巖處處香。

注：汪靄士，名吉麟，江蘇丹陽人。生卒年月不詳。善畫梅花。

寄高達夫

其一

我愛高達夫，長居古成都。澄心觀世變，有志作詩徒。
有運能醫國，何年整不觚。飛鴻長來往，承教到吾廬。

其二

聞道初開放，家鄉建設真。四通川路廣，三載物華新。

各族旺觀會，全球重蜀珍。仰觀飛艇出，馳夢到江濱。

注：高達夫，字石芝，四川人。生平事蹟不詳。

讀莊子

九流許我作醫家，山野曾經辨藥芽。
學到蒙莊養生主，吾知無涯生有涯。

柬白石翁

白石老翁病若何，可能溺暢血稍多。
高齡重症非無故，飽食荸薺糜有他。

注：白石老人來電，謂其小便帶血。先生囑其以荸薺榨汁頻飲，遂愈。

己巳元旦

龍降蛇生又改年，春人無復永嘉前。

歲朝圓就翻新樣，家宴風成敞素筵。
默祝王城清盜窟，畫出世界入禪天。
晨興酣飲屠蘇酒，小坐花間意湛然。

郭華謹按：太夫子此詩作於一九二九年，首聯自注云：『舊政府同儕，十不見一，可慨之至。』頸聯自注云：『有畫歲朝圖者，僅松枝柏葉，題曰青天白日圖，真堪解嘲，此亦有心人游戲筆也。舍間祖傳元旦全家素食一日，行之百年矣。』腹聯自注云：『近年朋輩中，皈依佛法者甚多。』

題自畫梅花

人老半身麻，帶病度年華。
指頭有生活，隨意畫梅花。

注：清代指畫大家高其佩，生年不詳，卒於一七三四年。作畫輒署『指頭生活』四字。先生此詩，即用此典。

俚句一章預祝錫成親家仁仲七十大壽有引

少年至友，存者無多。明歲爲君七十正壽，本應屆時稱慶，因時局無常，居處靡定（聞君有長住彰德之計劃），明歲不知果能相見否？故特爲君慶九，以表預祝之意。拙詩一首，聊作記念而已。

人生七十古來稀，今日先吟杜老詩。
願我無才成老大，願君守矩待期頤。
得天福分歸三祝，忘世襟懷寄六時。
明歲相逢何處是，登堂預倒酒千卮。

注：錫成，姓名及事蹟不詳。首句用杜甫句。

庚辰正月十四日七一初度感賦

種髮禿眉何許人，年過七十尚嬉春。
長生豈是佛家法，靜壽端宜道者身。
奇變海桑觀未已，潛修福果証無因。
蒔花種竹安吾素，減歲分糧學饋貧。

庚午除夕

歲月飄流老不知，年年今夜看兒嬉。
菜花含笑黃盈把，梅萼熙春紅滿枝。
災難消除人自壽，室家和樂福相宜。
焚香靜坐心歡喜，酒果堆盤學祭詩。

郭華謹按：頸聯首句後太夫子自注云：『女兒輩種菜花一盆，黃香可愛。』

辛未元旦

吉羊佳氣曉來多，耳底如聞樂歲歌。
竟是八方無事日，天公作意放晴和。

贈左次修有引

修髯賢倩贈我枷楠山子一座，雄精鎮紙一方，皆珍物也。又和我打油詩九首，遣懷詩四首，復自作倒韻詩四首，並皆佳妙。倒韻體創自宋人，劍南集中已有之，暗與古合，足徵才思。末世藏身爲貴，倘能以書畫自娛，神仙夫婦，相對談心，則與離塵何異？

近作詠物詩數首，興懷詩並謝惠詩各數首，借以送日，不值一噱也。

和我九歌見胸臆，詩成倒韻更清揚。
騷人墨客身無奈，處世何由學狷狂。

詠枷楠山子

中有真人讀易堂，樵歌漁唱不相妨。
倘能爲守農桑業，便可歸藏卜世昌。

詠雄精鎮紙

案頭鎮紙本無多，興我周旋永不磨。
白象日同黃虎對，更來獅子共摩挲。

郭華謹按：此三詩爲一組，作於日寇投降第二年。枷楠山子詩後，太夫子自注云：『精雕一假山，山中有漁樵耕讀四種人安居樂業，斯世那得有此真山也。』雄精鎮紙詩後自注云：『鎮紙古今人皆用銅鐵者多，用玉者已少，至用到八寶珍物，則更少矣。舊藏有黃皮玉虎一枚，牙色碔砆石象一枚。今得雄獅，並爲三鎮。不但可以作玩具，且可以壯筆力而靜心田也。』

甲午冬至前五日大雪感賦

頭足寒都畏，於今七十年。性情習南北，風雪感京川。
素恒不居貉，青衫祇著綿。惺惺兩相惜，垂老慎餐眠。

郭華謹按：太夫子于首聯後自注云：『自成童之後，身即怕冷。』頸聯後自注云：『俗謂南人顧頭，北人顧足，我兼有之。所居之地，惟川與京最久。』腹聯後自注云：『數年不御皮衣。』尾聯後自注云：『內子近日不適，一二日當可霍然。平日共處晨昏，均忘老至，是又可喜也。』

著新綿衣極暖適喜賦

一領綿衫抿雪寒，狐裘不御惜凋殘。
世間多少無衣者，卒歲看人著夾單。

詠嘉禾蓮

葉似建蘭葉，其形短而濶。花如香稻花，其質圓且馥。
一花分六出，小樣同瑞萿。本大如香瓜，抽莖類木末。

莖端垂木檖，含苞若穎脫。一苞一青蓮，繁開不可遏。
傍挺子孫多，箇箇能四達。茂美入聖地，最好供菩薩。
民國國徽章，取材得薦拔。佩之祥而吉，佳士都釋褐。
爾雅與騷經，其名未該括。求之於本草，依稀似獨活。
或是後生物，古來無此枿。或係舶來品，佳種新采掇。
瑤草與琪花，相比愛難捨。移種到息園，長養優曇缽。

注：本品屬石蒜科植物，不知何名，因其抽莖似麥穗，故名之曰嘉禾蓮。民國時期文官勳章名嘉禾章，故先生詩中及之。

題蔣兆和畫老人觀梅圖

我有老梅三五株，栽培多傍假山隅。
花開有客來相賞，不惜沽春滿玉壺。

題蔣兆和畫少女濯足圖

中南北海盛荷田，一水潛通石畝前。

每到花時游女樂，滄浪濯足倩人憐。

題蔣兆和畫搗衣圖

春和天氣惜芳菲，湖水漣漪可澣衣。
女伴相邀來柳下，停砧笑語竟忘歸。

題蔣兆和畫林下觀禽圖

手把枯枝占一禽，禽名蠟嘴善清音。
朝朝賭勝人三五，調養相商話樹陰。

題重華畫山水團扇

遠山爽氣入秋清，是處青松照眼明。
相約登樓來寫景，開軒恰如聽濤聲。

題自畫蘭花立軸

爲買盆蘭二月天，蘇松蘭草種成田。
灘江相望無多路，一到淮南更值錢。

讀居易齋詩，敬賦二律

其一

幾度乘槎看海桑，瀛寰風教入詩囊。
集名居易稿盈尺，神與天遊心有香。
薄醉拋書依斷竈，苦吟偎月夢胡牀。
羡君富有匡時畧，獨學高岑鄙杜房。

其二

過江入洛篋添詩，懷古傷今寄所思。
二水三山收景遠，東湹西澗紀行遲。
南朝金粉悲衰世，北社耆英想盛時。
展卷高吟引清興，屬君酬唱及春時。

注：『居易齋』爲靳仲雲（志）先生之齋名。

雜詠四首

其一

美人香草本離騷，俎豆青蓮尚未遙。
頗愛花間腸斷句，夜船吹笛雨瀟瀟。

其二

張柳詞名枉並驅，格高韻勝屬西吳。
可人風絮墮無影，低唱淺斟能道無。

其三

舊時月色最清妍，香影都從授簡傳。
贈與小紅應不惜，賞音祇有石湖仙。

其四

玉田秀筆溯清空，淨洗花香意匠中。
羨煞昔人學春水，源流故自寄閑翁。

醫院養病晨起即景

老病學園丁，花眠待日醒。盆生千歲菊，屋有萬年青習習因風長，瀼瀼少露零。惺惺看不厭，相與惜惺惺。

注：先生此詩作於一九五九年，時正在北京中央人民醫院休養。

讀樊山翁楊廉夫續奩詩感賦

一字一珠璣，老懷足風體。古今論詩人，前後皆不見。
公詩精且富，焉能限行卷。已刊八千篇，未刊尚逾萬。
唐白與宋陸，比之未及半。欲與公殺青，咄嗟愁難辦。
文喪誰欣賞，歲荒防失散。沉吟送朝暮，掩卷復三嘆。

注：樊山翁，即樊增祥（一八四六——一九三一），字嘉父，又字天琴，晚號樊山老人。湖北恩施人。同治丁卯科舉人，光緒丁丑科進士，授翰林院庶吉士。晚年曾主清史報事。

夜坐

自擊銅鉼徹夜吟，了無人處覓知音。
詩難入格唐兼宋，書不成家古雜今。

七十年華身苦度，三千世界夢親臨。
是真是幻憑誰說，衹有燈光會我心。

三月三日鏡清齋修禊，分韻得桂字

暮春修禊事，風流成慣例。倘徒尚清談，未免同翫世。
願盡袚兵氛，普天開光霽。願徧布祥和，四海免災癘。
如斯除不祥，庶可占利濟。北海本皇居，公園改新制。
文固與民同，吾儕得休憩。大啟鏡清齋，雅結苔岑契。
客來廿八宿，主應五星繫。題名有後先，鬮韻分次第。
泉石賞清幽，樓臺照明麗。應候次采蘭，有酒當酹桂。
談諧暢好懷，飽食拜嘉惠。可惜光景殊，不是唐虞際。
所幸群賢集，盛會頻年繼。乘醉看花歸，香風拂塵袂。

注：鏡清齋，在北海公園北岸，五龍亭西。先生此詩，作於庚辰年（一九四零）上巳（農曆三月初三）。當時參會者二十八人，故詩中有『客來廿八宿』句。

贈太昭併引

太昭以詩見贈，仍用睢稽二韻，功力深厚，格律精嚴，而故人拳拳之意，溢於詞句之間，令人感愧。因步原韻，成詩二章，聊申謝忱，即請兩教。

其一

故人同聚海之湄，飲領清言當解饑。
別後無音成渴想，時來相對撚吟髭。
人尊華胄思關魯，誰解綈袍贈范睢。
三十年來渾一夢，跼天蹐地祇心知。

其二

居今方覺古難稽，每爲羊亡感路迷。
城市山林同是隱，榆枋荊棘苦難棲。
挹君和氣居蘭室，寫我襄容視柳堤。
功業文章兩無就，養生空學晉賢嵇。

郭華謹按：太昭，生平事蹟不詳。第一首太夫子自注云：『近因糊口，托業於醫，終日勞勞，學業荒廢，良可慨也。』

雜興有引

記近事，消永日，遊戲三昧，形容五都，無他意也。

其一

春三正是豔陽天，無事勞形祇睡眠。
眼瞀耳聾聞見少，且吟詩句反遊仙。

其二

清明時節起狂風，煙霧滿城天不空。
無限兵災消未得，大開和會集英雄。

其三

萬千鋪戶生意寒，百貨居奇競賽攤。
色色形形工點綴，五都市里是奇觀。

其四

工教人員個個窮，頗聞有餉轉江東。
那知畫餅難充腹，乞取窩頭拜下風。

其五

商賈家家不賣錢，醫生清澹亦堪憐。
老翁斷斷無他技，心裏休休且信天。

郭華謹按：太夫子此詩，原稿未署年月，從其内容觀之，應作於北平解放前夕，國共和談之際。第一首自注云：『古人詠時事，多以遊仙體行之，茲則直敘，無可諱言也。』第二首注云：『近日南北言和代表，都來會于北平。』第三首注云：『近來平中大鋪戶均少開門，人雖多不能辭退，均令在地下擺攤售貨。紳士家男女亦有就地擺攤者，蓋度日艱難也。』第四首注云：『近日聞有南款接濟，工教人員中有乞得三分之一薪水者。』第五首注云：『聞解放軍有重視三生之説。所謂三生者，教書先生、學生、醫生也。』

贈瑀侄并引

瑀侄來京，小住數日，家事略知底藴。一二年間如身體強健，一定回潼掃墓，與親友聚談，當能如願。作此小詩誌别，交其保存，以爲後徵云。

其一

年將九秩時光過，老病侵尋日見磨。
寄語親朋知近狀，眠餐無恙事無多。

其二

出門整整六十年，未得還家掃墓田。

中國地區腳跡半，何時歸里總由天。

注：先生此詩作于一九五七年丁酉，時先生之侄世璵（先生十弟之子）自川中來京，臨行先生書此付之。

清明次日涉園口號

其一

昨日清明今更新，無風無霧旭光晶。
門槐蕭展園花發，綠意紅情次第生。

其二

時過清明春已半，西郊遊覽漸多車。
可憐景物因寒勒，楊柳無絲杏未花。

紹重二十初度詩以賀之步瞻老原韻 有引

己丑十月十日，爲虎多年世講加冠良辰。乃翁瞻廬同年顧而樂之，有詩勗勉，錄以示余。余受而讀之，服其愛子之深、教子之篤。乃依原韻，敘其生平所經，以示虎多，俾知老人幼年孤露之苦，庶足以憤發有爲，而成大器也。詞曰：

虎多好男兒，今逢加冠年。翁年八十二，
對此意欣然。翁本人中龍，生長長白山。
歲月溯黄農，瑞紀戊辰年。讀書由天賦，
室空如磬懸。十二試童子，縣長偏愛憐。
擢爲第一人，從兹福德全。選拔貢成均，
望重鄉里間。才名滿京國，文字喜深研。
廷試得縣令，帝知學有傳。乃命宦海疆，
心爲課吏專。首派發審員，上司情最關。
凡有疑難案，英斷總無偏。從公無點私，
焚香能告天。晚歲擢監司，更爲萬姓歡。
京兆僅五日，善政已成團。著作呈當道，
法令積成篇。時局忽改變，退休專講玄。
涵養道功深，久坐席爲穿。濟佛示歸路，
世界周大千。餘福賜虎多，瓜瓞慶綿綿。

虎多閲後，可轉呈尊翁吟壇，

爲我改定爲荷。

附原唱：重兒二十初度長歌勗勉

溯我我出生時，我父三十六。及我生我兒，
我年六十三，我年十一時，我父歸道山。
我今八十二，兒生二十年。祖孫和父子，
禍福兩相懸。我身歎孤露，自幼無人憐。
江海徒飄泊，衣食總不全。兒生得父蔭，
不出庭戶間。讀書先識字，講貫復精研。
詩歌喜吟詠，書法冀家傳。儒術患空疏，
時代專門專。醫學實國粹，蒼生托命關。
吾兒肝木旺，金水待補偏。後天纔發育，
不足在先天。泰斗拜名師，師爲同歲歡。
視兒猶己子，日坐春風團。耳提面命下，
時方存真編。醫王春著手，醫聖理通玄。
用新體惟舊。功到鐵磨穿。醫者意而已，
世界救大千。壽人兼壽國，壽世永綿綿。

郭華謹按：據增莽師自訂年譜所載，增師於其尊人瞻廬老人奉令兼任張虎多關監督之日降生，因名之曰虎多。後拜逢春太夫子爲義父時，汪公賜以今名。因汪公有二子，長名紹楹，次名紹奎故也。

今日爲賤子八十一壽辰，瞻廬老長兄同年賜我一詩，律細格高，獎飾太過，浣薇三復，愧不敢承，依韻奉和，敬祈教正

其一

杜老詩吟天氣新，感君益我壽臨春。
存神過化同消劫，得道安貧獨守仁。
曆世文章非俗吏，前身果老是真人。
通家幸得聆清誨，好養修齡道自巡。

其二

眼中百事盡翻新，歲籥依然轉舊春。
馬齒加增慚我少，麟書相祝識君仁。
張仙變相成佳士，濟佛傳心作道人。
未競事功今尚遠，相期努力莫逡巡。

其三

朝來氣象本清新，誕日相逢最好春。
故舊二三同致禮，兒童六七喜親仁。

梅花含笑知迎客，爆竹連聲不避人。
八十一翁長不老，高年細算計由巡。

其四

今年物候屬翻新，花殢重開不病春。
顧我祝君身康健，多君稱我術能仁。
側聞海上群驅鱷，不見寰中衆詩人。
差喜偷閒談往事，品茶聊當酒千巡。

庶老示我近作兩絕，讀之增感，依韻作答，借博一粲

其一

彩毫久已不成材，扇寫真出展不開。
莫問羲之腕下鬼，十年別我未歸來。

其二

囊中休歎一錢無，我有東坡調水符。
符去水來渾自在，肯教乞米似量珠。

郭華謹按：第一首後太夫子自註云：『七十二歲尚能作蠅頭小楷，後因腕強便不肯作，計不臨黃庭曹娥者已十年矣，筆陳圖空，為之奈何。』

西域教門人造有玉面蜂糕出售，食之而甘，詩以紀之，鈔塵，瞻老吟壇一笑

糕為食品最佳名，好借花蜂蜜製成。
頗似肥人新面貌，恰如白玉舊精瑩。
糅和稻米香甜味，費盡糖霜醞釀情。
養老不教牙用力，口中咀嚼靜無聲。

衛生會議歸來，瞻老同年有詩見貺，依韻作答

其一

凡事皆宜慎始基，衛生大業要扶持。

吾儕不貫中西學，誰與斯民作導師。

其二

養生最重在初基，欲念開時要把持。
一部內經防病法，應從岐伯與天師。

再步瞻老論中西醫團結書後，元韻二首

其一

中西醫藥相爭執，留作年來尚未通。
最是流行瘟疫病，主防主治兩無功。

其二

兼辦中西不易該，方今醫學少通材。
要從母教求生活，治本先宜重養胎。

瞻老同年屬畫自書便面，爲寫老梅一枝，極不得意，乃承賜詩稱賞，無任慚愧，依韻奉和，以答雅意

其一

不得元章筆底神，焉能去舊法生新。
卌年前共梅花宿，記得花容似美人。

其二

一叢花賺好詩詞，捐扇秋風已及時。
寫出世間寒暖態，不曾著墨到南枝。

其三

扇仿文家出大成，筆酣墨飽氣充盈。
背添拙畫雖如疥，五十年前證宿盟。

郭華謹按：第一首後太夫子自註云：『戊申冬曾醉臥梅花樹下，終夜與二美人論道，亦奇事也。』第二首自註云：『同守歲寒久與南方友人不通音問矣。』第三首自註云：『丁酉至今已五十二年，同年中難得書畫有合作也。』

題兆和重華合作畫

抱杖來看山，疏林淡夕陽。
水分湍溜和，琴韻人悠揚。

註：此詩抄自流民圖的故事一書，據書中介紹，作於一九四五年兆和長女代瑤出生之日。

贈薛培基

其一

心畫心聲總失真，文筆仍復見爲人。
高情千古閒居賦，爭信安仁擇路塵。

其二

慷慨歌謠絕不傳，穹廬一曲本天然。
中妙萬古莫雄氣，也到陰山敕勒川。

其三

沉案横馳翰墨場，風流初不廢齊梁。
論功若准平吳例，合著黄金鑄子昂。

其四

眼處心生句自神，暗中摸索總兆真。

註：此詩作於一九四二年，第四首缺一聯，爲邱浩賢友抄示者，謂是抄自薛培基之子矩夫所著之人生有素風一書，原書如此，不知何故？薛培基為施今墨先生之弟子，生於一九一五年，卒於二〇〇〇年，一九八一年，北京個體開業行醫者首批申請中，獲得醫字第一號執照。

重陽阻雨，登高乏興。閉門飲酒，得詩一首

京華寂處又重陽，萸酒新成醉一場。
木葉搖風添晚景，菊花宜雨點秋光。
似聞斷雁淩兵氣，可有哀鴻出水鄉。
不敢登高望西蜀，思家凋鬢早成霜。

註：此詩抄自先生致易順鼎先生書，中有『張冊題句，率而操觚，弄斧班門，慚愧無地』云云。張冊題句，無處可覓，惜哉。易順鼎（一八五八——一九二零），字實甫、哭庵、一庵，湖南龍陽（今漢陽）人，清光緒乙亥科舉人。

致左次修

難得吾家有壽根，請從高祖溯淵源。
吾儕齡是雙親與，此後人將百歲尊。
最喜弟兄能繼美，都過指使並成存。
況聞姐妹同年老，南極星光照一門。

註：此詩抄自蕭珙（先生六弟之子），憶龍友先伯一文中，謂是致左次修者，不詳作於何年。

郭華謹案：首聯後太夫子自註云：『高祖父七十二，高祖母八十三。』頸聯後自註云：『先父母剛過六十而棄養，留壽于我兄弟，此雖數定，亦是親恩，最可念也。第三句用禮記文王與武王同齡意。』腹聯後自註云：『禮記六十曰耆指使。』尾聯自註云：『大姐已七十九，二姐六十有二。』

後記

光陰荏苒，《詩存》落實出版後，又兩年過去了。期間念及先生詩作，用典頗多；所涉人物遍及各界，既有達官顯要，也有文人學士、高僧大德及各階層人士；時間跨度則長達數十年，其中人物均已作古，名勝古跡或已荒蕪，或已拆除無存，對今天五十歲以下的人來說，讀來難免頓興茫無頭緒之歎。遂擬爲之酌加註釋。吾生也晚，前輩軼事亦僅限於耳食，加之學識淺陋，管窺蠡測，妄擬鵬量，然不揣冒昧，率而操觚，乃就聞見所及，聊爲註釋。其中寫景之作，易於理解，則付闕如。所注各條，掛一漏萬，涉獵君子，幸垂教焉。

清樣排成後，先生外孫蔣代明（肖和）賢姪又以先生翁婿合作四屏圖片（原件不知現存何處，圖片爲中貿聖佳國際拍賣公司提供）及代明所作先生畫像一幅并新發現遺詩與早年照片見示。因版已排成，姑附之於每册之前。

《詩存》出版過程中，承蒙歐陽中石教授于百忙中題寫書簽，王永强先生協助審閲，承運賢姪多方籌措出版資金，並得到其摯友香港張雨芳先生和中和商投資股份有限公司資助，以及林春城先生、李勇先生、萬迪欣女士，謝惠、康寧、劉笛編輯、韓笑小友等鼎力支持，在此一並致以衷心的感謝！

公元二零一一年歲次辛卯重陽節八十一叟紹重

謹識於古金城之洴澼絖齋